KB089783

10 방울의 눈물

행복을 위해 흘려야 할

행복을 위해 흘려야 할 10방울의 눈물

글쓴이 / 이재훈
펴낸이 / 孫貞順
펴낸곳 / 모아드림

1판 1쇄 / 2011년 2월 10일

서울 서대문구 북아현3동 1-1278
전화 / 365-8111~2
팩시밀리 / 365-8110
E-mail / morebook@morebook.co.kr
http://www.morebook.co.kr
등록번호 / 제2-2264호(1996.10.24)

ⓒ이재훈
ISBN 978-89-5664-142-3

＊잘못된 책은 구입하신 서점에서 바꾸어 드립니다.
＊지은이와의 협의하에 인지를 붙이지 않습니다.

값 12,000원

10 방울의 눈물

행복을 위해 흘려야 할

이재훈 행복에세이

모아드림

차례

1부 행복의 정의

관심 받고 싶었어요! • 9
행복어 뭔데?_마약하는 친구 • 14

2부 행복은 가볍지 않다

행복은 깊은 관계이다 • 23
행복은 생산적인 관계이다 • 34
행복은 또 다른 몰입이다 • 43

3부 행복은 진실하다

고양이와의 교감, 그리고 소통하지 못하는 아픔 • 63
실패와 잘못을 인정할 때 불안에서 벗어나 자신을 회복할 수 있다 • 76

4부 행복을 위해 흘려야 할 10방울의 눈물

눈물 하나. 나르시시즘 • 100
눈물 둘. 에로스 • 116
눈물 셋. 필로스 • 131
눈물 넷. 아가페 • 146
눈물 다섯. 봉사 • 156

눈물 여섯. 학문 • 172

눈물 일곱. 예술 • 188

눈물 여덟. 노동 • 200

눈물 아홉. 운동 • 209

눈물 열, 그 첫 번째. 명상 • 219

눈물 열, 그 두 번째. 종교 • 233

5부 앎이 모르는 느낌의 행복

나는 나무다 • 257

빨간약 • 263

첫사랑, 그 치우침에 대하여 • 271

설렘과 떨림 • 279

그리움과 기다림 • 287

기계 인간 • 295

바람이 어디로 부는가? • 304

곰 인형 • 313

자존심 버리기 • 322

바다로 가는 길 • 333

후기 • 342

1부 행복의 정의

관심
받고
싶었어요

　아기들은 자신을 보고 흐뭇한 표정을 하고 있는 부모의 미소를 보고 따라 웃는다. 겹쳐진 내측 팔꿈치와 엉성하게 바동거리는 발놀림, 쌔근거리며 간혹 쭈뼛하게 올라가는 입 꼬리와 잘 익은 복숭앗빛 탄력 볼 살이 눈동자를 움직이지 못하게 한다. 눈을 뗄 수 없는 귀여움과 사랑스러움. 못생긴 인도의 쭈글이 할머니가 낳은 아기라도 앙증맞은 모습은 여지없다. 세상의 모든 새끼들은 사랑받기 위해 태어나 관심 좀 가져달라고 발버둥 치는 매력 덩어리들이다.

　이렇게 귀엽게 볼살을 불룩거리고 있는데 내게 사랑을 주지 않겠다고? 아기처럼 저마다의 매력으로 서로에게 더 많은 관심과 사랑을 받기 위해 삶을 살아가고 있는지도 모른다. 비니 모자를 눌러쓰고 체크

셔츠와 부츠컷 팬츠를 입고 단련된 몸의 실루엣을 살짝 비쳐 보인다. 고객과 싸우고 침을 튀겨가며 나의 논리를 이해시키고 설득하며 전문적인 지식으로 무장한다. 한동안 연락이 뜸했던 친구에게 대뜸 연락하고선 지지부진한 옛이야기를 꺼내놓고 다시 만나 회포를 풀자고 말뿐인 약속을 잡는다. 지난 저녁 무리한 스케줄에 축난 몸뚱어리로 이른 아침 전철을 타면서 빛나는 내일을 위로삼아 넋 나간 영혼을 달래본다. 관심을 받고 싶다. 능력 있는 사람으로 다른 사람들의 필요가 되고 싶다. 사랑스럽게 바라보며 쓰다듬는 너의 손길을 느끼고 싶다. 열심히 노력해서 당신들에게 무한한 사랑을 받을 수 있는 남다른 존재가 되고 싶다.

이것이 살아가는 이유일는지 모른다. 너의 따뜻한 관심과 배려를 위해 밤잠을 설쳐가고 아침을 깨우며 이렇게 글을 쓰고 있다. 반짝거리는 모빌을 바라보는 아기처럼 사랑하는 연인을 만나면 바둥거리며 기분 좋은 미소를 짓는다. 응가를 한 아기처럼 직장 상사나 험상궂은 문신남을 만나면 주눅 든 자세로 안절부절못하다 울음을 터트릴 듯한 얼굴로 슬그머니 자리를 내뺀다. 삼촌이나 이모가 갈아준 기저귀에 다시 생글거리는 아기처럼 잘 모르는 대중과 함께 영화 관람을 하면서 감동을 나누고 인터넷 댓글이나 메일로 자신의 존재감을 확인한다. 사랑받으려는 본능, 사랑받지 못함을 피하려는 본능. 아기들처럼 사랑받기 위해서는 살아남기 위해서는 사회에서 사랑받는 존재가 되어야 한다.

아름다운 여인이 도서관을 서성거리며 빈자리를 찾아 헤맬 때 어쩌다 눈이 마주치는 경우가 있다. 자리를 찾아 두리번거리는 것임에도 왠지 나를 보고 있는 듯한 착각에 예민하게 주변 시야를 넓히고 귀를 쫑긋 세우며 책 너머에 있는 그녀의 움직임을 살핀다. 마음에 드는 그녀에게 관심을 받고 싶은 것이다. 용기가 나지 않지만 사랑할 수 있는 대상에 대한 주의집중은 가르치지 않아도 절로 익힌 본능적인 행동이다.

어머니가 잔소리를 늘어놓는다. 시시콜콜한 이야기를 반복적으로 듣다보니 짜증이 나지만 어른에 대한 예의와 자식 된 도리로 참고 들어본다. 그렇게 잔소리를 듣다보니 그 지칠 줄 모르는 관심에 사랑이 묻어있음을 느끼고 미묘한 애증의 감정이 교차한다. 그만 좀 잔소리하라고 소리치지 않는 행동에는 나를 위한 걱정이라는 생각이 꼬리표처럼 달려있다.

아기처럼 좋고 나쁨을 직접적으로 표현하기란 쉽지 않을 것이다. 도서관에서 만난 아름다운 여인에게 사랑한다고 말하기는 쉽지 않을 것이다. 어머니의 애정 어린 잔소리에 감동하기는 쉽지 않을 것이다. 우리는 아기처럼 직접적으로 표현하지는 않지만 아기와 같이 느끼고 갈망하고 있다. 자신은 아니라고 해도 좀 더 나은 상대로부터 좀 더 나은 대우를 받고 좀 더 사랑을 나누려는 몸짓을 감추면서도 표현하고 있다.

느끼는 그대로 표현하지 않아도 본능적으로 무의식적으로 관심과 사랑을 찾아 몸은 이미 움직이고 있고 항시 관심과 사랑에 대한 간접적인 표현을 하고 있다. 누군가의 관심을 기다리고 있으며 누군가의 사랑을 자신도 모르게 기억하고 있다.

예쁜 것들에 시선을 떼지 못하고 사랑의 매와 분노의 매를 쉽사리도 구별한다. 사랑을 받고 느끼는 능력은 태어날 때부터 키워온 능력이라 그런지 관심을 주고 관심을 받는 행동에 인간은 아주 민감하게 반응한다. 자신도 모르게 사랑을 찾아 헤매고 있다. 열심히 자신의 삶만을 위해 충실히 전력질주하고 있는 것처럼 보이지만 그러한 성실함 또한 누군가의 온기를 그리워하는 인간의 발버둥일 뿐이다. 주변으로부터 안테나를 곤두세우고 언제든 사랑받을 수 있는 준비를 한다. 온기가 다가올 수 있게 아기의 표정으로 너를 유혹한다. 누군가의 사랑과 관심을 위해 시간을 소모하고 매력을 가꾼다.

이것이 행복을 느끼려는 인간의 본능적인 움직임이다. 행복해지려는 인간의 발버둥이다. 사랑받는 인간, 사랑을 줄 수 있는 인간. 이를 위해 살아간다. 누군가는 많은 돈으로 사랑받고 주기를 원하고 누군가는 월등한 외모로 많은 사랑을 주고받기를 원한다. 또 소수의 누군가는 명상으로 시로 눈물로 무모함으로 사랑을 추구한다.

아기들은 어쩌면 행복의 고수님일지도 모르겠다. 관심 받고 사랑받는 방법을 선천적으로 알고 있다. 하지만 성인이 되면 이런 귀여운 수법은 통하지 않는다. 예쁜 외모와 전문적인 능력이 사람들의 관심을 끈다. 서로의 필요와 이익관계가 끼어들고 복잡한 톱니바퀴 속에서 사회적인 영향력을 키워간다. 사랑을 주고받고 행복을 느끼려면 그 수많은 방법들 중 어떤 수단으로 사람들의 관심과 애정을 내게로 끌 수 있을까? 어떤 도전을 해야 할까? 아기처럼 본능적으로 사랑을 요구하면 되는 것일까? 손끝에 잡힐 듯 말 듯한 모빌을 뚫어져라 쳐다보고 있으면 누군가가 모빌을 흔들어 줄까?

나의 의문은 본능적으로 아기가 소변본 사실을 울음으로써 알리고 까꿍을 연신 외쳐대는 부모의 얼굴을 유도하고 싶은 욕망에서 시작되었다. 너에게 관심을 받고 싶고 사랑을 느끼고 방긋 웃을 수 있는 방법이 무엇인지 궁금했다. 행복을 사랑을 느끼기 위한 인간의 욕망을 알고 싶었다.

행복을 찾아 멀고 먼 여행을 하고 있다. 가는 길에 이름 모를 야생화를 보고 행복꽃이라고 생각할지도 모를 것이며 편안한 바위의자를 보고 기특한 행복파수꾼이라고 여길지도 모르겠다. 멍청하게도 행복이라는 이름으로 어디든 갖다 붙이며 이것이 행복이라고 흐뭇해하고 있는지도 모르겠다. 여하튼 행복을 사랑을 찾아 오랜 시간 헤맸고 지금도 시뻘건 눈으로 호시탐탐 이것이 행복이 아닐까 하고 의심하고 있다. 아기처럼 순수한 발버둥으로 사랑과 관심에 목마른 나의 행복에 대한 기억과 기록을 더듬어볼 요량이다.

행복이
뭔데?

― 마약하는 친구

    어릴 적 교회를 다녔던 나는 목사가 되고 싶었다. 신을 사랑하고 신을 위해 사는 것이 인생의 행복이라고 생각했기 때문이다. 교회 친구들의 방긋 웃음과 공짜 밥, 그리고 다독여주는 교회선생님과 착하고 순진한 형제, 자매님들? 그러한 인간적인 끈끈함에, 빠짐없이 교회를 나갔고 믿음이 커지면서 돌연 목사가 되기로 다짐한 것이다. 삶을 신에게 바치려 했었다. 그곳에 삶의 기쁨과 행복이 있을 것이므로… 하지만 점점 행복해지지 않았다. 신을 향한 뜨거운 열정은 부담과 괴로움으로 되돌아왔다.

    '신의 사랑을 깨닫지 못하면 목사가 되지 않으리라.'

마음속으로 다짐을 했다. 그러나 문제는 목사가 되고 안되고가 아니었다. 형식적인 교회생활에, 신에게 사랑받지 못한다는 아픔에 매주 눈물을 쏟았던 것 같다.

'육신의 아버지는 돈을 달라고 하면 주는데 왜 하늘의 아버지는 사랑을 보여 달라고 하는데 보여주지 않는 걸까?'

사랑받지 못함은 사랑할 수 없음으로 바뀌어가고 있었다. 새벽기도와 철야기도를 하면서 사랑을 애걸했던 것 같다. 팔다리가 절단되어 불구가 되어도 좋으니 신의 사랑을 가슴에 품을 수 있게 해달라고 빌고 또 빌었다. 그 젊은 고3시절에 너무 울어 주름살이 생길 정도로 아파하고 괴로워했었다. 1년 정도가 흘렀을까? 피폐해진 영혼과 육체는 신의 사랑을 느낄 수 없음에 괴로워하다 결국 신에게 작별인사를 건넸다. 쉽지 않은 작별이었고 불타는 사랑 뒤에 남겨진 쓰라림이 있었다. 그리고는 대학진학을 했고 사랑의 상처를 치유할 시간도 없이 세상이라는 거대한 세계 속에 홀로 덩그러니 남겨지게 되었다. 모든 것을 잃은 나는 대학에 들어오면서 삶의 이유와 싸워야 했다.

아름다운 것들과 행복, 대학생활에 실망하면서 아름다움과 행복에 매료되어 갔다. 삶의 이유를 찾아야 하는 젊은이에게 아름다움과 행복은 군침 도는 떡밥이 되었다. 아름다운 것들에 매료되다가 자연스레 행복을 쫓고 있는 자신을 발견하게 되었다. 누구나 안다고 생각하지만 행복은 아주 모호한 개념이었고 행복을 위해 살려면 행복이 무엇인지부터 알아야 했다. 행복이 뭘까? 즐거운 것들?

고등학교 시절, 해운대가 발달하기 전이어서 그런지 해운대 고등학교에는 송정과 기장에서 논밭매고 고기 잡다가 마지못해 학교를 다니는 친구들이 많았다. 그들의 관심사는 공부가 아니었고 젊은 날의 호기로 방탕과 일탈을 일삼았다. 교회에 다니던 나는 착한 일 한답시고 일탈을 일삼는 그들과 함께 도시락을 까먹으며 일부러 친해지려는 노력을 아끼지 않았다. 김치에 콩자반이 전부인 그들의 도시락을 보며 나의 소시지 반찬이 그렇게 자랑스러울 수가 없었다. 선도부이며 종교인인 나를 일탈을 일삼던 친구들은 호의적으로 받아주었던 것 같다. 그렇게 도시락 반찬을 나누며 점차 그들의 세상을 알아가게 되었다.

"부탄가스, 본드 중 어떤 것이 더 나은 것 같냐?"

"본드가 효과가 더 세지. 부탄가스는 머리 아프기만 하고 약해."

"아직 본드, 부탄가스 하냐? 약국에 콩(감기약) 사서 한꺼번에 먹으면 장난 아니야!"

미래 없이 소외된 아이들에게 향정신성 물질들은 유일한 낙이였다. 한순간이나마 모든 것을 잊고 싶었을 것이다. 그들의 세계가 궁금했던 내가 물었다.

"그런 거 하면 기분이 어때?"

나의 반응을 보고 싶었던 것인지 제스처까지 해보이며 친절하게 설명해 주었다.

"장풍도 쏘고 하늘도 날아다녀. 연예인과 섹스도 할 수 있고 내가 원하는 대로 뭐든지 가능해지지!"

원하는 것들이 모두 가능해지는 세상. 유토피아일까? 지옥일까?

나이가 들어 세상을 겪다보니 마약을 하지는 않지만 많은 사람들이 쾌락을 위해 살아가고 있음을 알게 되었다. 에스프레소, 아메리카노, 카페 라떼, 카푸치노, 카페 모카, 카라멜 마끼아또, 카라멜 모카… 커피만 해도 미각적인 쾌락을 위해, 기호와 성향을 위해 무수한 변신을 해대고 있다. 즐거움을 찾고 어떻게든 맛보고 즐기려고 한다. 매일 밤낮으로 커피를 즐기는 현대인과 환각을 즐겼던 불량 친구들은 쾌락을 쫓는다는 데에는 큰 차이가 없는 것 같다. 단지 후유증이 더 크고 작고의 차이만 있을 뿐… 도덕적으로 나쁘고 좋고를 떠나서 즐거움을 추구하고 쫓는 행위는 같지 않은가?

뇌는 전두엽에서 도파민이나 엔도르핀을 방출해서 활력이나 쾌감을 느낀다고 알려져있다. 쾌감을 느끼게 하는 방법은 달라도 마약이든 커피든 같은 기전으로 뇌를 흥분시킨다. 커피 한잔에서도 마약 흡입에서도 폭풍과도 같은 연인의 사랑에서도 전두엽은 도파민을 방출시킨다. 신체가 느끼는 즐거움의 반응은 마약이나 커피나 사랑이나 똑같다. 더 큰 쾌감을 느끼기 위해 취향에 맞는 사람과 음식을 찾고 위안을 얻는다. 마약과 같은 쾌감을 위해 살아가고 있는 것이다.

그러한 즐거움을 위해 그러한 즐거움을 목표로 살아야 하는 것일까? 마약을 하는 듯한 환상적인 즐거움을 더 많이 자주 느끼기 위해 돈을 벌고 직장을 다니고 결혼을 하고 사람을 사귄단 말인가?

젊을 때는 친구들을 만나면 당구도 치고 게임도 하고 농구도 하면서 놀았던 것 같다. 나이가 들면서 어색한 분위기를 지우려 술만 찾게 된다. 나이가 더 들면 우리네 부모님들처럼 맛있는 먹거리를 찾아다니는 식도락가가 되지 않을까 싶다. 지금도 그렇지만 앞으로도 즐거움을 찾아다니며 좀 더 강한 도파민 방출을 위해 살아가게 되지 싶다.

하지만 그냥 간단히 직관적으로 생각해보아도 소모적인 즐거움을 위해 살고 싶지는 않다. 마약이 주는 기쁨으로 환상적인 체험을 한다고 해도 그것은 왠지 행복이 아닌 것 같다. 일시적인 즐거움. 커피 한 모금과 함께 사라져버리는 달콤한 커피 향처럼 행복이 그런 단순한 존재임은 아닐 것이다.

행복이 단순한 즐거움이 아니라면 의미 있는 인생으로써의 행복은 어떤 놈이어야 할까?

그래서 책과 사람들에게 물어보았다. '행복이 뭔지?'를

"왜 사냐 건 웃지요."
'대답회피다.'

"이보시게 젊은이, 행복은 소박한 일상과 내버리는 것에 있다네."
'그럼 적극적으로 행복을 위해 살려면 머리 깎고 절에 들어갈까?'

"Boys be ambitious! 꿈꾸지 않으면 살아있다고 할 수 없다네."
'행복해지는 것이 꿈인데 어떻게 행복해지라고?'

"허허 행복은 생각하기 나름이지. 이 누추한 삶에서도 더 못한 사람들을 생각해 보시게."
'똥 밟아도 행복한 것이여? 긍정적인 생각이 행복에 도움이 되긴 하지.'

"행복, 그거 사회적 성공이나 아름다운 여인을 얻는 데 있지 않을까?"

'자살하는 연예인들도 있고 재벌들도 괴로워하던데…'

행복은 역시 단순하지 않고 어렵다. 한마디로 설명이 안 되고 그때그때 달라지는 모호한 단어임에 틀림없다. 행복이 뭐냐고 물어보면 자식이나 그림이나 노래나 봉사나 자신의 업적에 대해 이야기하는 경우가 많다. 그렇게 자신이 소중하게 느끼고 있는 것들이 바로 행복일 것이다. 이렇게 쉽지 않고 중구난방인 행복의 모습을 파헤치려 한다. 인생의 목적이 행복인데 모호한 행복으로는 모호한 인생이 될 뿐이다.

행복을 찾고 느끼고자 달려왔다. 행복을 먼저 정의해야 할 것 같다. 더 이상 모호해지지 않도록, 마약처럼 순간적인 즐거움이 되지 않도록.

1. 행복은 깊은 관계이다.
2. 행복은 생산적인 관계이다.
3. 행복은 또 다른 몰입이다.

지금은 이 명제를 이해하지 못해도 좋다. 차근차근 왜 행복을 이렇게 정의 내렸는지를 설명할 것이다. 앞으로 이런 행복을 노래하고 이야기할 것이다. 이 책을 읽고 난 뒤에는 이 명제들을 꼭 이해했으면 좋겠다. 당신과 나의 행복을 위해서.

마지막으로 누군가 내게 행복이 뭐냐고 묻는다면 이렇게 대답하겠다.

"행복? 진정한 사랑을 해봤다면 그게 바로 행복이라네."

제2부 행복은 가볍지 않다

행복은
깊은
관계이다

　몸이 마른 편인 나는 생각보다 많이 먹고 식탐도 강한 편이다. 동료들과 뷔페를 가면 항상 3~4번 접시를 비워야한다는 약간의 강박관념도 자리 잡고 있는 것 같다. 첫 번째 그릇은 항상 차고 넘치는데 육회에 스파게티에 생선회에 샐러드를 바닥에 깔고 2층에는 갈비나 감자요리, 그리고 피자 같은 음식을 올린다. 아슬아슬하게 양송이스프와 음료 하나를 음식접시에 걸치듯 들고 와야 직성이 풀리는 듯하다. 첫 그릇에 주위 사람들이 약간 놀라지만 오랜 친구들은 나의 짐승 같은 먹성에 익숙해져 별로 많이 안 가져왔다고 오히려 핀잔을 주기도 한다. 우그적거리며 접시를 비워내고 나면 약간 볼이 상기되면서 생기가 돈다. 입이 즐겁다.

두 번째 그릇은 평상시 먹어보지 못한 음식 위주로 선택한다. 이상한 골뱅이 음식이나 비싼 연어회, 돌돌 말려있는 퓨전야채음식들과 치즈와 햄 꼬지들, 그리고 먼저 먹어보았던 음식 중 유별나게 맛있었던 음식을 좀 더 퍼서 담아 온다. 두 번째 그릇을 비우면서 배가 통통해지는 것을 느낄 수 있다. 위는 최대한 많은 음식들을 받아내려고 한껏 부풀어있다. 맛있는 음식들에 탄성을 내지르며 마구 집어넣다보면 어느새 더 이상 먹기 싫어지는 순간이 오고야 만다.

세 번째 그릇을 가지고 음식들이 향연을 펼치고 있는 무대로 가게 되면 이미 배가 터질 듯 부른 상태라 많이 담을 순 없다. 과일과 디저트 위주로, 그리고 야채나 작고 맛있는 음식들을 위주로 골라서 간소하게 차려온다. 이제부터는 자신과의 싸움이다. 뇌는 더 먹고 싶어 하고 위는 음식들을 밀쳐낸다. 이제는 식사가 즐겁지 않다.

마지막 네 번째 그릇을 가지고 나갈 때는 친구들의 격려와 위로가 필요하다. 여전히 천천히 음식을 즐기고 있는 동료들이 있으면 그들과 함께 더 먹어주어야 한다. 아이스크림과 커피, 디저트 위주의 식단이다. 토해낼 지경이지만 색색의 아이스크림을 보면 뇌는 먹고 죽은 귀신이 때깔도 좋다고 저도 모르게 숟가락을 들게 만든다.

이렇게 조촐한(?) 뷔페 식사를 마치고 나면 몸은 무겁고 마음은 괴롭다. 먹을 때는 즐겁지만 먹고 나면 힘들어진다. 뇌는 여러 종류의 맛있는 음식들을 소유했으니 만족할지 모르나 고칼로리에 엄청난 양의 음식들은 위장관에게 상당한 중노동을 시킨다. 몸이 힘들다. 기분이 개운치 않다.

쾌락이 이러하다. 즐거움은 잠시지만 즐거움이 다하면 괴롭다. 술을 마시지만 다음날 숙취에 괴로워한다. 섹스를 하지만 다음날 공허한 눈빛과 육체를 만난다. 마약을 하고 흥청거리지만 깬 현실은 더욱 암울하다. 노름으로 시간을 때우지만 쉬지 못한 육체는 시들고 탐욕적인 눈은 아쉬움으로 충혈된다. 즐거움은 오래가지 않는다.

쾌락은 점점 더 큰 쾌락을 요구한다. 이전보다 더 강한 엑스터시를 요구한다. 만약 짧은 쾌락이 아쉬워서 쾌락의 시간을 늘리고 싶다면 더 자극적이고 더 강한 것들을 준비해야 한다. 뷔페에서 맛있는 음식을 더 많이 맛보려면 이전보다 더 맛있고 더 강렬한 음식들이 필요하다. 더 맛있는 음식으로 더 즐거움을 느끼겠지만 언급했듯 포화상태가 되면 결국 배가 터질 듯한 괴로움과 마주친다. 더 이상 즐거운 자극을 느끼지 못하는 상태가 온다. 순간적인 즐거움을 영원히 맛보려고 지속적으로 쾌락을 추구하게 되면 배가 터져 죽는 것과 같은 파멸을 만난다. 매일 진수성찬을 먹고 매일 섹스 파트너가 바뀌고 매일 하인들이 시중을 든다면 아마도 가장 빨리 죽을 수 있을 것이다. 쾌락을 무한정 쫓아가면 그곳엔 죽음이 있다.

한 고급 음식점을 갔을 때 친구는 담백한 이태리 피자 한 조각을 입에서 몇 번 씹더니 즐거운 표정으로 이렇게 말했다.

"이렇게 맛있고 즐거운 시간을 가지려고 그토록 돈을 벌고 일을 하고 삶을 영위하는 것이 아닐까? 돈을 많이 벌어서 이렇게 감칠맛 나는 음식들을 먹고 좋은 곳을 여행하는 게 살아가는 이유인 것 같아."

맛있는 음식을 먹던 나는 급채할 뻔하였다.

'고작 이런 음식을 먹기 위해 순간적인 입안의 달콤함을 위해 삶을 살아간다는 말인가?'

눈과 입이 즐거운 저녁식사이기는 했지만 마음만은 무거웠던 한때로 기억된다. 돌아온 날 밤에 마음이 분명 아팠다. 즐거움에 영혼을 팔아버린 친구가 안타깝기도 했지만 즐거움을 따라 살아온 나의 삶이 등따시고 배부른 나를 가소롭게 비웃었기 때문이다.

쾌락은 삶의 윤활유 역할을 톡톡히 하지만 추구해야할 대상은 분명 아니다. 쾌락을 쫓기 시작하면 배부른데도 계속 먹어야 하는 괴로움과 만나게 된다. 쾌락을 추구하기 시작하면 더 강하고 더 자극적인 즐거움을 찾게 되고 소모적인 죽음의 기운과 만나게 된다. 즐거움은 추구할만한 대상이 아니다. 결단코 나는 맛있는 음식을 더 먹기 위해 살아가는 사람이 아니다.

쾌락은 그냥 스쳐지나가는 얕은 관계일 뿐이다. 그냥 스쳐가는 바람의 시원함일 뿐이고 흘러가는 냇물의 활기찬 움직임일 뿐이다. 즐거운 느낌을 주고 사라지는 아쉬운 여운일 뿐이다. 가족 간의 살가운 깊은 관계나 오래된 만남이 아니라 사업상 만나거나 형식상 만나는 사람이나 동료들과의 스치는 만남일 뿐이다. 필요하지만 중요하지 않은 한때의 즐거움일 뿐이다. 내 삶의 이유가 아니다!

신사동의 '가로수길'엔 오목조목 맛깔난 예쁜 커피집이 많다. 너무 더운 나머지 팥빙수 한 그릇을 먹으러 차를 끌고 발렛 파킹을 찾았으나 이미 만원이다. 힘든 일에 더운 날씨에 지쳐있던 영혼은 팥빙수 하나에 목숨 걸고 골목길을 이리저리 누비고 다녔다. 그냥 포기하려던 순간 골목길 사이로 주차공간이 있는 허름한 골목카페가 보였다. 그냥 찬 커피 한잔만 먹고 나오리라. 혀를 차며 일진이 좋지 않은 휴일을 원망하려던 무렵 눈앞에 놀라운 광경이 펼쳐졌다.

달콤한 초콜릿파이 한 조각과 시원한 아이스크림이 부드러운 커피를 깔고 앉아 자태를 뽐내었다. 천상의 맛이 이러할까? 따뜻한 액상의 초콜릿이 들어있는 말랑말랑한 케이크는 혀 돌기 사이로 녹아들면서 미각섬유를 자극했고 아이스크림과 차가운 커피는 절묘한 조합으로 목 넘김의 즐거움을 주었다. 한순간에 짜증과 더위가 달아나고 심술도 아이스크림 녹듯 사라졌다. 시원한 우유팥빙수의 얼얼한 담백함까지 기대 이상의 맛과 즐거움으로 하루의 기분을 새롭게 바꾸어 주었던 것 같다.

쾌락은 삶의 작은 위안이자 친구요 탈출구이기도 하다. 지나치지 않다면 쾌락은 신선한 격정이자 삶의 이벤트가 될 수 있다. 이웃과의 인사, 아침의 모닝커피, 음악감상과 영화보기, 체조나 조깅 같은 일상의 가벼운 만남들이 행복의 아쉬움을 달래주는 건 아닐까? 이러한 삶의 자잘한 일상에 우리의 행복에 대한 아쉬움이 묻어있다.

그러나 반드시 기억해야 할 것은 그렇게 맛있는 음식도 깊은 만족감과 행복을 줄 수 없다는 사실이다. 즐거움 이상은 아니다. 얕은 관계이지 깊은 관계는 아니다. 삶을 던져버릴 수 있는 소중한 관계는 아니다. 사랑하는 당신을 위해 생명을 바칠 수는 있지만 초콜릿케이크를 먹기 위해 내 영혼을 팔지는 않는다. 생명을 걸고 사랑할 수 있을 때, 눈물과 아픔을 간직할 때 깊은 만족감과 삶의 희열을 느끼게 된다. 초콜릿케이크의 감동과는 다른 이야기이다. 생명과도 같은 감동이며 전율이며 삶의 이유가 될 정도의 가치이다.

모 방송의 예술 다큐멘터리 프로그램에서 일본의 한 예술가에게 리포터가 질문했다.

"당신에게 예술이란 무엇입니까?"

못생기고 키가 작은 노파는 기괴한 외모에 긴 머리를 늘어뜨리고 막힘없이 자신감에 찬 목소리로 대답했다.

"제 인생의 전부이자 모든 것입니다. 예술 없이는 살 수가 없지요."

행복이라고 말하려면 적어도 이 예술가처럼 '제가 사는 이유이자 제 인생의 최고 가치입니다'라고 말할 수 있어야 한다. 다시 생각해보면 초콜릿케이크에 우유팥빙수를 놓고 내 인생을 걸고 내 인생의 최고 가치였다고 말하기는 어려울 것이다. 행복이라고 말하려면, 마음 깊은 곳으로부터 흡족한 만족감이 지속되어 나의 가장 소중한 것이라고 말할 수 있어야 한다. 즐거움 속에 깊은 사랑이 자리 잡아야 한다. 즐겁고도 좋을 뿐만 아니라 인생을 걸 만큼 소중한 의미가 있어야 한단 말이다.

행복은 곧 깊은 관계이다. 아무리 생각해도 이 말보다 더 행복을 잘 설명하기란 어려운 것 같다. 행복은 깊은 소통이다. 그냥 잠시 스쳐가는 바람이 아니다. 친구들의 웃음과 그녀의 미소와 나를 배려한 손짓으로 우리는 잠시나마 즐거워하고 행복해한다. 하지만 우리를 겉도는 웃음과 미소와 손짓은 즐겁지만 행복이 될 수 없다. 나와 네가 행복해지려면 긴 시간 동안 깊은 아픔을 품고 마음을 열어서 소통해야 한다. 순간적인 관계가 아니다. 계산적인 관계도 아니다. 즐겁기만 한 관계도 아니다. 내가 당신을 사랑한 나머지 나의 시간도 나의 영혼도 나의 가치도 당신을 위해 사용되고 희생되어야 궁극적인 행복과 만날 수 있다.

우리가 즐기는 춤과 노래, 술과 섹스는 즐거움이다. 결코 행복이 아니다. 즐거움은 행복이 아니다. 즐거움은 끝이 있고 쉽게 시든다. 맛있는 음식과 즐거운 여행이 언제까지나 우리를 즐겁게 하는 것은 아니다. 마약과 담배와 섹스가 언제까지나 우리를 즐겁게 하는 것은 아니다. 언제까지나 나를 즐겁게 할 수 있는 것이 바로 행복이고 당신이다. 언제까지나 즐거우려면 만족하려면 가슴을 녹여야 하고 영혼은 기도해야 하며 눈물이 고여야 한다. 그러한 아픔과 눈물이 가치를 만들고 그 가치가 그 투자가 그 정성이 진실된 사랑을 만들고 아름다움을 만든다. 그렇게 지극히 좋아해서 삶의 아픔을 견뎌낼 수 있을 때 우리는 행복을 만나게 된다.

음악에 심취한 지휘자가 격렬히 음악에 몸을 내맡기는 모습은 행복이다. 많은 시간과 노력과 아픔이 음악과 함께 있었기 때문이다. 수학 문제와 씨름하며 새로운 공식을 발견해 내는 학자의 모습은 행복이다. 많은 시간과 노력과 아픔을 수학공부와 함께하였기 때문이다. 종교인이나 비종교인이나 지속적으로 봉사하고 서로 돕고 이웃을 챙기는 모습은 행복이다. 많은 시간과 아픔과 고통을 이웃과 함께하였기 때문이다. 어렵게 낳고 기른 자식은 행복한 대상이다. 많은 시간과 아픔과 고통을 자식과 함께하였기 때문이다. 오래된 노부부가 손을 맞잡은 모습은 행복이다. 많은 시간과 아픔과 고통을 배우자와 함께하였기 때문이다. 그냥 잠시 스쳐간 인연이 아니다. 그냥 즐거웠던 한때가 아니다. 마음을 빼앗기고 괴로워하며 불타오르는 정열과 눈물 어린 노력이 오랫동안 당신의 영육에 생채기를 내었다. 그래서 소중하고 그래서 집중하며 항상 생각한다. 행복의 모습. 당신의 온 영육을 쏟아 녹여낼 때 사랑을 만나고 행복을 만난다.

100명의 친구보다 마음 깊은 상처까지 들추어도 되는 1명의 친구가 필요하다. 100억 원보다 마음을 다하여 성실히 일한 대가로 받는 100만 원이 필요하다. 100명의 예쁜 탤런트보다 따뜻한 마음으로 함께 발전하는 1명의 아내가 필요하다. 100점보다 스스로 깨닫고 익혀서 노력한 10점이 필요하다. 문제의 핵심은 깊은 관계이다. 가볍지 않고 내가 선택하고 선택받은 깊은 소통.

의사가 되고 내과를 하기로 결심한 어느 날 내과 의국장이었던 친한 형과 진로에 대해 상담 겸 술자리를 하게 되었다. 형은 만나자마자 다짜고짜 내과를 지원하지 말라고 타일렀다.

"내 경험상 우리 병원 내과는 너무 힘들어. 형이 먼저 경험해서 하는 말인데 편한 과를 하든지 아니면 2차 병원 쪽 내과를 해라. 너를 생각해서 하는 말이니 귀담아 들어라. 제발 이놈아!"

"형님, 2차 병원 쪽은 부모님이 허락하지 않고 저는 내과 하기로 마음을 굳혔습니다. 군대에 있어서 머리는 바보가 되었는지 모르겠지만 의국에 뼈를 묻겠다는 생각으로 열심히 하겠으니 제 의지를 꺾지 말아주십시오."

"군대에서 쉬고 온 사람들은 내과 생활 견뎌 내기도 힘들고 작년에 군의관 출신 지원자가 2명이나 도망갔어. 그리고 너를 불편해하는 사람들도 있고."

"군 생활하면서 저도 느낀 게 많습니다. 반성도 하게 되었고 인간도 알게 되었고요. 힘들다고 도망 안갑니다. 뼈를 의국에 묻겠다니깐요."

의국에 뼈를 묻겠다는 말을 몇 번이나 했는지 모르겠다. 친한 형은 계속 내과 생활의 어려움과 비효율성에 대해 많은 이야기들을 해주었지만 그러한 권고가 더욱 의지를 강하게 만들었다.

"잔소리 말고 내과 지원할 거니까 형이 밀어주셔야 합니다."

못을 박았다. 더 이상 거부하지 못하게. 형은 한숨을 쉬며 알았다고만 했고 밤새 옛날 인턴 시절을 떠올리며 흥겨운 술자리를 가졌다.

그리고는 내과를 들어갔고 희망찬 의사생활을 시작하였지만 역시나 그 형님의 말처럼 너무나도 가혹하고 힘든 병원생활이었다. 그때 형님의 말을 들었어야 했다고 하소연하기도 했다. 때려치울 생각을 몇 번이나 하고 코피가 수도 없이 터졌지만 끝끝내 하늘의 도움으로 도망가지 않고 무사히 수련을 마쳤다.

그리고 나는 내과 의사가 되었다. 둔한 머리로 의대 시절 공부를 시작해서 힘든 병원 수련 시절을 거쳐 환자들의 문제를 해결할 수 있는 능력을 지니게 되었다. 쉽게 얻어진 직장이 아니고 쉽게 얻어진 능력이 아니다. 그 어려운 시절을 통해 의사는 나의 소중한 직업이 되었다. 힘들기 때문에 소중해졌다. 힘들지만 그 의미와 가치로 인해 시간과 노력을 투자하였고 앞으로도 평생 추구하고 노력해야 하는 소중한 행복이 되었다.

수련 기간 동안 친한 형이 나를 위해 내과 지원하지 말라고 타일렀던 이야기를 의국장이 되어 내 후배들에게 똑같이 말하는 자신을 발견했다. 힘드니까 어지간해서는 다른 편한 과를 하라고. 하지만 한마디 더 덧붙이지 않을 수 없었다.

'생각해도 생각해도 꼭 내과 의사를 하고 싶다면 이 일이 의미 있다고 생각한다면 죽기 아니면 까무러치기로 도전해 보아라' 라는 말을…

어디 공부가 처음부터 쉽더냐? 어디 그림그리기가 처음부터 쉽더냐? 그녀와 편안하고도 마음을 주고받는 일상이 처음부터 가능하더냐? 어려운 일이다. 쉽지 않다. 하지만 견뎌내고 함께하고 울고 웃고 좋아하고 아파하다보면 알게 되고 새롭게 보이고 사랑하게 된다. 의미를 가지고 적극적으로 오랜 시간을 함께하면 그에 대한 달인이 된다. 대상을 알게 되고 사랑하게 되고 행복하게 된다. 당신에 관해 가장 잘 알고 가장 사랑하고 가장 행복을 느끼는 사람이 되고 숙련자가 되고 달인이 된다. 어렵지만 적극적으로 뛰어들어 꾸준히 노력하면 행복을 만나게 된다.

그 어떤 대상이든 깊은 관계, 깊은 사랑이 필요하다. 우리를 행복하게 하는 것은 그뿐이다. 마음속 깊은 곳에서 아직도 소리 지르고 있는 갈급함, 목마름, 바로 우리가 사랑한 그 무엇이 우리의 존재 이유이자 행복이다. 의사 일이든 연인이든 자연이든 공부든 시든 노래든 운동이든 마음 깊은 곳에서 갈구하는 순수한 추구로 갈등하고 이겨내고 노력할 때 행복한 사람이 된다.

『나의 문화유산 답사기』라는 책에는 지은이가 문화유산을 느껴보려는 애절한 에피소드가 나온다. 스승님이 고분에서 아름다움을 느끼지 못하면 박물관장이 될 자격이 없다는 말씀에 저자는 며칠이고 몇 주고 고분을 찾아가기를 수십 번, 그렇게 느껴보고 사랑하려는 몸부림 속에서 깊은 관계는 형성되었고 결국 저자는 고분을 아름답게 보고 느낄 수 있었다. 이전과 달라진 관점을 가지게 되었다. 그리고는 다음의 유명한 이야기를 들려준다.

'사랑하면 알게 되고 알게 되면 보이나니 그때에 보이는 것은 이전과 같지 않으리라.'

너를 깊이 사랑하는 것. 평생 너 하나를 사랑하는 것. 아끼고 사랑하고 돌보고 기도하고 함께하는 것. 거기서 행복을 느끼고 싶은 것이다. 깊은 소통, 깊은 사랑, 감정의 치우침으로 일시적으로 사랑이 불타오르다 시들어버리는 사랑이 아니다. 자신의 즐거운 한때, 여흥을 북돋아주기 위한 당신이 아니다. 삶의 이유이자 삶의 목표이자 삶의 전부가 되기를 당신에게 빌고 있는 것이다. 그냥 스쳐가는 사랑이, 그냥 스쳐가는 마음이 아닌 사랑해도 사랑해도 더 사랑할 일들이 많아지는 영원한 사랑을 꿈꾸고 있다. 분명 가능한 일이고 지금도 이루어지고 있는 현실의 영원한 사랑, 영원한 행복, 이것을 너와 함께 느끼고 싶음이다. 깊은 관계, 당신과의 깊은 관계를 통해 나는 분명 쉽지 않은 행복과 마주할 것이다.

행복은
생산적인
관계이다

 TV라는 놈은 요상하게 생긴 물건이다. 여러 가지 얼굴을 하고 있다. 내가 원하는 얼굴로 시시각각 변하며 나에게 알랑방귀를 낀다. 심심하니까 웃겨봐, 라면 '웃찾사'나 '개그콘서트'를 보여주고 진지하게 빠져들고 싶으면 미남미녀들이 나오는 드라마를 보여준다. 스포츠와 오락물로 내 맘을 맞추어주려고 온갖 간신행세를 해댄다. 리모컨을 이리 돌리고 저리 돌린다. 한 바퀴 채널을 돌리고서도 그다지 재미있는 프로그램이 없다면 참으로 절망이다. 주인님이 심심하다는데 그것 하나 못 맞추어 주냐? 케이블 채널까지 30개가 넘는 채널에도 만족하지 못하고 궁상을 떨고 있는 나. 여전히 내 맘을 살피며 내 눈치를 보고 있는 저 놈의 TV.

TV는 너무 쉬운 놈이다. 내가 원하는 대로 얼굴을 바꾸며 항상 안절부절 즐거움이 없어지지 않도록 나의 손길을 기다린다. 그렇게 쉬운 놈이기에, 가벼운 즐거움만 주는 놈이기에 TV는 좋은 친구가 될 수 없는 것. 쉬운 놈에겐 내 마음을 줄 수 없다. 그리하여 TV와 결별을 선언했다.

'너 바보상자!'

'항상 나를 유혹해서 너의 세계에서 허우적대게 한 죄.'

'자기 생각 없이 너무 내 눈치만 보고 비굴하게 얼굴을 바꾸었던 죄.'

'너는 내 인생에 아무 도움이 안 되는 놈이기에 너를 가차 없이 버리겠노라.'

난 다짐을 했다. TV와의 전쟁. 그렇다고 고가의 TV를 부숴버릴 수는 없었고 쳐다도 보지 않겠다는 것. 내 젊은 날의 소중한 시간들을 너에게 빼앗기지 않겠다는 것.

하지만 고단한 몸을 이끌고 돌아온 나에게 TV는 유혹했다.

'야! 다큐멘터리 같은 프로그램은 지식에도 도움 되고 얻는 것도 있잖냐? TV를 보는 건 나쁘지만은 않아.'

'웃고 즐기면서 엔도르핀이 얼마나 나오는데 오늘은 피곤하고 짜증이 나니 나를 보면서 좀 웃어라. 피곤도 싹 가실 걸~.'

'그래 네 말이 맞다. 지금 TV를 안 본다고 해서 짜달시리 더 유익하고 발전적인 시간을 가질 힘도 없는데 잠을 처 자는 것보단 TV보는 것이 낫겠지?'

또 지 맘대로 자기위안을 한다. TV의 유혹. 지치고 소외된 일상에서 TV는 갖은 모략으로 time killer의 표독한 모습을 보여준다. 007 첩보원처럼 교묘하게 자신의 세계로 발을 디디게 하고선 정신을 쏙 빼놓고 나의 시간과 자존감을 삼켜 먹어버린다. 그렇기에 TV와 전쟁선포를 할 수 밖에 없는 시간이 다가왔다. 너무도 교묘하게 내 귀중한 삶을 앗아가기에 일시적인 다짐만으로는 TV와의 싸움에서 질 수 밖에 없다.

적을 알고 나를 알아야 백전백승이라 했던가? 전쟁에서 승리하려면 전술이 필요한 것이다. 제갈량과 같은 전략가가 되어야 이 볼록 스크린의 유혹전술을 이겨낼 수 있으리라. 먼저 생각해낸 건 TV만큼 재미있고 매력적인 유혹들을 내 주위에 포진해 두는 것이었다. 내가 좋아하는 베스트셀러 책들과 쉽게 명상할 수 있는 아늑한 침대보와 방석, 논문을 쓸 수 있는 자료와 노트북을 준비해놓고 TV의 공격을 기다렸다.

'네가 유혹해봤자 더 재미난 것들을 준비해놓았으니 너 TV따위에 관심을 줄 내가 아니다.'

난 이 전투를 맞불 전투라고 부르고 싶다. 더 강한 유혹들을 주변에 배치해두어 TV의 유혹을 막아보자는 것. 하지만 이게 웬걸. 이 전투의 승률은 반반이었다. TV를 떠나 독서와 명상의 시간을 가지기도 했지만 피곤한 정신 상태에서는 TV를 켜고 만 것이다. 승률이 반반이라니… 다시 전략회의에 들어갔다. 패전의 이유인즉슨 TV는 쉬운 대상이라 접근성이 용이하다는 것. 가치가 있을수록 접근이 쉽지 않고 조금이라도 어렵지 않으면 가치 있는 대상이 되기 힘들다. 독서나 명상이나 공부는 가치 있는 일이지만 접근성이 떨어진다. 정신상태가 약해지면 쉬운 대상에 빠져드는 나약한 인간이 TV보다 어려운 대상을 스스로 찾아가기란 쉽지 않은 것이다.

　사흘 밤낮을 고민한 끝에 전략을 세울 수 있었다. TV의 맹공에 대처할 수 있는 비책. 그것은 TV의 접근성을 떨어뜨리든지 독서나 명상의 접근성을 높이든지 둘 중 하나만 성공하면 TV와의 전쟁에서 승리할 수 있다는 것. 먼저 TV에 빨간 포스트잇을 스무 개 정도 붙였다. TV를 보려면 이 포스트잇을 다 떼어내야 볼 수 있는 것이다. 접근하기가 쉽지 않게 제어장치를 해 둔 것이다. 빨간 포스트잇을 선택한 건 집에 있는 포스트잇이 그 색깔뿐이었기도 했지만 속으론 빨간 머리띠를 두르듯 피의 징표로 TV와의 싸움에서 승리하겠다는 결심을 투영했기 때문이다. 빨간 포스트잇은 승리를 위한 투쟁의 붉은 깃발이었다. 그렇게 TV를 보려면 포스트잇을 스무 개나 떼야 하는 번거로움을 설정한 뒤 정신무장에 들어갔다. 정신이 깨어있으면 독서나 명상이나 공부에 대한 접근성을 높일 수 있다고 생각했기 때문이다. 운동을 병행하고 가치 있는 일을 하는 뿌듯함을 상상하게 했다. 해보면 알겠지만 이 전략은 승률이 높다. 이 전투는 독립운동 전쟁이라 부르고 싶다. 결연한 의지로 TV와 독립된 세상을 꿈꾸었고 결국엔 '재훈 독립 만세'를 외칠 수 있었기 때문이다.

　하지만 지금 내 방의 TV에는 어떠한 포스트잇도 붙어있지 않다. 친구나 부모님이 오면 포스트잇을 떼야만 하고 어느 날 TV를 봐야하는 순간이 오면 다시 포스트잇을 붙이는 일이 용이하지 않았다. 항상 정신무장을 하고 있는 것도 아니고 붙어있는 포스트잇을 떼기도 귀찮지만 떼놓은 포스트잇을 다시 붙이기도 귀찮았던 것!

휴일의 나른한 아침이다. 일찍 일어나서 도서관을 가려고 했으나 어제 약간 늦게 잤다는 자기 핑계로 9시가 넘었는데도 침대에서 뒹굴거리고 있었다. 영 정신이 깰 태세를 보이지 않는다. 앉았다가도 다시 드러눕고 말았다. 그렇게 끼적대며 한참을 미진한 잠과 싸우다 정신을 깨우기 위해 자극이 필요하다고 생각한 나머지 TV를 켜고야 말았다. TV를 통해 무언가를 얻고자 했던 것은 아니었다. 그냥 정신이 들 정도의 흥미가 필요했던 것. TV를 멀리하려던 나의 의지와는 상관없이 TV를 보며 깔깔거렸고 어느덧 정오를 넘기고 있었다. 빨리 잠을 깨려고 아침 7시부터 잠을 설쳤던 자신이 원망스러웠다. 시간은 무의미하게 흘러갔고 오후 1시가 되어서야 도서관으로 출발할 수 있었다. TV는 이렇게 혼란한 틈을 타서 나를 유혹하고 정신이 들 때쯤 다짐과 계획이 무너졌음에 괴로워하게 만든다. TV와의 전쟁. 사는 날 동안 싸워야 하는 소모적인 동반자.

TV는 소모적인 놈이다. 무언가를 생산해내지 못한다. 물론 다큐멘터리나 교육방송에서 그리고 영화를 통해 얻는 다양한 지식들이 있을 수 있지만 대부분 재미를 위해 TV를 이용하고 있는 실정이니 소모적인 관계에 치우쳐있음에 틀림없다. 그래서 TV는 좋은 친구가 될 수 없다. 발전하지 못하고 시간을 낭비하게 만드니 TV를 사랑할 수 없다.

삶이란 무엇을 생산해내는 과정이다. 해바라기는 해를 향해 고개를 내민다. 살아있다는 것은 자라나고 있다는 말과 같다. 연어들은 강줄기를 거슬러 오른다. 살아있다는 것은 거친 물살을 이겨내고 목적한 바를 위해 나아간다는 말과 같다. 사람은 일어나 걷는다. 출근 시간 어딘가를 향해 분주히도 발걸음을 재촉한다. 살아있다는 것은 어디를 향해 움직이고 있다는 말과 같다.

그러나 죽은 것들은 어떠한가? 해바라기가 죽으면 머리를 땅에다 박는다. 연어가 죽으면 강물의 흐름을 따라 떠내려간다. 사람이 죽으면 다시 일어나지 못한다. 일어나는 것보다 앉는 것이 편하고 앉는 것보다 눕는 것이 편하며 눕는 것보다는 죽는 것이 편하다. 머리를 땅에다 박고 물살을 따라 내려가며 누워있는 행위가 편하고 즐거우며 좋고 힘들지 않다.

죽어가는 행동은 즐겁다. 편하고 힘들지 않기 때문이다. TV의 오락 프로그램을 오래 보고 예쁜 옷을 사는 데에 급급하고 맛있는 음식만을 찾아다니며 잠을 너무 오랫동안 자는 행위는 쉽고 편하게 죽어가려는 가상한(?) 노력이라고 볼 수 있다. 소모적인 행위가 길어지면 죽음의 기운을 받아들여야 한다. 소모적인 쾌락이 재도약, 재충전을 위한 발판이 되지 못하고 오랫동안 추구하고 오랫동안 소모적인 관계를 유지하면 죽든지 파멸한다. 반드시 그러하다. 생산적이지 못한 일상의 끝은 파멸이다.

결혼 생활 또한 마찬가지이다. 남편은 직장생활을 하다가 은퇴를 하고 집안의 소일거리로 지루함을 이겨낸다. 부인은 귀찮고 지긋지긋한 집안일을 하루하루 겨우 해내고 드라마나 수다를 통해 스트레스를 풀어본다. 열정적인 삶을 살아가지 않는 남편, 그리고 자신을 가꾸지 않고 매력을 잃어버린 부인. 이전에 돈을 많이 벌었고 고위 관리직에 몸담았다고 나이가 들었으니 쉬고 즐겨야 한다고 생각할지도 모르겠다. 이전에 아이들과 남편 뒷바라지에 희생만 했다고 쉬고 즐겨야 한다고 생각할지도 모르겠다. 맛있는 음식을 먹으러 다니고 더 즐거운 볼거리를 찾아다니고 편안한 패키지여행을 기다리며 TV와 함께 많은 시간을 보내기를 바라고 있는지도 모르겠다.

한때는 발전적이고 생산적이었던 사람들이 죽음을 향해 달려간다. 더 편한 죽음의 세계로 나아간다. 해바라기가 해를 바라보지 않고 연어가 강의 상류를 바라보지 않으며 사람이 발전적인 목표를 잃을 때 죽어간다. 애벌레가 나비가 되려는 꿈을 접고 자신이 열심히 만든 고치 속에서 만족하고 머물면 그 속에서 나비가 되지 못하고 죽음을 맞이할 뿐이다. 자신이 이만큼의 성과를 거두었으니 이제 편안한 삶을 살겠다는 생각은 자신이 만든 고치 속에서 죽어가고 있는 애벌레의 즐거운 망상과 다름없다.

소모적인 편안한 일상이 지속되거나 소비적인 삶을 추구하게 되면 매력을 잃어가는 남녀의 쾌락적인 일상이 길어지다 결국은 죽음이나 파경을 맞게 된다. 서로에게서 생명의 기운을 느끼지 못하고 매력을 느끼지 못하니 헤어짐은 당연한 결과이다. 결혼 생활이 즐겁지 않다면 생동감 있지 않다면 먼저 목적과 이상을 잃어버리고 즐거움만 찾고 있는 자신을 발견해야 한다. 생산적이지 못한 소모적인 일상을 반성해야 한다.

모 TV 다큐멘터리 방송에서 장수마을의 한 할머니를 찾아서 장수하는 비결을 물어 보았다.

"할머니, 100살이 다 되어 가시는데 왜 이렇게 오래 산다고 생각하세요?"

마룻바닥을 조심스레 닦던 할머니는 그 새를 못 참고 호미를 쥐고 텃밭을 갈고 있었다.

"장수? 이렇게 부지런히 일하고 밥 잘 먹고 움직이니까 건강한 것이지. 잘 먹고 많이 움직이면 돼."

"힘드실 텐데 텃밭일은 좀 놔두시지 그러세요?"

"아직 쌩쌩한데 뭘? 상추나 고추 같은 거 키워서 자식들 주는 재미가 있어."

부모님이 나이가 들면 일하지 말고 즐기며 쉬라고 자식들은 이야기한다. 하지만 쉬고 소모적인 즐거움을 권하는 건 빨리 죽으라는 얘기다. 이 백세 노인처럼 늙어서도 의미 있는 일을 하고 죽기 전까지 목표를 가지고 움직여야 한다. 생산적인 삶이 생명을 연장시키고 살아있게 한다. 무리한 일이 아니라면 생명을 향해, 의미를 향해, 생산을 향해 움직여야 행복한 삶을 영위할 수 있으리라고 믿고 있다.

TV와의 전쟁에서 근본적으로 승리할 수 있는 길은 적극적으로 생산적인 일에 몰두하는 것이다. 아름다운 여인을 사랑하는 남자는 데이트와 TV시청 중 어떤 일을 선택할까? 아름다움을 발견한 예술가는 예술 활동과 TV시청 중 어떤 일을 선택할까? 아름다운 몸매를 가꾸려는 이는 운동과 TV시청 중 어떤 일을 선택할까? 생산적인 일에 적극적으로 뛰어들 때 소모적인 즐거움은 물러난다. 쾌락의 유혹이 올 때 소중하고 생산적인 목표가 구원의 손길을 내밀며 쾌락을 이길 수 있는 힘을 준다. 의미와 목표, 이것이 살아있게 하고 존재하게 하는 해결책이다. TV의 유혹에 맞설 수 있는 힘이다.

죽어가는 것들은 소모적이고 살아가는 것들은 생산적이다. 살아가는 것들이 되어야 한다. 그러나 항상 살아가는 것들이 되고 싶지만 이 무거운 존재는 쉼을 원하고 쾌락을 원하고 또 소모적인 관계를 갈구

한다. 그러한 때가 온다. 힘든 일을 끝내고 쉬고 싶은 시간이 있다. 소모적인 즐거움이 다가올 때 지긋이 미소지어주면 된다. 바람이 시원하게 불어 기분을 상쾌하게 하면 그로써 족하다. 바람을 따라다니지 말고 불어오는 바람을 느끼면 된다. 또 지나간 바람을 아쉬워하지 않고 다시 굵은 땀방울을 흘리면 된다. 쾌락을 즐기되 생산적인 땀방울을 잊어서는 안 되겠다. TV를 보는 건 나쁜 일이 아니다. TV를 보되 TV 시청을 유일한 낙으로 삼고 추구하거나 TV에 눈을 못 떼고 할 일을 미룬 채 끌려 다녀서는 안 되겠다. 소모적인 즐거움은 가만히 놓아두고 스쳐 지나가면 그로써 족하다. TV에 끌려 다니지 말고 잠시 시간을 때우면 충분하다.

TV시청보다 가치 있는 대상에 빠져서 생산적인 유희를 즐겼으면 한다. 내 젊은 날의 친구가 TV가 아니라 한 권의 책이요 또 명상이요 또 공부였으면 한다. 생산적인 관계를 추구하면서 행복을 느꼈으면 한다. TV와의 전쟁은 아직 끝나지 않았다. 편하고 쉽게 즐거움을 느낄 수 있다고 외치고 있는 TV 앞에서 흔들리는 마음을 부여잡고 있는 중이다. 사실 싸워서 이길 필요는 없는 일이다. 상대를 안 하면 되니까. 나의 관심사는 TV가 아니니까. 나에게는 TV가 아닌 행복을 향한 꿈과 이상이 있으니까! 소리 없는 유혹은 이 밤을 이렇게나 싸늘하게 비웃고 있다.

행복은
또 다른
몰입이다

깊은 관계에 만족과 즐거움이 있다고 했다. 깊이 빠져들고 흠뻑 취하면 즐겁기 마련이다. 그 깊은 관계가 생산적일 때 쾌락이 아니라 행복이 된다고 이미 언급하였다. 그러나 행복의 조건이 하나 빠졌다. 여기까지 이해한다고 해서 행복을 다 이해한 것은 아니다. 꼭 알아야 할 행복의 마지막 조건. 또 다른 몰입이다.

난 참으로 중독적인 인간이다. 무언가에 잘 빠지고 맺고 끊기를 잘 못하는 성격이다. 어릴 때부터 너무 잘 빠지는 탓에 무언가 흥미 있는 것이 다가오면 여지없이 중독적으로 빠져들었던 것 같다.

그 첫째가 오락이다. 어릴 적 돈까스집이 서양의 외식 문화를 모방하며 우후죽순 생길 무렵 돈까스를 900원에 팔던 시절이 있었다. 어머니가 주고 간 1000원으로 900원짜리 돈까스를 사먹고 100원을 남긴다. 그 옛날 오락실 게임은 한판에 50원이었다. 형과 나는 그 당시 유행하던 '갤러그'와 비행기 오락을 하며 소중한 게임 한판 한판에서 죽지 않고 오래 버티려고 안간힘을 썼었다. 돈까스 맛의 여운을 뒤로한 채 오락 두 판에 목숨을 걸었고 두 판밖에 못한다는 아쉬움에 더욱 짜릿한 재미를 느낄 수 있었다.

그렇게 인연을 맺은 오락게임은 커서도 동네 친구와 함께 우정을 돈독히 하는 데에 큰 역할을 했다. 그 당시 '금도끼', '닌자 거북이', '1945'라는 비행기 오락 등이 유명세를 타고 있었는데 동네 친구와 환상의 파트너십으로 여러 미션들을 깨면서 동네 오락실을 주름잡았다. 오락실의 동네 꼬마들이 몰려들 정도로 우리의 오락 실력은 수준급이었고 오락을 잘 한 나머지 돈 몇 푼으로 장시간 함께 즐길 수 있었다.

그렇게 타고난 감각 때문인지 오락실은 방과 후 유일한 낙이었고 온통 게임에 정신이 팔려 방과 후에 곧바로 오락실로 달려가 밤늦게까지 오락을 하곤 하였다. 그러기를 수십 차례, 화가 난 어머니는 오락실로 나를 잡으러 와서 머리끄덩이를 잡고 집으로 데려와 매질을 한 적도 있다. 울다가 지쳐 잠들었던 기억이 어렴풋한데 그렇게 맞고도 오락실 행은 비밀리에 계속되었다.

그뿐 아니다. 공부에 관심이 없었던 나는 동네에서도 유명한 개구쟁이 골목대장이었다. 아파트 단지 내에서 불렸던 나의 별명은 '족제비 형님', 그 시절 이름으로 불리는 동네 아이들은 거의 없었다. 태꿍이, 돼지, 돼지 누나, 멸치, 대우, 고3행님, 꺼시, 유성… 기억이 다 나지는 않지만 각자의 개성으로 무장한 범상치 않았던 동료들이었던 것으로 기억된다. 피구, 오징어 달구지, 숨바꼭질, 야구, 발야구, 고무치기, 사방치기, 진돌, 하늘땅 등 많은 게임들을 유행시켰고 골목대장인 나를 따라서 수많은 골목과 주차장, 지하실을 누비며 동네의 애물단지 노릇을 톡톡히 했다. 그도 그럴 것이 유리창을 깨고 차에 흠집을 만들고 동네 꼬마들은 공부 안 하고 매일 놀기만 하니 경비 아저씨와 부모님들은 걱정이 크셨을 듯하다.

방학 때는 놀기가 더욱 치열해진다. 아침 9시경 아파트 앞 주차장에 나가있으면 아파트 위에서 내려다보고 한두 명 내려온다. 급기야 꼬맹이들이 한 뭉탱이 모이고 밤이 되도록 뭐가 그리 재밌는지 시간 가는 줄 모르고 헤어짐을 아쉬워했었다. 부모님들이 노는 아이들을 잡으러 내려오기가 다반사였으니 재미가 있긴 있었나보다. 하루도 빠짐없이 동네 대장 역할을 하며 놀았던 것 같다. 아침부터 어두울 때까지 놀러 다니다 어머니께 맞기도 많이 맞았다. 하지만 맞아도 맞아도 그 골목대장 재미에서 벗어날 순 없었다.

무언가에 잘 빠져드는 나는 우연히 따라간 교회에도 광적으로 열광하였다. 칭찬해주는 교회 선생님 때문에 한 번을 빠지는 적이 없이 교회를 다녔다. 그러다가 신에 대한 믿음을 가지게 되었고 고3 때엔 목사가 되기로 결심도 했었다. 정말 지독하게 교회를 다녔던 것 같다. 고3임에도 불구하고 새벽기도와 수요예배, 금요철야예배, 토요일 학생예배, 주말예배까지 그야말로 목숨 걸고 교회를 부지런히 다녔던 것 같다. 부모님이 교회로 나를 잡으러 온 적도 있었고 몰래 교회를 다니다가 부모님한테 맞기를 수십 차례, 교회일로 가출도 한 번 했으니 신에 대한 사랑이 남달랐다고 하겠다.

그리고 공부. 난 어릴 때부터 만들어진 우등생이 아니다. 이미 말했듯 오락 하고 골목대장 하고 교회 다니는 열등한 학생일 뿐이었다. 그러다 어떤 계기로 공부를 시작하게 되었다. 늦게 시작한 공부는 무섭게 불타올라 그 누구도 멈추게 할 수 없었다. 믿지 않을지도 모르겠지만 고등학교 시절 어머니가 늘 하시던 말씀은 공부하지 말고 제발 자라는 말이었다. 눈에 물파스를 바르고 컴퍼스로 허벅지를 찌르며 식칼을 책상에 꽂아 두기도 했었다. 설날이고 추석이고 학교에서 경비 아저씨와 함께 출퇴근했으며 가로등에서 잠을 깨워가며 공부한 적도 있다. 미친 사람처럼 공부를 했기에 가까스로 의대에 진학할 수 있었던 것 같다.

인상적인 추억으로 가지고 있지만 오락, 골목대장, 교회, 공부는 나를 흠뻑 빠져들게 했던 중독적인 일상이다. 멈출 수 없고 계속 한 곳에만 집중하는 상태, 때리고 말려도 그만둘 수 없는 미쳐있는 상태, 중독은 어떤 매력적인 한 분야에 깊이 빠져있는 상태를 일컫는다. 중독은 지속적으로 한 곳에 오랫동안 집중하게 만들기 때문에 몸은 피폐해지고 정신은 혼미해진다. 집중하고 있는 한 가지 외에 몸의 다른 기능들은 점점 마비되어 간다.

실제로 나 또한 오락을 하면서 다른 친구와 만나는 일이나 숙제를 할 수 없었고 돈만 생기면 오락실로 향하곤 했다. 어떻게든 돈 빼돌릴 궁리만 했었고 어머니의 지갑을 뒤지기도 했었다. 골목대장을 하면서 놀기에 정신이 없었던 나머지 공부나 숙제는 뒷전이었고 식사도 제때 먹지 못하고 노는 일에 목숨을 걸었다. 교회 다니면서 기도하고 금욕적인 생활을 한다고 몸은 마르고 영혼은 무거워졌다. 공부만 하다 보니 몸이 앙상해져 갔고 다른 친구들과의 추억도 즐거운 기억도 없이 괴롭게 몸을 혹사시키며 코피가 터지기를 여러 차례, 힘겨운 하루하루를 버텨냈다. 중독은 영육을 망가뜨린다. 한 가지에만 집착하면 다른 것들을 잃게 된다. 뿐만 아니라 심해지면 그 집착으로 인해 중독적으로 매달리던 일도 더 이상 할 수 없는 상태에 다다른다.

한 이성을 너무 사랑한다고 떨어질 수 없다면 영육은 망가지고 결국 사랑의 샘은 마른다. 중독적인 사랑은 파멸의 길을 가고야 만다. 첫사랑처럼 당신의 모든 것이 되고프고 세상의 전부가 되어버리는 사랑은 중독적이다. 다른 주변을 볼 수가 없고 당신을 사랑하는 기능 외의 기능은 잃어버려서 육체는 사그라지고 영혼은 가라앉는다. 집착하고 모든 것을 내어주고 모든 것이 되고픈 사랑이기에 그의 일거수일투족이 신경 쓰이고 원하지 않는 상대방의 행동은 심각한 괴로움을 가져온다. 중독적인 사랑은 일상적인 삶을 방해한다. 사랑하는 당신 때문에 일도 돈도 운동도 뒷전이다. 그래도 함께하는 시간은 무한한 쾌감을 선사하기에 깊이 빠져드는 것이겠지만 그 쾌감이 원하는 대로 다 충족되어지고 나면 즐거움은 점차 사라지기 시작한다. 당신을 사랑하는 일에만 신경 쓰다가 서로에게 투덜거리고 질리게 되고 모든 것이 되고자 했던 사랑은 모든 것을 잃게 만든다. 결국에는 불타오르다 남겨진 사랑의 재만이 쓸쓸이 당신을 비웃을 것이다.

우리는 마약이나 노름처럼 나쁜 짓(?)이라고 생각하는 것들에만 중독이라고 이름 붙이지만 사실 의대에서 공부만 열심히 하다 미쳐서 정신과 치료를 받는 의대생이나 너무 예술에 심취한 나머지 미친 듯이 자신의 세계에서 빠져나오지 못하고 미쳐버리는 예술가들의 이야기를 종종 듣게 된다. 생산적이고 발전적인 분야라고 할지라도 지나치게 한 가지에만 몰두하면 중독이 된다.

아인슈타인은 훌륭한 물리학자이기도 했지만 훌륭한 바이올리니스트이기도 했다. 그의 아들 한스 알베르트에 따르면 아버지는 막다른 길에 다다르거나 어려운 도전에 직면했다고 느낄 때마다 음악에서 위안을 찾고, 어려움을 극복했다고 한다. 그가 물리학에만 빠져있었다면 미쳤을 것이고 삶의 균형이 깨져 물리학에도 큰 업적을 남기지 못했을 것이다.

영화 〈샤인〉의 주인공인 데이비드 헬프갓은 피아노에 미쳐 10년간 정신병원 신세를 지었다고 한다. 하지만 그의 아내 길리안의 사랑으로 다시 정상적인 삶을 찾게 되었고 후에는 순회공연을 할 정도로 새 삶을 얻었다. 피아노에만 빠져서 균형을 잃어버린 것이다. 그가 피아노라는 중독적인 마력에서 빠져나올 수 있었던 것은 아내와의 사랑 때문이 아니었을까 싶다. 아내를 사랑하면서 피아노와 떨어질 수 있었다.

이렇듯 아무리 좋은 대상이라고 할지라도 당신에게만 물리학에만 피아노에만 빠져있다면 미쳐버릴지도 모른다. 사랑할만한 대상을 올바르게 사랑하더라도 바이올린이나 아내와의 사랑처럼 다른 관심사를 가져야 미치지 않을 수 있다. 당신을 지극히 사랑하더라도 당신을 벗어나 다른 대상을 사랑할 수 있어야 당신을 제대로 사랑할 수 있게 된다.

중독은 한 가지의 대상에서 벗어날 수 없는 상황을 일컫는다. 마약이나 노름과 같은 사회적 지탄이 되는 중독도 있지만 공부든 일이든 무언가에 흠뻑 빠져서 다른 삶을 도외시하면 중독의 쓰라림을 경험할 수 있다. 내 어린 시절의 추억 중 오락이나 골목대장은 생산적인 속성이 없는 쾌락적인 중독이라고 해야 할 것이다. 그리고 교회생활이나 공부는 생산적인 속성이 있는 몰입적인 중독이라고 해야 할 것이다. 무언가 하나에 미쳐서 가족과 건강과 일과 일상을 도외시하게 되면 좋은 일(몰입적인 중독)이든 나쁜 일(쾌락적인 중독)이든 마약복용의 결말처럼 중독으로 인한 망가짐을 경험하게 될 것이다.

이처럼 중독의 끝은 피폐함이다. 태풍이 불고 지나가면 파괴된 건물만 앙상히 남듯 중독적인 일상이 지나가면 삶은 초토화된다. 바닷물을 마시고 나면 더 큰 목마름이 찾아오듯이 중독에 빠지면 더 큰 갈망을 가지게 된다. 그 갈망을 이기지 못하고 바닷물을 먹다가 보면 배가 터져 죽는 날이 올 것이다. 한 가지에만 빠져 몰입하다 보면 더 이상 몰입하다간 죽을 것 같은 상태에 직면하게 된다. 중독으로 인해 삶은 망가진다. 균형 없는 삶은 쓰러지게 된다. 영화나 드라마에서도 항상 나오듯 광적인 사랑의 결말은 항상 그렇듯 자신의 붕괴다.

무언가에 중독되어 추구하다 보면 돈을 벌 수도 명예를 얻을 수도 사랑을 이룰지도 모르겠다. 그러나 오래가지는 않을 것이다. 중독적인 일상은 오래가지 못하고 지쳐 쓰러지게 하고 더 커진 결핍감으로 괴로움에 몸부림치게 만든다. 결과적으로 미친 듯이 일에 사랑에 노름에 게임에 중독되어 갈수록 보살피지 못한 주위의 소중한 것들은 사라진다. 돌보지 못했던 건강이 악화되고 돌보지 못했던 가족들의 싸늘한 얼굴과 대면하게 된다.

결국 쾌락이나 행복을 추구하면서 관계가 깊어지고 돈독해지면 중독이라는 문제와 싸워야 한다. 깊은 관계로 행복해지고 싶을 때 걸림

돌이 되는 중독 문제를 해결해야 한다. 빠져들었다가 헤어 나올 수 없다면 행복에서 멀어질 뿐만 아니라 미치거나 정신병원 신세를 지는 지경에 이를지도 모른다.

빠져나오기! 쉽지 않은 일이다. 사랑하는 것들에서 벗어날 수 있는 일은 정말로 쉽지 않은 일이다. 어떻게 사랑하는 사람과 내가 가진 소중한 것들에 집착하지 않을 수 있는 걸까? 어떻게 도인처럼 모든 소중한 것들로부터 초월하여 자유로운 존재가 될 수 있는 걸까?

의학 2학년, 한참 시험을 준비하고 있던 중이었다. 의대의 학기말은 정신이 없다. 열 몇 개의 과목 중 하나라도 적당한 점수에 이르지 못하면 1년을 쉬어야 한다. 그중 병리학은 가장 많은 점수를 포함하고 있는 과목이다. 시험을 대비하여 두 달여간 두꺼운 책과 강의록을 정리해서 나만의 요약 정리본을 만들었다. 그런데 그 중요한 정리본이 없어진 게 아닌가? 하루 종일 정리본을 찾아 사물함과 강의실을 이 잡듯 돌아다녔다. 친구들이 가져간 것이 아닌가 해서 의심하고 수소문하면서 친구들의 가방까지 뒤졌다. 공부에 전념해야 할 시간에 그야말로 공황상태로 헤매고 또 헤맸다. 시험이 5일정도밖에 남지 않은 상태라 다시 두꺼운 책과 필기노트를 정리하기에는 역부족이었고 정리본 없이 시험을 친다는 것은 유급을 당하고 1년 쉰다는 것을 의미했다. 지옥에 떨어지는 느낌이었다. 세상 모든 것들이 원망스러웠고 이런 작은 실수로 인생이 꼬이는 것에 대해 비관하고 낙담하였다. 그렇게 시간이 흘러 어둠이 찾아왔고 참담한 마음은 더욱 깊어져 아무것도 할 수 없는 자신을 발견했다.

모든 것을 잃었다고 생각하는 찰나 어둠을 뚫고 머리를 두드린 생각하나!

'지금까지 내가 얻은 혜택도 대단한 것이 아니냐? 의대에 들어왔고 성한 몸으로 옷 한 벌 걸치고 열심히 살아가고 있지 않은가? 지체 부자유자도 있고 공부하고 싶어도 사정상 할 수 없는 사람들도 있는데 1년을 쉬는 건 긴 인생의 과정 중 그렇게 중요한 일도 아니다!'

소중한 정리본을 떠나보낼 수 있었다. 혐오스런 자신과 세상에 대한 미련을 털어버릴 수 있었다. 별것 아닌 생각의 전환으로 지옥과도 같았던 암울함이 희망차 보였다. 밤이 늦은 시간이었지만 두꺼운 병리학 책을 다시 펼칠 수 있었다.

'늦었지만 최선을 다하면 족하다. 유급이 되더라도 다른 사람들이 손가락질을 하더라도 자신한테는 부끄럽지 않은 자신이 되리라.'

다행이도 그 정리본은 이틀이 지나고 되찾을 수 있었고 시험은 그럭저럭 잘 칠 수 있었다. 중요한 사실은 내가 유급을 당하지 않았다는 데에 있지 않다. 하루만에 지옥과 천국을 오갔던 이유를 알아야 한다. 자신에게 가장 소중한 것을 잃어버렸을 때, 아니 그 소중한 대상이 내 곁을 떠날 것이라고 상상만 해도 지옥을 경험하게 된다. 사랑하는 사람이 바람을 피거나 자신이 원하는 대로 움직이지 않을 때 집착으로 인한 괴로움을 느끼게 된다. 가슴이 저려오고 지옥과도 같은 일상이 된다. 그러나 천국은 가까이에 있다. 다시 시작하고 다시 사랑하려는 의지를 발견하는 순간, 자신에게 주어진 것들을 감사하게 생각하고 세상을 겸허하게 받아들이는 순간 희망찬 천국을 경험하게 된다.

중독에서 벗어나는 길은 집착하지 않는 길은 대상을 바라보는 새로운 시각을 키우는 데서 시작된다. 그리고 나서야 새로운 관점으로 다른 대상을 사랑할 수 있게 된다. 정리본을 떠나보내기 위해 자신의 현실을 다시 새롭게 지각했듯이 사랑하는 사람을 떠나보내기 위해 자신의 현실과 아픔을 받아들이고 새로운 희망을 꿈꾸어야 한다.

모진 사랑의 아픔을 기억하고 있는 사람들은 다시는 사랑하지 않겠다고 이야기하곤 한다.

'적당히 사랑하고 마음을 다 주지 않고 조금만 사랑하고 즐기며 언제든 놓아주리라.'

중독적인 사랑의 아픔을 잘 알기에 방어적인 자신만의 노하우를 터득하게 된 것. 중독적이고 미쳐가는 아픔으로 인해 깊은 관계를 두려워하게 된다. 그렇게 자유롭게 사랑하고 쉽게 떠나보내며 적당한 거리를 두면서 자신을 위안한다.

미술작품을 감상할 때 미학적으로 적당한 거리를 두어야 한다고 미학자들은 말한다. 자신의 감정이나 경험을 그림에 투영하면 그림을 올바로 이해할 수 없다는 것. 그림에 빠져들지 말고 제3자의 입장으로 적당한 거리를 두고 그냥 즐기라는 뜻이다. 사랑의 전문가들은 적당한 거리를 두라고 말한다. 너무 사랑해서 죽고 못 사는 관계를 만들지 말고 그렇다고 너무 떨어져있는 소원한 관계를 만들지 말고 한 사람을 지극히 사랑하면서도 자신의 일을 놓지 않고 주변 사람들도 생각할 줄 아는 적당한 거리에서 사랑하라는 것!

이것이 바로 또 다른 몰입이다. 한 가지의 대상에서 떨어져 다른 대상을 사랑할 수 있는 능력이다. 하나만 사랑하지 말고 또 다른 사랑할 만한 대상을 가져야 한다. 사랑하는 사람이 있다면 서로 무한히 사랑하되 만나지 않을 때는 자신의 일과 자신의 건강과 자신의 취미를 무한히 사랑할 줄도 알아야 한다. 하나만 사랑하다가는 치명적인 중독에서 벗어나지 못하고 중독의 거미줄에서 옴짝달싹 못하게 될 것이다. 또 다른 몰입이란 이렇게 하나에게 몰입하지만 그에서 벗어나 또 다른 분야의 대상을 깊이 사랑할 수 있는 관계, 적당한 거리를 유지할 수 있는 관계를 말한다.

그대를 바라보는 새로운 시각, 그것이 바로 또 다른 몰입이다. 온몸을 던져 그대를 중독적으로 사랑하고 난 뒤 아픔을 이겨내고 자신의 소중함을 돌아보게 된다. 자신을 잃지 않으면서 당신을 사랑했었어야 했다고 뉘우치게 된다. 그대를 바라보는 새로운 눈빛! 사랑에만 빠져 있지 않고 삶과 자신도 사랑할 줄 아는 성숙한 사랑을 깨달았다면, 그대를 놓아두고도 그대를 사랑할 수 있다면 '또 다른 몰입'을 이해한 것이다. 적당한 거리를 두고 당신을 사랑할 수 있게 된 것이다.

이렇게 현인들이 말하는 적당한 관계, 사랑하되 놓아두고 다른 분야에 매진할 수 있어야 한다는 지혜에 흠뻑 빠져있을 무렵 아버지와 대화를 할 기회가 있었다. 부모님이 내 삶을 참견하고 어린애가 아닌데도 일거수일투족 잔소리를 늘어놓는 게 얹잖아 한 소리를 쳤다.

"이제 그만 하십시오. 제 인생은 제가 알아서 하겠습니다. 어린애도 아니고 잘못은 알고 있고 스스로 노력하는 중입니다. 제 인생에 너무 참견하지 않으셨으면 좋겠습니다."

아버님은 나의 거센 반항에 조용히 방으로 불러 들였다.

"부모가 자식에게 잔소리하는 건 당연한 게 아니냐? 사랑하니까 관심을 쓰고 있고 100가지 잘해도 하나가 잘못되면 고쳐주고 싶은 것이 부모의 마음이다. 너는 잘하고 있지만 말을 함부로 하고 성격이 급한 것이 있으니 잘 받아들이기를 바란다.”

나는 이해할 수 없었다. 난 완벽한 인간이 아니고 허점이 많은 사람임이 분명하다. 그저 잘못을 고치기 위해 노력할 뿐이고 많은 다양한 생각들을 받아들이기 위해 힘쓸 뿐이다. 말로만 가르친다고 행동이 변할 것 같으면 어디 성인군자 아닌 사람이 어디 있으랴? 계속 가르치려 드는 아버지에게 울컥 화가 치밀어 올랐다.

“제가 공부를 해보니 교육학적으로도 부모가 자식에게 바라지 않고 자유롭게 많은 시도를 하게 할 때 아이들의 천재성과 창의성이 드러난다고 했습니다. 너무 감시하고 부모의 생각대로 자식을 교육하려고 들면 부모 이상의 자식이 되지 않는 법입니다. 그냥 자유로운 선택과 시도를 할 수 있게 옆에서 거들어주는 정도의 역할이 부모의 최선이라고 생각합니다.”

아버지는 혀를 차며 조용히 말을 시작했다.

“그렇긴 하지. 네 말도 맞지만 이상적인 생각과 현실은 다른 법이다. 네가 자식을 낳아봐야 내 말 뜻을 이해할 것이다. 너무 사랑하고 아끼다 보면 소유하고 싶고 간섭하고 싶은 것이다. 아이가 위험한 차도를 건너는데 어떤 부모가 그 위험한 시도를 바라보고만 있을 수 있겠니? 사랑하기 때문에 집착도 하게 되는 거야!”

그 뒤로 나는 말도 안 된다며 에리히 프롬이니 칼릴 지브란이니 여러 현인들의 이야기를 덧붙여가며 적당한 거리를 두고 자식을 관찰하는 것이 최선이라며 목소리를 높였고 아버지도 그냥 부모의 잔소리를 너무 거슬리게 듣지 말라며 타이르고 한판의 소란은 진정되었다.

시간이 지났는데도 아버지의 이야기가 귀를 떠나지 않았다. 너무 사랑하면 어쩔 수 없는 게 인간 아닌가? 모든 것을 내어주는 첫사랑의 추억에 의미를 담고 자식 사랑 때문에 온몸을 희생하는 어머니의 사랑을 아름답게 생각하는 건 그들의 사랑이 적당한 거리를 유지해서가 아니다. 대상에 대한 의미가 소중한 나머지 자신을 희생하고 애쓰는 모습이 인간을 인간답게 만드는 소중한 열정이라는 생각이 들었다. 중독적으로 빠져들고 집착하는 데에는 의미를 사랑하는 인간의 낭만이 있었다. 중독적인 사랑에는 인간적인 낭만이 있다. 치우치고 빠져드는 낭만적인 인간, 무시할 수 없는 인간적인 매력이다.

다시 중독과 또 다른 몰입에 대한 이야기를 해야겠다. 행복은 깊은 관계이며 생산적인 관계이다. 그리고 중독적이지 않은, 떨어질 수 있고 분리될 수 있는 관계이다. 중독을 피하기 위해서는 어떤 다른 사랑할만한 대상을 찾아야 한다. 하나만 사랑해서는 안 된다. 몰입할 수 있고 사랑할 수 있는 또 다른 대상이 있어야 자유로워질 수 있다.

내가 아는 행복은 여기까지이다. 쾌락과 중독은 그 나름의 의미를 가지고 일상으로 파고든다. 행복은 아니지만 소모적인 쾌락은 행복에 대한 아쉬움을 가지고 위안을 준다. 치우치는 중독은 인간적인 낭만을 품고 우리를 유혹한다. 행복을 추구하는 나지만 쾌락적이고 중독적인 기질이 마음 한구석에서 요동치고 있다. 인간을 인간답게 만드는 것! 신의 행복을 누리지 못할지라도 무의미한 쾌락과 낭만적인 중독에 내 존재의 이유가 있는지도 모른다. 마약을 하며 게임에 빠져 사는 어리석은 사람에게도 치우치는 인간의 아쉬움이 숨어있는지도 모른다. 행복을 추구하다가 지쳐 쓰러진 자신을 안타까워하며 가까스로 쾌락을 부여잡고 있는지도 모른다. 가장 인간다운 모습으로 즐거움의 늪에서 허우적거리고 있는지도 모른다.

거리의 아이들은 일상이 고단하다. 매일 구걸하고 폐허나 콘크리트 건설현장에서 새우잠을 자기도 한다. 집이 없고 즐거움이 없는 그들에게 마약은 유일한 도피처였는지도 모른다. 거리의 여자들은 일상이 고단하다. 매일 몸을 팔고 술주정뱅이들의 치근덕거림을 참아내야만 한다. 그렇게 번 돈으로 사치스럽게 쇼핑하는 일이 유일한 도피처인지도 모른다. 사랑받지 못한 아이들은 외롭다. 그렇기에 누군가 달콤한 속삭임으로 다가오면 외로움을 잊으려 깊이 사랑하고 목매달게 된다. 그들에겐 미친 듯이 사랑하는 일만이 유일한 도피처인지도 모른다.

하지만 어떤 쾌락적이고 중독적인 삶을 선택하든지 행복을 잊어서는 안 되겠다. 행복을 바라보고는 있어야 한다. 비록 인간적인 낭만으로 멈출 수 없는 즐거움에 도취되고 어리석고도 소모적인 희생을 하더라도 영혼이 행복을 향하고 있지 않다면 우리는 다시 일어설 수 없다. 깊은 만족과 기쁨을 누릴 수 없다. 쾌락과 중독의 늪에서 빠져나오기 위해서는 행복이라는 나뭇가지를 붙잡아야 한다. 행복을 기억해야만 쾌락과 중독에서 탈출할 수 있다. 행복은 삶의 이유이자 영혼의 안식처이기에 나는 너를 사랑하지 않을 수 없다.

〈정리〉

◎ 행복의 속성(대상)

1. 지속적으로 오래된 관계를 형성해야 한다.(순간적이지 않을 것)
2. 발전하고 성장해야 한다.(소모적이지 않을 것)
3. 상호 주관성, 적당한 거리(벗어날 수 있을 것)

당신을 사랑함은 쾌락이 아닙니다.
순간적인 끌림에
이 꽃 저 꽃을 날아들 순 있겠죠.
즐거움의 향기는 머무르지 못하고
내일이면 다시 달콤한 샘물을 찾아
씁쓸한 여행을 준비하겠지요.

당신을 사랑함은 탐닉이 아닙니다.
입술에 흐르는 와인 빛깔 출렁임
꿈꾸듯 요정의 다리를 걸치고
죽음의 잠을 청합니다.
몸의 과즙을 남김없이 빨아 먹히고 버려진
사랑벌레의 껍데기마냥…

당신을 사랑함은 긴 만족의 여운입니다.
산을 오르려는 의지이며 물결을 거스르는 생명입니다.
그대를 사랑하기에 이만큼이나 아름다워졌네요.
자신을 가꾸고 그대를 돌봅니다.
나와 당신, 줄기와 뿌리가 되어 서로 자라남에
따스한 햇살이 즐겁습니다.

그대와 즐겁기를
즐거우면서도 눈물이 나기를

소리 없는 눈물에

벅차올라 표현할 수 없는 감정을

수도승처럼 수백만 번 되뇝니다.

당신을 사랑해서 행복하다고…

— 「지속적인 만족」

쾌락과 중독과 행복을 이야기하고 있다.

쾌락은 얕은 관계로 어렵거나 힘들 이유가 없다. 달면 삼키고 쓰면 뱉는 가벼운 즐거움이다. 아쉬울 것도 없고 미련도 없다. 너에게서 즐겁지 않으면 다른 사람에게로 옮기면 그뿐이다. 그러나 반드시 알아야 하는 건 즐거움은 지속적인 만족감을 줄 수 없다는 사실이다. 무엇이든지 자신의 고통과 노력을 투자해야 의미와 가치가 마음속에 자리 잡게 되고 만족감을 느낄 수 있다. 하지만 대가 없이 주어지거나 쉽게 얻어진 가벼운 관계들은 쉽게 떠나가버리고 의미 없이 여겨질 뿐이다. 쉽게 번 돈은 쉽게 써지듯이… 그래서 즐겁지만 씁쓸하다. 쉽게 즐거웠지만 또 쉽게 떠나가니 말이다.

중독은 탐닉이고 치우쳐서 빠져드는 행동이다. 한 대상에 자신의 모든 것을 투자한다. 주식에서 분산투자가 위험을 막고 식사할 때 여러 영양분을 골고루 먹어야 건강을 유지하듯 여러 가지를 적절히 챙겨야 행복으로 나아갈 수 있다. 하나에만 목숨 걸면 정말로 목숨을 잃을지도 모른다. 일에 미쳐서 밤낮 일만 하는 사람들처럼 하나에 치우쳐 미친 듯이 갈구하면 성과를 내거나 일시적인 성공을 거둘 수도 있다. 그러나 일벌레들의 몸은 쇠약해져가고 일 외에 가족이나 친구들은 뒷전이라 자신을 지지해주는 사람들도 떠나간다. 결국 일에 빠져들고 성과를 낼지언정 더 이상 일을 할 수 없는 상황에 직면하게 된다.

　행복은 산을 오르고 있는 모습이며 물살을 거스르는 모습이다. 발전적이며 서로에게 피드백을 가하며 자라난다. 또한 당신을 사랑하지만 자신을 잃어버리지 않는다. 당신에게서 벗어나 자신의 삶을 유지하고 있다. 당신에게 빠져들어 허우적대지 않고 당신으로 인해 더욱 자신의 발전을 도모하고 있다. 뿐만 아니라 즐겁지만 즐거움 속에 눈물과 아픔이 묻어있다. 노력을 통해 즐거움이 만들어졌기 때문에 가볍지 않은 소중한 관계가 되었다.

　한용운 선생님이 말씀하였듯 행복은 '즐거운 복종'과 다르지 않다. 원하는 어려움이다. 의미 있는 지속적인 관계이다. 시의 제목처럼 행복은 분명 지속적인 만족감이다. 당신과의 깊은 관계를 통해 시의 마지막 말을 내 입술을 통해 되뇔 수 있기를 신께 기도해 본다.

　'당신을 사랑해서 나는 행복합니다.'

3부 행복은 진실하다

고양이와의 교감,
그리고
소통하지 못하는 아픔

　어릴 적 평상이 있던 집에서 고양이를 키운 적이 있다. 고양이는 놀이기구였으며 친구였다. 식사 후에 남은 생선가시를 고양이에게 주다가 보니 이놈의 고양이가 어린 나를 따르게 되었다. 미취학 아동에게 고양이만한 장난감은 없다. 개처럼 목줄을 붙여 움직이지 않으려는 녀석을 끌고 다니기도 하고 장애물을 넘으라고 몇 번이나 소리 지르기도 했지만 멍청한 고양이 녀석은 괜히 딴청부리며 네 말 따위 따르지 않겠다는 눈치다. 훈련을 시켜보겠다며 '앉아! 일어서! 넘어!'를 입이 닳도록 외쳐댔던 기억이 어렴풋하다. 고양이는 개처럼 영리하지 않아 훈련이 안 되는 모양이다. 결국 주인님의 명령을 따르진 않았지만 먹이를 주는 나에게 애교와 교태로 개의 충성심 이상의 즐거움을 주었던 것 같다.

생선가시를 먹을 때 가시에 찔리지 않고 먹는 게 신기했고 그릉그릉하면서 살도 별로 없는 생선가시를 맛있게도 먹어댔다. 고양이를 쓰다듬고 싶다면 먹이를 먹고 있을 때가 찬스다. 이놈은 먹을 때 음식에만 집중해서 누가 만져도 앙탈을 부리지 않는다. 우리 집 고양이는 새끼를 6마리 정도 낳았고 많은 고양이를 키울 수 없다고 생각한 우리 부모님은 주위 사람들에게 고양이 새끼를 선물로 주셨다.

어미 고양이도 자라고 나도 자랐다. 머리가 조금은 굵어진 아이에게 고양이는 관심대상에서 밀려나게 되었다. 골목을 누비며 동네 형들과 개구쟁이 짓을 하러 쏘다녀서일까? 새끼들을 분가시킨 이후 고양이와의 즐거운 한때도 세월과 함께 이별을 고했고 어느 날 고양이는 돌연 집을 나가버렸다.

그리고 기억나는 마지막 고양이와의 만남. 이웃집 담벼락 위에서 마주쳤던 그놈. 도둑고양이가 되어 마주친 그놈의 얼굴을 보자마자 단방에 그놈인지 알 수 있었다. 그놈도 오랫동안 나를 쳐다보며 여한을 하소연하는 듯했다. 그렇게 씁쓸한 아쉬움으로 재회는 이루어졌다. '좀 더 잘해 줄걸…' 아쉬움을 토로할 겨를도 없이 고양이는 남의 집 너머로 사라졌고 그 뒤로는 자식을 잃고 주인의 사랑도 잃은 고양이를 볼 수 없었다.

지금도 고양이를 좋아한다. 살랑살랑 걷는 자태가 요염하고 눈을 지그시 감는 모습이 평온하며 얼굴을 부비는 애교는 마음을 녹인다. 어릴 때는 본인도 모르게 고양이와 친해졌었지만 머리가 굵어지고 보니 이 요물스런 고양이와 교감하고 소통을 하기가 쉽지만은 않은 일이라는 사실이 새삼 놀랍다. 고양이와 어떻게 해야 친해질 수 있을까?

먼저 고양이를 알아야 한다. 우리는 모르는 것들을 무서워한다. 뱀이나 전갈을 무서워하는 것도 뱀이나 전갈의 속성을 몰라서 언제 나를 공격할지도 모른다는 생각을 가지기 때문이다. 뱀이나 전갈을 애완용으로 기르는 사람들은 뱀과 전갈의 습성과 성향을 잘 파악하고 있어서 위험을 느끼지 못한다. 오히려 사랑하고 소통하며 즐거워한다. 마찬가지로 고양이를 알아야 한다. 모르면 무서워지고 싫어진다. 고양이와 친해지려면 이놈이 무엇을 좋아하는지 배를 고파 하는지 놀고 싶어 하는지를 먼저 파악해야 한다. 털을 세우고 있는데 고양이에게 손을 내밀었다가는 고양이 발톱에 할큄을 당할 것이다. 다리 사이에서 몸을 부비는 고양이를 발로 밀어낸다면 상처를 입을 것이다. 친해지려면 알아야 한다. 그의 몸짓과 손짓의 의미를…

두 번째는 서서히 다가서야 한다. 참새가 포수에게 마음을 열면 총알받이가 될 뿐이다. 누구든 쉽게 마음을 열어서도 안 되고 닫아서도 소통할 수 없기에 마음을 열고 소통하는 작업은 조심스럽고도 시간이 필요한 일이다. 고양이와 눈이 마주쳤다면 눈을 2~3번 깜박거리며 너를 헤칠 생각이 없다고 표현해야 한다. 그리고 몇 발자국 다가서되 고양이가 도망갈 자세를 잡는다면 다가서기를 포기해야 한다. 다가서기 위해 시간이 더 필요한 것이다. 『어린왕자』에 나오는 이야기처럼 소중하게 만들려면 소비해야 하는 시간이 필요하다. 받아들일 수 있도록 마음을 준비하는 시간이 필요하다.

세 번째는 먹이를 주어야 한다. 고양이와 교감을 느끼려면 서로의 필요를 충족시켜주어야 한다. 지속적으로 먹이를 가져다주면 고양이는 먹이 주는 사람의 발자국 소리까지 기억하게 된다. 어릴 적 삶 속에서 친구가 되었었던 그 고양이를 돌이켜 생각해보면 그 고양이와 소통할 수 있었던 건 내가 심부름으로 가져다 준 생선가시들 때문이 아니었나 싶다.

마지막으로 필요한 건 지속적인 관심이다. 먹이를 주고 놀아주기만 하여도 고양이와의 연대감은 쉽게 형성이 된다. 적이 아닌 동료로서 의식하게 되는 것이다. 이러한 연대감이 형성되면 고양이는 서슴없이 사람에게 다가오고 먹이를 받아먹곤 한다. 여기서 애정과 관심을 지속적으로 쏟으면 고양이는 교태를 부린다. 손을 내밀면 고양이는 코나 볼을 부비는 '고양이 인사'를 해온다. 다리 사이에서 '부비부비'를 하고 무릎 위에 올라와 앉고 졸졸졸 뒤를 따라다닌다. 연대감을 넘어선 고양이와의 소통과 교감은 이렇듯 지속적인 관심에서 비롯된다.

그렇다면 당신과의 교감과 소통은 어떻게 이루어질까? 마찬가지다. 당신을 알아가다가 서서히 마음을 열고 음식과 재물을 나누며 관심과 사랑으로 당신과 나는 소통하고 교감을 느낄 수 있게 된다. 먼저 당신을 알고 당신이 필요로 하는 것을 알아가야 한다. 그리고 내가 적이 아님을 알리면서 서서히 당신에게 접근해야 한다. 그러면서 좋은 영화나 좋은 식사를 같이 즐겨야 하며 오랜 시간 동안 지속적으로 관심과 사랑을 줄 때 비로소 나는 당신과 소통할 수 있는 사람이 되는 것이다. 요컨대 당신을 사랑하려면 서서히 당신을 알아가면서 서로의 필요를 충족시켜야 하고 지속적인 관심과 사랑을 쏟아부어야 한다. 그녀에게서 '고양이 인사'를 받고 '고양이의 부비부비'를 느끼려면 그녀의 성격과 욕구를 파악하고 시간과 관심을 가져야 한다.

'원 나잇 스탠드'를 즐기고 '즉석미팅'을 즐기는 현세대의 사귐에는 상대방을 파악하지도 못했고 충분한 시간이 없으며 지속적인 관심이 없기에 서로가 소통하고 서로에게 교감할 수 없다. 그냥 서로의 필요를 위한, 욕구 충족만을 위한 만남일 뿐이고 도둑고양이가 되어버렸던 우리 집 고양이의 결말처럼 씁쓸함만을 남기고 떠날 뿐이다.

모든 인간은 외롭다. 한평생 이 외로움과 싸우기 위해 산다고 해도 틀린 말은 아니다. 홀로 되지 않기 위해 친구와 연인과 가족을 만나고 인맥을 쌓는다. 외로움을 나누기 위해 개나 고양이를 기르고 보살피며 위안을 얻는다. 존재의 무거움을 덜기 위해 공부를 하고 그림을 그리고 시를 쓴다. 외로운 자신을 잊어버리기 위해 운동을 하고 일에 전념한다. 그렇다. 우리는 소통하고 싶은 것이다. 자연과 사람과 동물과 일과 노래와 교감하고 싶은 것이다. 나와 너, 우리라는 느낌을 위해 너는 그토록 달리고 땀 흘리고 소리 지르며 나는 지금 이렇게 글을 쓰고 있는 것이다.

문제는 인간이 소통하지 못한다는 데에 있다. 그래서 불행하다. 지나치는 돌과 풀과도 소통할 수 있다면 그는 외롭지 않으며 행복한 인간이라고 감히 말하겠다. 하지만 어디 무수한 돌들과 차도 옆에 엉성하게 자란 잡초에게 어떤 의미를 부여할 수 있다는 말인가? 당치않다. 어디 못생긴 여자와 능력 없이 소심한 남자에게 관심이나 줄 수 있다는 말인가?

결국 우리는 소통하지 못하는 상태에 직면하게 된다. 싫어하는 행동을 해야 하는 상황을 만나게 된다. 이직을 원하지 않는다면 난폭한 직장상사 아래에서 일해야 하고 돈이 없다면 열악한 전세방에서 살아야 한다. 반대로 남이 나를 싫어하는 상황과도 마주치게 된다. 사랑한 그녀에게서 버림을 받거나 오랫동안 일했던 직장에서 강제퇴직을 당할 수 있다. 이와 같이 마음이 엇갈릴 때 스트레스를 받고 마음을 나눌 수 없을 때 깊은 소외감을 느끼게 된다.

누구나 어느 정도는 소통하지 못하는 상태에 있다. 그리고 어느 정도는 소통하는 상태에 있다. 사랑하는 사람에게서 그림 그리는 일에서 소통의 즐거움을 느끼지만 또 살 빼는 운동이나 자신의 적성과 맞지 않는 직장 일에서 소통하지 못하는 스트레스를 받곤 한다. 이렇게 소통하지 못하는 스트레스와 마주쳤을 때, 즉 소외를 느끼게 되었을 때 인간은 그 스트레스를 이겨내기 위해 다음과 같은 행동을 하게 된다.

첫 번째, 소통이 잘 안될 때 취미와 여가 생활을 찾는다. 일에서 공부에서 해방되고 싶을 때 인간은 한눈을 팔 수 있는 대상들에 탐닉한다. 컴퓨터 게임, 기타치기, 노래 부르기, 영화보기, 독서하기 등 기분전환을 할 수 있는 정도의 시간 때우기로 소통하지 못하고 있는 자신을 위안할 수 있다.

두 번째, 좀 더 소통하지 못하는 상황이 되면 세상에 나를 맞추어간다. 직장상사가 쓸데없는 심부름을 시키거나 힘센 폭력배가 돈을 빼앗는 상황과 같은 스트레스 상황(소통 못하는 상태)을 만나면 먼저 상사에게 따지거나 힘센 폭력배에게 돈을 주지 않았을 때의 상황을 생각해볼 것이다. 험한 꼴을 당할 수 있다는 생각을 하게 된다면 순순히 잔심부름을 하거나 돈을 내어주게 된다. 그리고는 다른 지인들이나 다른 친구들을 만나서 상사나 힘센 폭력배에 대한 욕을 하겠지. 자신보다 강한 사람이 다가오면 인간은 순응을 하면서 은근히 스트레스를 받는다. 이 스트레스를 자신보다 못한 처지에 있는 사람들에게 풀기도 하고 친한 친구나 입사동기와 같은 평등한 관계 속에서 위로를 받으며 풀려고 한다. 짜증을 잘 내는 상사나 동료가 있다면 그의 주위를 둘러싸고 있는 스트레스를 이해하려는 노력이 먼저 필요할 것이다.

다른 예로 명품, 유행 패션을 쫓거나 성형 붐이 이는 것도 이러한 사회적 가치에 자신을 동화시키고 순응시키는 행위라고 볼 수 있겠다. 자신의 잣대와 기준이 없다면 무의식적으로 대중과 상위층의 욕구를 따르게 되고 많은 사람들이 원하는 사고와 행동으로 자신을 순응시켜 간다. 명품가방이 잘 팔리고 비싼 외제차가 잘 팔리는 이유이기도 하다. 상처받은 인간은 더 이상 외롭거나 소외되기 싫기에 순응한다.

세 번째, 더욱 세상과의 소통이 힘들어진다면 자신의 존재를 포기해 버린다. 주위에서 흔히 보는 인간의 망가지는 행동이기도 하고 스스로 가장 잘못 깨닫는 무의식적 방임 행위이기도 하다. 동아리 모임에서 어울리지 못하거나 미팅에서 홀대를 받았을 때 하루 종일 TV를 보거나 음식을 게걸스럽게 먹거나 컴퓨터 게임에 중독적으로 빠져들었던 경험이 있을 것이다. 소통하지 못하고 함께하지 못한 아쉬움이 쉬운 대상에 깊이 빠져들게 한다. 연인과 헤어진 남성이 술로 세월을 보내고 직장에서 해고된 남성이 자살을 선택하는 모습도 자신의 존재를 망각하고 도피하고자 하는 일련의 행동으로 보여 진다. 소통하고 교감하지 못한 아픔으로 인해 인간은 상처받은 자신을 떠나 쉽고 편한 대상에 깊이 빠져들고 중독되어 간다.

또한 세상으로부터 소외가 지속되면 자신에 대한 상상을 확대하기도 한다. 이른바 자아도취, 정신병자들에게서 보이는 현상이기도 한데 다른 사람과 소통하지 못할수록 자신의 모습을 있는 그대로 보지 못하고 초월적인 존재로 보게 된다. 자신이 너무 아름답고 우월해서 다른 사람들이 쉽게 접근하지 못한다고 생각한다든지 자신이 너무 똑똑해서 보통 사람들은 자신의 생각을 이해하지 못한다고 생각하는 경우가 이에 해당된다. 평범한 사람이 공주병이나 왕자병이라고 불리는 이유이기도 하다.

네 번째, 세상과의 격돌이 극에 달하면 인간은 마지막 선택의 기로에 서게 된다. 외부세계에 복종하든지 외부세계를 파멸시키든지 둘 중 하나를 선택해야 한다. 직장상사가 너무 모질게 대하고 성희롱을 할 때, 도저히 더 이상 봐줄 수 없을 때 인간은 결단하게 된다. 상사의 뺨따귀를 날리고 직장을 때려 치거나 완전한 속물이 되어 성노리개가 되거나를 결정해야 한다.

독일의 나치즘에서 집단 무의식으로 인한 속물적 '복종'의 형태를 잘 볼 수 있다. 집단 무의식의 영향으로 개인의 가치관을 버리고 집단의 가치를 숭상함으로써 자아를 파괴하였다. 사실 독일 병사의 입장에서 보면 국가를 배신하고 반역자가 되는 것보다 유대인을 멸시하고 민족 우월주의에 동조하는 것이 더 나았을 것이다. 국가의 권위에 도전하기보다는 복종을 선택함으로써 비인간적인 행위를 하고서도 책임을 국가에 돌리고 평정을 유지할 수 있었다.

한편, 거대한 세계가 위협해 올 때, 복종의 단 열매를 먹기보다는 투쟁의 쓴 고배를 마시는 경우도 있다. 세상과 결별하기 어렵거나 자신을 위협하는 대상으로부터 도망갈 수 없을 때 세상과 싸우게 된다. 궁지에 몰린 쥐는 고양이를 무는 법이다. 신창원처럼 사회에 대한 복수의 칼날을 갈면서 부자들을 갈취하고 여성과 노약자들을 괴롭히기도 한다. 영화 〈미션〉에서는 외부세계를 파멸시키기 위한 선교사들의 '비폭력적 투쟁'과 '폭력적 투쟁'의 모습을 잘 보여주고 있다.

이렇듯 무언가 자신과 맞지 않는 스트레스 상황의 끝은 절대적인 복종이거나 투쟁으로 인한 파멸이다.

군의관 시절 옆방 군의관이 기르던 페르시안 고양이가 있었다. 처음 그놈을 보고서 뭐 저렇게 도도한 놈이 있나 싶었다. 미동 없이 우아한 자태를 뽐내었던 잿빛의 페르시안 고양이. 허리도 꼿꼿이 세우고 나에게 눈길 한번 주지 않았다. 시간이 지나 다시 만나게 된 페르시안 고양이. 옆집 군의관이 멀리 여행을 다녀서 고양이 밥 주는 일을 나에게 부탁했기 때문이다. 세 번째 밥 주러 가던 날, 그 요염한 페르시안 고양이의 색다른 모습을 관찰하게 되었다. 위풍당당하던 자태는 어디 가고 집고양이처럼 꼬리를 흔들고 나의 다리를 부비고 있다. 한참을 걷지 못하게 만들더니 외로움에 지친 양 떠나가는 나를 불쌍한 눈으로 가지 말라고 애걸한다.

우리 또한 페르시안 고양이처럼 도도하게 자신의 자태를 뽐내고 있는지도 모른다. 도도하게 뽐내고 있기만 하면 소통하면서 느끼는 행복감은 맛볼 수 없다. 잘났다고 혼자서 떠들어대기만 하면 함께하는 즐거움을 느낄 수 없다. 그 페르시안 고양이의 변화된 행동을 보면서 더 외롭기 전에, 사랑받지 못해 자신을 내동댕이치기 전에 따스한 손길을 내밀고 낮은 자세로 한걸음 더 다가서는 노력을 게을리하지 말아야겠다는 생각을 하게 된다.

교감과 소통이란 고양이를 무릎 위에 앉히고 쓰다듬을 때 고양이가 거의 감은 눈으로 느끼는 평온함과 다르지 않다. 당신이 누군가에게 먹이를 주고 그들의 마음을 열 수 있을 때 그 누군가는 당신의 손에 입을 맞추며 고양이 인사를 건넬 것이다. 그러면 당신은 그의 머리를 쓰다듬고 사랑을 느끼면 된다. 행복을 느끼면 된다.

〈정리〉

ⓐ 소외를 피하기 위한 인간 행동(소외 정도에 따라)

취미, 여가 〈 평등, 순응, 군중과의 일치 〈 도피, 망각활동, 자아도취 〈 복종, 투쟁 그녀와의 시간이 아쉬울 때가 있습니다.
그녀와 거닐었던 발자취가 그리울 때가 있습니다.

시린 기억이 방안을 떠돌다 부질없는 시계바늘을 돌립니다.
무리를 떠난 기러기는 죽음을 준비하게 마련이죠.
그녀를 떠난 나에게 어떠한 행복이 있을까요?

그녀와의 추억을 닮은 세상의 소식들에 귀 기울여 보았습니다.
그녀와의 추억을 닮은 친구들과 술잔을 기울였습니다.
그녀와의 추억을 닮은 사람들을 쫓아가고
그녀와의 추억을 닮은 자신이 되려고 했습니다.

그러다가 그녀와의 추억을 닮은 도취와 향락에 몸을 맡기고
그녀와의 추억을 닮은 세상에게 영혼을 빼앗기고 세상을 혐오
하게 되었습니다.

무지개를 찾아 떠난 아이는 발걸음을 되돌리고
별을 그리워한 아이는 비를 맞습니다.

오! 그대여!
바닷물을 마시면 다시 목마르고 영혼은 피폐해지나
그녀를 만나면 갈증은 해소되고 영혼은 춤을 춥니다.

그녀와의 추억을 쫓을 것이 아니라
당신을 만나야겠습니다.
당신을 사랑하기에 떠나보내고
떠나있는 만큼 사랑스런 당신을 만납니다.

당신 아닌 아쉬움과 마주치지 않기를…

당신 아닌 아쉬움과 마주치지 않기를…

― 「당신 아닌 아쉬움」

　오랫동안 사귀게 되면 눈빛만으로 그 사람의 의도를 파악하게 된다. 고양이를 어루만지듯 서로를 어루만지고 야옹야옹 간지러움을 타듯 신음 소리를 내뱉는다. 교감하고 서로를 느낌으로 인해 세상은 아름다워 보이고 충만감으로 삶은 따뜻해진다.

　하지만 시에서는 그녀와 헤어짐이 교감을 단절시키고 있다. 소통하고 몰입하는 즐거움에서 벗어나게 되었다. 헤어짐의 아픔으로 방황을 시작하고 있다. 세상의 소식에 귀를 기울여 본다. 흥미 있는 기삿거리나 TV에 몸을 맡겨보지만 잠깐의 즐거움일 뿐 만족스럽지 못하다. 친구들을 불러내 여자친구와의 이별을 곱씹으며 술기운을 빌어보지만 다음날이 되면 몸만 힘들고 달라진 건 없다. 이별을 잊으려 미팅 같은 새로운 만남을 시도해보기도 하고 자신을 단련하고 더 멋진 모습의 자신이 되려고 노력해 본다. 해결책이 될 수 있을지도 모르겠다. 하지만 깊은 관계를 형성하려면 다시 많은 시간과 열정이 있어야 소통하고 교감할 수 있는 관계로 자리 잡을 것이다.

그럼에도 불구하고 그녀와의 추억이 떠나지 않고 괴롭히면 젊은이는 세상에게 욕을 퍼붓고 방탕하며 진실된 사랑은 없다며 속물이 되기를 결심할지도 모른다. 갈등이 점차 심해지면 줏대 없이 순종적이고 복종적인 나약한 인간이 되거나 세상을 비관하고 이성을 증오하며 파멸시키려는 행동을 서슴지 않을지도 모른다.

하지만 결국 우리는 깊은 교감과 깊은 소통을 해야 한다. 떠나간 그녀와의 관계가 회복되지 않는다고 할지언정 다시 다른 사람과의 깊은 관계를 형성해야 한다. 행복이란 오래 사귄 그녀를 품에 안거나 손을 잡을 때 느끼는 평온함이자 만족감이다. 오랜 사귐을 다시 꿈꾸어야 하고 오랜 사랑을 다시 만들어가야 한다.

깊은 관계가 아닌 얕고 가벼운 즐거움으로 이별의 아픔을 이기려고 해봐야 회복이 되지 않을 것이다. 그녀와의 관계를 다시 회복하든지 그것이 아니라면 또 다른 깊은 관계를 만들기 위해 다시 시작해야 한다. 그 무엇이든 다시 깊이 사랑해야 한다. 시의 마지막에서 세상과 소통하고 다시 행복해지고 싶은 마음을 담아 말하고 있다.

'소통이 아닌 다른 가벼운 즐거움들로(아쉬움으로) 더 이상 괴로워하지 않기를…'

실패와 잘못을 인정할 때
불안에서 벗어나
자신을 회복할 수 있다

　"아니 왜 성형외과 의사가 아닌 다른 의사가 저희 아버지를 꿰매고 있는 거죠?"

　난데없이 내 뒤통수에 대고 독설이 날라 들어왔다. 그리고는 꿰매고 있는 나를 외면한 채 다른 의사와 간호사와 싸우고 있는 것이 아닌가? 지금은 새벽 4시, 성형외과 의사에게 연락을 했으나 연락이 두절된 상태였고 환자 본인에게 충분히 설명한 뒤 응급의학과에서 상처봉합을 하는 것이 좋겠다고 합의를 본 후였다. 아들로 생각되는 보호자는 엇갈린 말에 분노를 금치 못하고 있었다. 일이 커질 상 싶어 내가 중재에 나서게 되었고 차근차근 다시 설명을 했다.

　"일단 성형외과에 상처봉합을 부탁하셨는데 제대로 안 된 부분에 대해서는 사과드립니다. 죄송합니다. 새벽이라 성형외과에 연락이 잘 되지 않습니다. 아버님께는 설명을 드렸고 응급의학과에도 숙련된 상처봉합이 가능하니 믿고 맡기시면 될 것 같습니다."

보호자는 금방 수그러들었다. 알고 보니 보호자는 상처봉합을 못할까봐 소란을 떤 것이 아니었다. 불친절한 의사와 간호사의 태도와 사과하지 않고 변명만 늘어놓는 태도에 대해 내게 하소연하였다. 난 거듭 사과를 드렸고 일은 잘 마무리 되었다.

의료소송의 대부분은 의사의 변명과 무시하는 태도로 인해 일어난다. 아무리 의사가 잘못을 해도 환자를 위해서 최선을 다하고 충분한 설명과 관심을 가지면 환자는 분노하지 않는다. 나의 경우에도 큰 혈관을 잡다가 폐를 찔러 본의 아니게 환자의 상태를 악화시킨 경험이 있다. 하지만 잘못을 시인하고 정황을 설명하면 환자는 분노하지 않는다. 설사 환자가 죽을 처지에 놓여있을지라도 최선을 다하고 관심을 받는다고 생각하면 죽음 앞에서도 의사에게 경의와 고마움을 표한다. 이렇듯 상대방의 말과 행동을 인정해 주고 잘못을 인정하면 불안과 분노가 사라진다.

또 다른 이야기 하나. 내가 다니던 의대 해부학 실습실 앞에는 탁구장이 있었다. 항상 쉬는 시간이면 탁구를 치며 시간을 보내곤 했다. 의대 축제 때, 복식조에서 2등을 했던 만큼 탁구를 조금 친다고 생각하고 있던 찰나 탁구를 못 친다고 소문난 동료가 도전을 해왔다. 가소롭게 생각한 나는 자신감에 차서 나의 승리를 장담했다. 그러나 이게 웬걸. 탁구를 잘 치지 못한다고 소문이 난 동료 놈에게 패배하고 만 것이다. 재대결을 간곡히 부탁했지만 승리의 기쁨을 만끽하기 위해 더 이상 치고 싶지 않단다. 너무 화가 났다. 이길 것이라고 생각한 게임에 진다는 건 생각보다 엄청난 수모와 아픔을 가져온다. 나보다 못하다고 생각한 사람에게 패배하는 아픔은 살을 도려내는 아픔 못지않았다. 하지만 나보다 탁구를 잘 친다고 생각한 사람에게 탁구를 졌을 때는 이렇게 분노하거나 마음이 아프지 않다. 질 수 있다는 생각, 나보다 못한 이도 나 이상이 될 수 있음을 인정하는 순간 마음은 평온해지고 게임은 즐거워진다. 싸움에서 지거나 시험에서 떨어지거나 게임에서 지면 심한 질타와 수모를 당할 것이라는 생각이 불안을 만들고 아픔을 만든다. 그러나 아무리 노력해도 패배할 수 있다는 사실을 인정하면 패배나 실패를 잘 이겨낼 수 있고 상황에 따라 다르겠지만 아무것도 아닌 일이 될 수도 있다. 이렇듯 실패와 패배를 인정하면 불안과 분노가 사라진다.

언급했듯이 잘못을 인정하지 않거나 패배를 수긍하지 못할 때 인간은 불안해하고 분노한다. 자신의 생각과 맞지 않는 일들이 일어나면 인정하지 못하고 격한 반발심을 표출한다. 인간은 자신에게 유리한 쪽으로 생각하려는 경향이 있기 때문에 자신의 잘못을 잘한 짓이라고 우길 가능성이 있다. 자신의 생각에만 집중하기에 다른 사람의 생각이나 객관적인 시각을 가지기 어렵다. 객관적인 입장에서 생각하지 못하기에 실수나 패배라는 자신의 결점을 감추려고 대뇌는 자신을 합리화시키고 잘못을 은폐시켜버린다. 상처받는 자신을 보호하기 위한 대뇌의 조작극이라고 볼 수 있다. 실수나 패배, 자신에 대한 모함이나 비방, 자신의 상식과 다른 의견, 위험에 노출된 상황처럼 받아들이기 힘든 정보를 받아들여야 할 때 인간은 불안해하고 분노한다. 거듭 말하면 인간이 받아들이기 힘든 정보들을 받아들이지 않으려고 할 때 불안해지고 분노하게 된다.

받아들이기 힘든 정보에는 의지적으로 거부하고픈 정보뿐만 아니라 잘 알지 못하는 모호한 정보도 포함된다. 정체를 알지 못할 때 두려워한다. 그래서 더욱 스릴이 있고 즐거움이 있는지도 모른다. 어둠이나 즉석 만남, 번지 점프 등, 인간은 잘 모르는 상황에서 불안과 두려움을 느끼고 그런 느낌에서 짜릿한 쾌감을 맛보기도 한다.

그러나 인간은 근본적으로 예측할 수 있는 상황을 좋아하고 안정감을 즐거워하는 동물이다. 어떻게 반응할지 모르는 대중들 앞에서 발표할 때, 괴팍한 교수님께 불려갈 때, 암흑이나 벌레, 시체 같은 두려운 대상과 마주칠 때 예측할 수 없는 상황 때문에 사람들은 불안과 공포를 느낀다. 이 불안이나 공포가 가벼운 정도라면 약간 놀라거나 움찔하면서 즐거운 자극을 느낄 것이다. 하지만 안전장치가 없는 아주 강한 불안이나 공포가 다가오면 의식은 달아나고, 놀라거나 기절하는 등 무의식적 행동만이 남는다.

이렇게 불안이나 공포가 너무 강해서 받아들이기 힘든 정보가 되면 의식은 그 정보를 무시해버리고(의식하지 않고) 무의식에 정보를 넘겨버린다. 그렇게라도 해야 일상생활이 가능해지기 때문이다. 어리석은 의식은 그렇게 정보를 무시해야 살아남을 수 있다고 생각하지만 무의식 속에 남겨진 불안한 정보들은 일생을 거쳐 의식에 영향을 미치게 된다. 이렇게 무의식 속에 남겨진 불안과 공포에 대한 정보는 일생을 통해 신경증이나 신체화 증상으로 나타난다.

흔하게 접하는 이야기로는 어릴 적 친부모에게 성추행을 당한 아이의 사례가 있다. 딸은 아버지가 성추행을 했다는 사실을 받아들일 수 없기에 성추행이라는 정보는 의식이 받아들이지 못하고 무의식적인 정보로 넘기게 된다. 있는 그대로를 받아들일 수 없는 상황이 무의식적인 정보가 되는 것이다. 이렇게 딸이 성추행을 당하면서 말하지 못하고 유년기를 보냈다면 커서 남자들에 대한 무의식적인 혐오감과 섹스에 대한 불결함을 과하게 표출할 것이다. 의식이 아버지의 성추행에 대한 정보를 무시하였기에 무의식적인 정보가 되고 무의식적인 정보는 딸의 삶을 괴롭히고 성과 관련된 무의식적인 행동을 만들어내게 된다.

프로이트가 1893년에 발표한 「히스테리 연구의 심리기전에 대하여」라는 논문에서 나오는 안나 O양은 도덕성이 발달해 있었고 직관력과 지적 능력이 뛰어났으나 흉막 농약이 걸린 아버지의 병을 간호하면서 심각한 히스테리 증상을 호소하게 된다.

안나는 아버지를 간호하다가 음악소리를 듣고 죄책감에 빠지고 이후 음악소리에 신경성 기침을 하게 된다. 친구 집에서 자신이 먹었던 물컵과 같은 종류의 물컵으로 기르던 개에게 물을 준 것을 보고 혐오감을 느꼈으나 얘기하지 못한다. 그 후 6주간 물을 마시지 못하게 된다. 백일몽 속에서 아버지에게로 뱀이 오는 환상을 보았고 그 환상이 보일 때마다 팔이 저리고 마비되었다. 뱀이 아버지를 물려는 환상을 보고 몸이 움직여지지 않아 기도문만 되풀이하였다. 그 이후 언어장애가 시작되었다.

프로이트는 안나를 최면상태에 빠뜨리고 불안했던 경험들을 다시 의식하게 함으로써 치료를 하게 된다. 아마도 안나는 고정관념이 강한 여성이었을 것이다. 도덕적인 행동으로 사회가 원하는 대로 자신을 맞추고 그녀의 가치관에 맞지 않는 행동을 배격한 결과, 의식은 자신의 가치관에 맞지 않는 정보들을 무의식 속에 숨겨버렸다. 그리고 무의식은 의식이 알아차리지 못하게 교묘한 방법으로 히스테리 증상을 일으키게 한 것이다.

문제는 불안하고 두려운 정보를 인정하고 받아들일 수 있느냐이다. 받아들이기 힘든 정보들이 무의식으로 들어가기 전에 혹은 무의식 속으로 들어간 이후라도 충격적이고 불안한 정보가 별것이 아님을 의식에게 알려주어야 그 정보들은 깔끔하게 정리된다.

뉴욕의대 재활의학과 존 사노 교수가 관찰한 환자를 보자. 왼쪽 목, 어깨, 왼쪽 팔 전체, 특히 팔목에 심한 통증을 느낀 중년의 직장여성. 팔목 통증 때문에 잠을 설칠 정도였던 그녀는 어느 날 왼쪽 어깨를 전혀 움직일 수 없고 악력도 약해져 자주 물건을 떨어뜨리기도 했다. 소위 오십견이라는 병. 그녀는 통증 때문에 어깨 움직임이 위축되었고 움직임이 없으니 어깨 관절의 피막이 수축되었다. 신체검사상 정상이었고 매우 열심히 일하며 책임감이 강한 심리적 기질이라 긴장성 근육통 증후군을 의심했다. 그녀는 치료 프로그램을 받았지만 통증은 나아지지 않고 오히려 몇 주일 동안 더 악화되었다. 심각한 신경질환이 있는 것이 아닌지 해서 신경검사를 받았으나 아무런 이상이 없었다.

몇 주일이 지나자 통증은 사라졌는데 이유인즉 직장에서 중요한 직원 한 사람이 회사를 그만두려고 하자 앞으로 감당하기 어려울 정도의 일을 떠맡는 것에 대해 무척 걱정하고 있었던 것. 이는 마음 깊은 곳에서 불안이 생겨나고 있다는 의미이기도 하다. 통증이 사라진 것은 그

직원이 실제로 회사를 떠난 다음이었다. 중요한 직원이 떠나버린 현실은 기정사실이 되어 뇌는 통증을 일으키는 긴장성 근육통이 더 이상 필요하지 않다고 생각한 것이다. 현실을 받아들이자 통증은 사라지게 된 것이다. 그녀는 물리치료를 받지 않고도 어깨 움직임이 완전히 정상으로 돌아왔다.

존 사노의 말이다.

"분노와 불안한 현실을 억압하면 뇌는 통증을 통해 그것들의 존재를 인식하지 못하도록 방해한다. 그러나 사실을 인정하고 받아들이면 뇌가 통증을 만들 이유가 없어진다."

인정하고 사실을 있는 그대로 받아들이면 불안이나 분노가 사라진다는 사실은 이미 부처님께서 득도하시면서 전파되어온 진리이다. 부처님은 『대념처경』에서 괴로움을 소멸하기 위한 단 한길이 '위빠사나' 라고 설법하셨다. 여기서 위빠사나는 항상 깨어있어서 주변과 자신을 주시하고, 있는 그대로를 받아들이는 명상법을 말한다. 잘못을 시인하는 행동과 패배를 인정하고 질 수 있음을 아는 것, 히스테리 증상의 근본적인 이유를 파악하고 긴장성 근육통 증후군을 막기 위해 원인이 되는 스트레스나 상처를 받아들이는 것은 위빠사나 명상법과 다르지 않다.

위빠사나의 핵심은 평상시 일상생활에서 알아차림을 놓지 않는 것이라고 한다. 책을 보고 있으면 나의 발가락이 어떻게 움직이고 있는지 까맣게 잊고 있는 경우가 많다. 무언가에 집중하고 있으면 주위에서 어떤 일이 일어나고 있는지 모르는 경우가 많은데 위빠사나는 주위에서 일어나고 있는 일들에 대해 제3자의 입장으로 관심을 가져보는 행위이다. 주위에서 일어난 일이 나 때문이라고 생각하면 분노하고 괴로울 수 있으나 제3자의 입장이라면 초연할 수 있다. 마찬가지로 불안하고 무서운 일을 자신이 받아들이려고 하면 괴롭고 힘들어서 인정하지 못하고 무의식적 정보로 만들어버릴 수 있으나 제3자의 입장으로 불안한 걱정들을 인정하고 받아들이면 불안과 아픔을 이겨낼 수 있다는 것.

예를 들어보자. 순진한 고등학생이 자위를 했다. 자신이 자위를 했다는 사실을 받아들이지 못하면 양심의 가책과 자신에 대한 질책으로 자존감이 떨어지고 우울한 기분을 느끼게 될 것이다. 하지만 자위를 하는 자신을 평범한 한 인간으로 느끼게 된다면 내 속에 있는 또 다른 사람으로 생각하게 된다면 무거운 짐을 덜 수 있다. 자위는 자신의 문제가 아니라 제3자의 문제가 된다.

'인간이라면 그럴 수 있다. 나만의 문제가 아니다!'

그 순간 내가 아닌 한 인간이 된다. 자신의 문제를 자신이 껴안지 말고 평범한 인간을 지켜보는 관찰자로서 공감하면 불안과 아픔에서 자유로워질 수 있다. 부처의 눈빛으로 가련한 인간의 모습을 받아들일 수 있다.

프로이트가 관찰했던 안나나 존 사노가 관찰했던 직장여성, 그리고 불교의 위빠사나를 추구하는 수도승은 현실의 혐오스런 정보들을 받아들이고 인정함으로써 원인 모를 불안과 원인 모를 이상행동과 원인 모를 통증(의식하지 못한 무의식의 행동)에서 탈출할 수 있었다. 인정할 수 없었던 사실들이 누구에게나 일어날 수 있는 인간의 보편적인 문제일 수 있음을 깨달아야 한다. 자신의 생각이 모두 옳고 자신이 가진 굳건한 신념이 완벽하다는 편협한 생각을 버려야 한다. 혐오스런 정보가 아닌 참신한 정보들로 다시 받아들여야 한다. 자신이 틀리고 자신이 잘못했을 수 있다고 완벽하지 않은 자신을 인정할 때 히스테리와 신체화 증상에서 벗어나고 고통과 번뇌에서 해탈하며 실수로 인한 무기력증을 이겨낼 수 있다.

삶의 여러 가지 불편한 사실들을 있는 그대로 인정하기는 실제로 쉽지 않다. 과거에 범죄자의 길을 걸었던 사람이나 미래가 어두운 일일노동자는 현재를 희망차고 밝게 살기 힘들다. 자신의 과거와 어두운 미래가 현실을 우울하게 만들고 회피하게 만든다. 그렇게 상처받고 어두운 사람일수록 사회를 비난하고 대통령의 지도력을 문제 삼으며 타인의 잘못에 인색하다. 주위에서 일어나는 일들을 뇌는 자기방어적으로 조작하고 왜곡한다. 과거에서 비롯된 상처, 미래에 대한 두려움으로 불안해하고 있는 현재의 나는 자신의 문제를 망각하려 하고 회피하려고 한다. 현재의 자신을 잃는다. 자신감이 없어진다.

그러나 과거와 미래의 어두운 정보를 인정하고 현실에 살아야 한다. 있는 그대로를 보아야 한다. 나쁘건 좋건 인정하고 받아들임에 평안과 안식이 있음을 기억하자. 아무리 받아들이기 힘든 엄청난 고통스런 일일지라도 현재의 불안과 고통에서 벗어나려면 과거와 미래의 상황을 인정해야 한다.

"우리 남편 어디 있어요?"

다급한 목소리로 아내는 응급실로 뛰어 들어왔다.

30분 전 오토바이 사고로 남편은 이미 두개골이 깨져있었고 심장은 멈춘 상태였다. 응급 심폐소생술을 시행하였지만 기도와 입과 귀, 머리에서 피가 줄줄 새고 있었고 30분 이상의 소생술은 의미 없다고 판단하고 사망선고를 한 상태였다.

"돌아가셨습니다. 더 이상 심폐소생술은 무의미합니다. 환자 몸만 더 망가질 뿐이에요."

"그럴 리가 없습니다. 우리 남편이 아닐 거예요. 다시 한번 이름을 확인해주세요."

"남편분이 맞고 ○○시 ○○분에 돌아가셨습니다."

아내는 살려달라고 했다. 심폐소생술을 더 해달라고 내 바지 자락을 잡고 늘어졌다. 하지만 난 그녀의 손을 냉혹하게 뿌리칠 수밖에 없었다. 죽음을 인정하지 못한 부인은 쓰러져 한참을 울었고 괴로운 사실에 온몸을 떨었다.

언젠가는 부인이 남편의 죽음을 받아들이고 새로운 삶을 시작할 것이라고 믿는다. 남편의 죽음을 받아들이지 않고 인정하지 않는다면 언제까지나 남편의 죽음에 붙잡혀 괴로움과 불안에 떨어야 한다. 쉽지 않은 일인 것은 안다. 하지만 인정하고 받아들이고 초탈할 수 있어야 현재의 삶은 다시 행복해질 수 있다.

인간의 영혼은 당신의 뇌가 알든 모르든 있는 그대로를 인정하고 받아들이고 싶어 한다. 불안을 인정하고 받아들이지 못하는 사람이라면 괴로움과 통증에 지속적으로 시달릴 것이다. 불안을 인정하고 그 불안을 포용하며 다독일 줄 아는 사람이라면 스트레스가 없는 건강한 삶을 유지할 것이다. 불안한 사실들을 인정하고 있는 그대로를 사랑하고 받아들일 때 대뇌는 속이기를 그만두고 무의식적인 이상행동은 사라져 자신감에 찬 영혼으로 거듭난다.

동성애와 에이즈와 같은 사회적 소수자의 생각들을 인정하기는 쉽지 않을 것이다. 교수가 학생들의 반대적인 생각을 받아들이기는 쉽지 않을 것이다. 당신 잘못이라고 빡빡 우기는 사람 앞에서 자신의 잘못을 시인하기는 쉽지 않을 것이다. 자신의 기대와는 다른 남편의 생각과 행동을 받아들이기는 쉽지 않을 것이다. 자신의 생각과 가치관에 맞지 않는 세상의 다양성을 인정하는 순간 더 넓고 더 큰 우리가 될 수 있음을 알아야 한다. 용서할 수 없는 일을 용서해야 하고 인정할 수 없는 일을 인정해야 한다. 괴롭고 자존심이 상한다고 해도 행복은 그렇게 낮아진 자리에 찾아오는 것이 확실하다.

〈참고〉

⑥ 의식이 정보를 처리하는 방법

	정보를 의식할 때 (의식적인 정보가 된다)	정보를 의식하지 않을때 (무의식적 정보가 된다.)
불안과 공포	제어되고 관리됨.	이상 통증, 이상 행동
반복적 정보	능동적 사고, 행동	수동적, 학습된 무기력
욕구	감각 통제	도취, 도착
행동	숙련된 조절	미숙한 행동

흐린 눈빛에 멍청한 오후
나른한 몸짓에 죽음을 느끼고
존재의 무거움을 가벼운 일상에 내려놓습니다.

열정은 흐려져 혼미해져가고
이방인의 푸념은 지속됩니다.
보상받지 못한 상처로 무거운 삶을 내려놓습니다.

과거로 인해
미래로 인해
현재는 무거워집니다.

무거운 현재를 보듬어주니
삶과 존재는 위로를 받습니다.
과거와 미래를 떠나
지금의 나를 만납니다.

불안한 삶의 무거움이 아닌
생동감 넘치는 삶의 즐거움으로
당신이 나를 인정해주니 사람다워집니다.
내가 마음을 인정해주니 자신다워집니다.

나의 팔다리가

내 것인지를 모른 채
먹고 걷습니다.
당신이라는 존재가
나를 사랑하고 있음을 모른 채
삶을 살아갑니다.

내가 나를 움직일 때
나는 행복합니다.
움직임의 의미를 알게 되었으니까요.
당신이 나를 사랑할 때
나는 행복합니다.
삶의 의미를 알게 되었으니까요.

삶이 무거운 이유
삶의 의미를 부정하기 때문입니다.
존재가 무거운 이유
그대의 의미를 부정하기 때문입니다.

몰래 힘들인 그늘에 햇살이 반갑습니다.
사랑에 울고 웃지만
아직도 무거운 존재 하나
당신 그대로를 사랑하고 있습니다.

─「존재의 무거움」

약간은 난해하기도 한 시이다. 힘든 일상과 삶의 상처를 안고 아무 일 없다는 듯이 편안한 삶을 유지하고 있다. 삶을 살아가다 보면 다양한 어려움과 괴로움을 만나게 되지만 잊혀져버리고 편안한 삶에 길들여진다. 그런 괴로움과 상처들을 기억하지 않고 다가올 불편한 일을 대비할 수 없다면 현재의 편안한 삶은 자신도 모르게 괴로워진다. 과거의 실수와 미래의 걱정을 인정하지 않고 대책을 간구하지 않으면 간과했던 불안과 걱정이 자신도 모르게 삶을 뒤흔들 것이다.

내일 모레 시험을 쳐야 하는데 아주 중요한 그녀와의 데이트가 있다고 치자. 그녀의 생일이라 시험기간임에도 놀기로 마음먹었다면 데이트를 즐기는 도중에도 불안한 마음이 가시지 않는다. 그리고 데이트를 즐기는 도중 과거의 애인으로부터 전화가 왔다고 하자. 그 사실을 숨기고 얼렁뚱땅 넘어갔다면 데이트를 즐기는 도중에도 불안한 마음이 꿈틀거린다. 자신은 시험기간이라는 사실과 옛 애인의 전화 일을 잊었다고 생각하겠지만 불안한 정보들은 무의식적인 정보가 되고 일상에 암묵적으로 영향을 미친다.

그녀와 영화를 보고 나오는 길에 독서실을 보게 되거나 학원에서 나오는 자기 또래 학생들을 보게 되면 왠지 가슴이 무거워진다. 핸드폰이 울리거나 옛 애인과 비슷한 여자를 보게 되면 화들짝 놀라게 된다. 이러한 무의식적 반응이 바로 사실을 인정하지 못하고 정보를 은폐하려는 대뇌의 조작극 때문에 일어난다.

시험공부를 해야 되니 오전에는 공부를 하고 오후 늦게 놀자고 여자친구에게 이해를 구하고 옛 애인 전화인데 지금도 가끔 연락은 한다고 솔직하게 해명한다면 그러한 무의식적인 답답함이나 놀람 반응은 일어나지 않았을 것이다.

과거의 아픔과 미래의 불안을 인정하고 시인함으로써 현재의 떳떳한 나를 만난다. 당신이 나를 사랑하고 인정해줌으로써 나의 존재가 의미를 가지듯이 나 스스로 자신을 사랑하고 인정해줌으로써 무의식에 휘둘리지 않는 당당한 자신으로 거듭난다. 당신이 나를 보듯 나도 나를 본다. 제3자로서 자신을 지켜보면 마음이 편해진다. 내가 가진 짐들이 내 것이 아니라 보편적인 인간의 문제라고 생각하는 것이다. 인정하고 시인함으로써 부족한 자신을 알아차리는 것이다. 부족한 자신을 발견함으로써 적극적인 행동이 시작된다. 사장이라고 거들먹거리고 청소부라고 회의를 가지면 현재 자신의 모습을 깨닫지 못하고 있는 것이며 불안한 현실을 인정하지 못하고 있는 것이다.

나의 움직임을 내가 인지하고 당신을 향한 나의 움직임을 느낄 때 이유와 의미를 가진 움직임에 즐거워할 수 있다. 몰라서 불안했던 정보들을 알아차림으로써 불안하지 않은 정보가 된다. 삶이 불안하고 답답한 이유는 자신이 인정할 수 없는 행동들로 인해 무의식이 삶을 괴롭히기 때문이다. 반대로 자신이 인정한 행동들은 삶에 활력을 불어넣을 것이다. 나의 존재가 불안하고 답답한 이유도 나를 인정해주는 당신이 없기에 무의식은 자신의 존재를 부정하게 만든다. 반대로 나를 인정해주는 당신은 삶을 활기차게 만들 것이다.

어떻게 움직일지 모르는 불안한 당신을 내 것으로 보지 않고 당신 자체의 다른 사람으로 인정할 수 있다면 그대를 향한 걱정과 근심에서 빠져나올 수 있다. 내 것이라고 생각하면 바람을 피거나 다치거나 사고가 난 상황을 받아들이기 힘들다. 그렇지만 사랑하는 당신을 있는 그대로 지켜보고 소유물로 생각하지 않는다면 자유롭게 내버려둘 수 있다. 불안과 걱정에서 해방될 수 있다. 당신의 있는 그 모습, 그대로를 인정하고 받아들이고 사랑할 수 있다면 불안하지 않을 것이다. 존재하는 모든 것들에 대해 그들이 가진 그대로의 사실을 인정하고 받아들인다면 불안하지 않을 것이다. 순수하고 솔직한 모습으로 마음을 연다면 있는 그대로의 모습으로 교류할 수 있으리라. 편협한 시각으로 불안한 정보들을 만들어서는 안 된다. 무의식에게 불안한 정보들을 넘겨서는 안 된다. 인정하고 받아들임으로 무의식에서 자유롭고 무의식에 흔들리지 않는 당당한 자신이 되어야 한다. 다양성을 인정하고 있는 그대로를 받아들임으로써…

4부 행복을 위해 흘려야 할 10방울의 눈물

나를 조종하는 신이 몰래 뇌에 마약을 투약하고 있다고 치자(실제로 뇌는 엔도르핀이나 도파민과 같은 마약을 만들어 낸다). 나는 즐거울 것이다. 나는 기쁠 것이다. 그리고 춤을 추고 노래할 것이다. 행복감에 휩싸여 이렇게 즐거운데 어찌 행복하지 않다고 말할 수 있느냐고 큰소리칠 것이다.

　그러다가 마약의 기운이 다하면 즐거울 수가 없다. 더 많은 마약이 준비되지 않으면 지금 느낀 즐거움을 다시 느낄 수가 없다. 즐거움이 다하면 괴로움이 다가온다. 가수나 배우들이 관객의 관심과 무대의 화려함에 한껏 즐거움을 만끽하지만 즐거움이 크기에 무대 뒤의 아쉬움도 크다. 평범한 일상에서 가수나 배우는 우울증이나 소외감을 많이 느낀다고 한다. 누군가 당신에게 즐거움과 쾌락을 주고 있다면 그 즐거움이 다하는 날 깊은 괴로움과 마주치진 않을까? 우리가 좋다고 즐겁다고 행해지는 일상들이 모두 행복은 아닌 것이다.

이미 설명했듯 쾌락과 중독과는 다른 행복을 이야기하고 있다. 즐거움 이상의 만족감을 말하고 있다. 절제된 꾸준한 관계를 노래하고 있다. 행복을 묻는 그대에게 이러한 행복의 길도 있음을 알려주려고 한다. 당신이 간과한 행복의 길을 생각해보려고 한다. 무엇이 자신을 살아가게 하는지를 분명하게 알아차리고 추구하기를 나를 비롯한 모두에게 바라고 있다.

행복으로 가는 길은 비슷하다. 여러 갈래의 길이 있지만 결국 그 목적지는 같은 행복이다. 에리히 프롬은 『사랑의 기술』에서 사랑도 기술이기에 갈고 닦고 연마하고 노력해서 성숙한 사랑을 만들어 가야함을 설파하였다. 다음의 글을 보자.

"최후의 조치는 삶이 기술인 것과 마찬가지로 사랑도 기술이라는 사실을 깨닫는 것이다. 어떻게 사랑해야 하는가를 배우고 싶다면 다른 기술, 예컨대 음악이나 그림, 건축 또는 의학이나 공학을 배우려고 할 때 거치는 것과 동일한 과정을 거치지 않으면 안 된다."

의대에서의 힘든 공부처럼 사랑도 힘들고 어렵게 노력해야 한다는 말이다. 의대 생활을 겪은 나에게 충격적인 일침이 아닐 수 없다. 의대 공부처럼 사랑은 힘들고 가치 있어야 한다는 사실! 분명 즐겁기만 한 사랑은 사랑이 아니다. 의대공부가 어디 즐겁기만 하던가? 밤잠을 설치고 코피가 터지도록 노력하고 포기하지 않고 꾸준히 가치를 추구해야 깊은 사랑에 이를 수 있다. 행복에 이를 수 있다.

학문을 익히고 그 진리를 깨치기 위해 치열한 공부를 해낸다. 그리고 진리를 발견하고 그 기쁨으로 그 자신의 분야에 빠져들고 사랑하게 된다. 예술에서 감동을 받고 아름다움을 표현하게 된다. 자신만의 표현방법으로 아름다움을 찾아내고 그 즐거움으로 자신의 예술을 사랑하고 기꺼이 인생을 쏟아붓게 된다. 노동을 하고 그 일에서 의미를 찾는다. 가족의 의미와 자아실현을 일을 통해 찾아낸다. 열심히 노동에 임하여 인생의 소중한 가치와 삶의 의미로써 큰 만족감에 빠져든다. 운동을 통해 육체의 아름다움을 만들고 영육의 강건함을 만든다. 세밀한 근육의 조절을 통해 남들보다 뛰어난 능력을 가지게 되고 그것이 그의 경쟁력이자 가치가 되어 운동은 인생의 동반자가 된다. 그녀를 알게 되고 인생의 희로애락을 함께하며 서로를 이해하며 성숙한 사랑을 발견한다. 서로에게서 발전하고 서로의 정이 쌓여 지고한 사랑을 싹틔운다. 이러한 과정들은 결코 다르지 않다. 학문을 익히고 예술에 매료되고 노동에 뛰어들고 운동으로 단련하는 일이나 그녀를 사랑하는 일의 과정은 다르지 않다. 열심히 노력하고 인내하고 시간을 투자하고 정성을 쏟아부어야 그 길의 끝에 있는 행복과 만나게 된다.

300만 년 전 오스트랄로피테쿠스 때부터 행복에 대한 고민이 있었을 것이다. 인류가 발전시키고 남겨놓은 문화들이 바로 행복을 위한 선조들의 유산일 것이다. 쾌락과 중독이 아닌 행복이 있는 분야들을 생각해 보았다. 인생의 목표이자 행복이 될만한 가치가 있는 분야들을 생각해 보았다.

① 나르시시즘(자신에 대한 사랑)
② 에로스(연인의 사랑)
③ 필로스(친구 간의 사랑)
④ 아가페(신의 사랑, 부모의 사랑)

⑤ 봉사(이웃 간의 사랑)

⑥ 학문

⑦ 예술

⑧ 노동

⑨ 운동

⑩ 명상과 종교

　위의 10가지의 분야에서 우리는 행복을 추구하고 평생 '내 삶은 이 것이다', '내가 사는 이유는 이것이다' 하며 살아간다. 다른 분야가 있 거든 내게도 알려주기 바란다. 먼저 이 10가지 분야의 행복에 대해 언 급하려고 한다. 10가지 분야를 통해 행복으로 가는 길은 그녀를 사랑 하면서 마주치는 행복과 다르지 않다. 10가지의 행복의 길 중 자신에 게 걸맞은 대상을 찾아내어야 한다. 지금도 열심히 치열한 삶을 살고 있겠지만 하고 나서도 후회 없는 이 10가지의 행복한 일에 관심을 두 고 찾아서 자신이 추구할만한 대상들을 지극히 사랑해야 한다.

　보다시피 10가지 중 5가지가 사랑이다. 자신을 사랑하고 친구를 사 랑하고 연인을 사랑하고 부모로서 사랑하며 이웃을 사랑한다. 인간을 사랑하지 않고는 행복하기 어려울 것이다. 그리고 종교나 명상, 학문, 예술, 노동, 운동 또한 인간을 향하고 있다. 인정받고 사랑받기 위해 인간은 자신의 분야에서 열심히 살아가고 있다. 행복은 인간에 대한 깊은 사랑과 다르지 않다. 10가지 분야를 통해 만나는 행복은 연인이 사랑을 통해 만나는 행복과 다르지 않다. 분명 행복은 연인의 따뜻한 입맞춤과 포옹의 만족감과 다르지 않다. 앞으로의 글들은 수필과 시로 묶어 행복의 10가지 분야를 이야기할 것이다. 시는 연애시로 표현하였지만 그녀는 연인이자 행복이며 삶의 이상임을 알아 두어라. 행복과의 그 진한 사랑 이야기를 시작해 보련다.

눈물하나. 나르시시즘

— 자신감을 위해

골목대장을 하고 누구보다 활기찼던 어린 시절을 보냈던 나이지만 중3이 되면서 공부와 종교에 본격적으로 빠져들기 시작했다. 갑자기 나는 조용하고 말없는 아이가 되어버렸다. 공부만 하다 보니 가슴은 움푹 들어가고 몸은 앙상해져만 갔다. 목사를 꿈꿀 정도로 신을 따랐던지라 착한 일을 해야 한다고 자신을 다그치곤 했다. 비행청소년들과 함께 밥을 나누어 먹고 돈 빌려주기를 서슴지 않았으며 휴지를 줍고 다녔던 것 같다. 공부 잘하고 착한 교인으로 이미지는 굳어져있던 터라 주위사람들의 칭찬과 관심은 지속되었고 나는 더욱 공부와 종교에 몰두할 수 있었다. 골목대장을 하며 마구 뛰어놀던 아이에게 공부를 잘한다느니, 착하다느니, 믿음이 강하다느니 그러한 말들은 난생 처음 듣는 칭찬들이었고 사고만 치고 돌아다니고 꾸중만 듣던 나에겐 놀라운 극찬이었다.

'나도 칭찬받는 괜찮은 학생이구나!'

고등학생이 되니 성적이 반에서 1~2등을 다툴 정도가 되었다. 부담스러울 정도로 주위의 관심은 커졌고 그들의 기대에 부응해야하는 책임감도 막중해졌다. 그렇게 인정받는 자신이 대견하면서 좋았다. 그런 주위의 북돋음으로 인해 공부와 종교에 광적으로 미쳐갔다. 사랑받지 못하고 인정받지 못했던 어린 날 때문이었는지 왜 그렇게 공부와 종교에 목숨을 걸었는지는 정확히 알 수 없다. 분명한 것은 주위의 관심들에 기뻐했고 그저 그들에게 실망을 주고 싶지 않았다는 사실이다. 성적이 조금이라도 떨어지는 날에는 어찌나 마음이 무거웠던지 부모님과 친구들 선생님들의 기대에 부응해야 한다는 신념으로 코피를 쏟으며 책상에서 선잠을 자며 공부를 했다. 종교적인 부분도 포기할 수 없었기에 주말에는 교회에서 살다시피 했고 주말을 거룩히 지킨답시고 밤 12시가 넘어서야 공부를 시작하였으며 평일에도 1시간씩 교회에서 기도했던 기억이 난다. 힘들지만 신이 기뻐하고 주위 사람들이 기뻐함에 자신을 위안할 수 있었다.

하지만 인정과 관심으로 인한 즐거움은 오래가지 못하고 그 밑천을 드러냈다. 신이 원하는 모습으로 부모님과 선생님이 원하는 모습으로 자신을 만들어가고 맞추어 가는 일이 처음에는 기쁘고 즐거웠지만 점점 지쳐가고 힘들어졌다. 주위의 많은 관심과 사랑을 받게 되었지만 그럴수록 자신감은 잃어갔다. 나의 생각과 의지는 중요하지 않았다. 그저 나를 사랑하는 신과 주위 사람들을 기쁘게 할 수 있다면 아무리 내가 싫어도 강행하곤 했다. 나의 의지와 욕구는 철저하게 무시당하고 버려졌다.

'난 이렇게 의지가 약한 부족한 인간이구나!'

공부를 열심히 하고 종교생활을 열심히 할수록 부족하고 미천한 자신을 깨닫게 되는 것 같았다. 타인의 의지대로 살아가다보니 어느새 삶은 괴롭고 무거운 것이 되었다. 신과 사회가 원하는 모범적인 모습으로 억지로 맞추어가다 보니 너무나도 힘들어하고 괴로워하는 자신을 만나게 되었다. 매주 교회에서 눈물을 쏟았던 것 같다. 마지못해 교회를 나가며 기쁘게 종교생활을 하지 못하는 자신을 질책하며 영적인 즐거움과 기쁨을 달라고 기도하고 또 기도했었다.

그렇게 활발하게 자신감 있게 게임을 주도하고 대장역할을 자처했던 적극성은 남의 시선과 남의 생각에 맞추어가는 수동적인 소심함으로 바뀌었다. 자신의 생각은 없고 신의 생각과 주위의 생각에 맞추어 갔던 나는 괴로움과 우울함에 진저리를 치고 있었다. 결국 괴롭고 힘든 자신을 용납하지 못하고 신을 사랑할 수 없게 되었다. 신에게 맞추어 살던 나는 신이 나에게 기쁨을 주지 않고 사랑을 주지 않는다는 이유로 신을 떠나고야 말았다.

신을 떠나고 대학생활을 시작한 나는 순수한 이상향을 그리고 세상물정을 하나도 모르는 백지장 같은 모습으로 세상에 내동댕이쳐졌다. 여자를 사귀어본 적이 없던 나는 설렘과 환상을 잔뜩 가지고 있었던 모양이다. 모든 여인을 성모 마리아처럼 순수한 존재로 생각했으니 말이다. 처음 갔던 학교 동아리 모임에서 성모 마리아님은 오바이트를 쏟고 계셨다. 술과 담배와 쾌락을 쫓는 대학생들은 마귀의 몸짓으로 삼지창을 휘두르고 있었다. 세상을 몰랐기에 시야에 들어오는 세상의 풍경이 낯설고 놀랍기만 했다. 결국, 세상과 어울리지 못하고 이상세계를 찾아 혼자이기를 자처했다. 서클활동 외에는 도서관에서 책과 함께 외로움을 달랬던 것 같다. 수많은 책들과 씨름하며 신이 없는 세상에서 사는 이유와 세상의 숨겨진 진리를 밝혀내야 했다.

그러던 중 너무나도 소극적이고 조용했던 나는 변하기 시작했다. 자아도취에 빠져 이상적인 세계에 살고 있던 나는 현실을 받아들이며 굳건히 세워 두었던 이상세계를 무너뜨리고 있었다. 남들이 원하는 자신이 아닌 자신이 원하는 자신이 되어가고 있었다. 예전에 골목대장을 하며 동네를 누비고 다녔던 개구쟁이가 속에서 꿈틀거리고 나와 예전처럼 동네를 호령하고 적극적으로 세상과 맞서라고 속삭였다.

'세상을 등지고 이상 세계를 쫓는다고 행복해지는 것은 아니다. 행복은 현실에 있는 것이고 내 두 다리로 세상에 당당히 맞서 행복을 만들어가야 한다.'

어느 책을 읽던 도중이었던 것 같다. 뇌리를 후려갈기는 듯한 충격을 받았다. 혼자만의 세상에서 외롭게 이상세계를 찾아 고투하고 있는 자신에게 따끔한 질책이 날아왔다. 행복은 스스로 만들어가는 것이다. 남에게 행복을 구걸하는 것이 아니다. 관심과 사랑을 받기 위해 불특정 세상에 맞추어가는 것이 아니라 자신의 의지로 원하는 관심과 사랑을 쟁취해야 한다!

행복은 '맞추어가는 것'이 아니라 '만들어 가는 것'이라는 생각을 가지기까지 2년이라는 시간이 흘렀다. 그전까지는 아마도 소극적으로 남의 눈치를 보며 맞추어가면서 사랑받을 수 있는 사람이 되고자 노력했던 것 같다. 또한 그 신과 사회가 세뇌시킨 규범들로 인해 세상과 적응하지 못하고 이상적이지 않은 사람들을 피하며 자신만의 세계 속에서 위안을 얻고 있었던 모양이다. 그렇게 2년이라는 시간을 책과 씨름하고 긴 외로움과 방황 속에서 미쳐갈 때 극적으로 나는 세상으로 뛰쳐나오게 되었다.

지금부터는 그야말로 슈퍼맨의 모습과 다르지 않다. 어수룩한 회사원이 공중전화박스에서 옷을 갈아입고 용감무雙한 슈퍼맨이 되듯이 그야말로 변신이라는 것을 했다. 조용히 말없이 앞자리에서 공부만 하던 아이가 돌연 난동을 부리기 시작한 것이다. 주도적인 사람, 사람들을 모을 수 있는 사람이 되어야겠다고 생각했다. 대중 앞에서 발표할 일이 있으면 자신해서 나섰고 코미디 프로그램을 보면서 따라하고 날라차기며 놀라는 표정이며 몸이 망가지는 것을 두려워하지 않았다. 먹히지도 않는 코믹연기를 하며 수많은 시행착오를 겪었던 것 같다. 금기시했던 술과 미팅도 해보고 나를 부끄럽게 했던 그 모든 것에 도전장을 내밀고 객기 어린 행동을 일삼았다. 주위 동료들은 여태껏 조용히 지냈던 지난날을 욕하며 180도 바뀌어버린 나의 행동에 놀라움을 금치 못했다. 그렇게 자신이 경험한 세계의 주인이 되었고 세상에 적극적으로 한 발짝 다가섰다.

과연 세상의 눈치를 보며 우울하고 괴로웠던 삶을 이겨낼 수 있었던 건 무엇 때문이었을까? 주위의 인정과 관심에 황홀했던 나는 그들에게 맞추어지고 길들여져 자신이 원하는 행동들을 억압해야만 했다. 자신의 삶이 아닌 타인의 생각과 행동으로 움직였던 것. 그러니 자신에 대한 느낌을, 자신감을 가질 수 없음은 당연한 결과였다. 남에게 맞추어 산다는 것은 일시적으로 기쁘거나 즐거울 수 있다. 하지만 남이 요구하는 일들이 많아지고 남의 요구대로 움직여주는 일에서 즐거움은 점점 감소하게 된다. 결국 꼭두각시놀음은 끝이 나게 되어있다. 지겨운 관계에 봉착하고 타인의 의지를 모방하는 단조로움에 질린다. 더 이상 이용할 가치 없는 유행이 지난 장난감처럼 버려질 뿐이다.

마조히즘, 사디즘이 이러하다. 피학적인 인간과 가학적인 인간이 만나 즐거움을 느낀다. 한 사람이 다른 사람을 장난감으로 생각한다. 아이들이 인형과 로봇장난감을 가지게 되면 무척이나 좋아한다. 그러나 시간이 지나고 유행이 지나면 싫증을 내기 마련이다. 새로움이 사라지면 관심도 사라지기 마련이다. 장난감은 시간이 지나면 질린다. 이 장난감처럼 한 사람이 다른 사람이 움직이는 대로 요구하는 대로 맞추어 주고 끌려가다보면 이 사람은 재미없는 장난감이 되고 만다. 싫증이 나고 질린다. 그래서 마조히즘과 사디즘의 관계의 끝은 결별이자 무관심이다.

그러나 이러한 마조히즘과 사디즘의 관계가 이루어지는 이유가 있다. 내가 어릴 때 남에게 맞추어 살던 모습에서 큰 즐거움을 느꼈듯이 다른 사람의 장난감이 되면 질리기 전까지는 엄청난 사랑과 관심을 받을 수 있다. 혼자가 아니라는 안도감, 당신이 원하는 모습으로 사랑받는다는 즐거움 때문에 피학적이고 가학적인 관계는 시작된다.

나치즘과 포스트모더니즘도 이러하다. 나치즘은 이념을 획일화시키고 민족 우월주의에 따른 복종을 강요하였다. 가학적인 모습이자 요구하는 모습이다. 반면 포스트모더니즘은 모든 이념과 정신은 수긍되고 받아들여져야 한다는 포용주의이다. 받아들이고 인정해줌으로써 더 큰 세계로 도약하겠다는 의미이지만 이는 피학적인 모습이자 무분별한 받아들임이다. 요구하기만 해서도 받아들이기만 해서도 지속적인 관계는 유지될 수 없다. 말했듯 처음에는 즐거워도 결국 단조롭고 변화되지 않는 자극은 점점 사라지고 관계는 종말을 고한다.

인간은 변치 않는 가치를 지닌 대상이 되기를 원한다. 하늘에서 빛나는 별이나 조개 속에 웅크리고 앉은 진주처럼 영속적인 가치를 지닌 대상이 되기를 원한다. 그러나 인간은 의지를 가진 생명체라 좋을 때도 있고 싫을 때도 있어서 가치가 변한다. 아버지가 되었다가 친구가 되었다가 남편이 되었다가 노동자가 되면서 역할에 따라 달라진다. 인간은 변하고 지속적인 가치와 역할을 가지지 못하는 아쉬운 존재이다. 그래서 인간은 영속적인 가치와 역할을 꿈꾼다. 아름다운 꽃처럼 싱그러운 나무처럼 변하지 않는 모습으로 당신 곁에서 영원한 사랑을 맹세하기를 원한다.

인간은 사물이 되기를 원하는 것이다. 책상은 가치와 역할이 바뀌지 않는다. 책을 올려놓고 공부할 때 쓰며 내가 싫어하거나 좋아하거나 상관없이 내가 공부할 때 나를 반겨준다. 침대는 가치와 역할이 바뀌지 않는다. 잘 때 쓰이며 변덕스럽게 나를 밀쳐내지 않는다. 내가 원할 때 언제든 잘 수 있도록 자리를 마련하고 있다.

마조히즘&사디즘, 나치즘&포스트모더니즘에는 이렇게 사물이 가진 영속적인 가치를 흠모하는 인간의 마음이 담겨있다. 자신의 의지를 버리고 어떤 예쁜 사물이 되면 영원한 사랑과 행복이 이루어질 것이라 믿고 있다. 아름다운 별과 진주가 영속적인 가치를 지니듯 당신에게 예쁜 꽃이나 목걸이가 되면 영원히 당신의 사랑을 받을 수 있다는 믿음을 가지고 있다. 사물은 변덕스럽지 않고 좋아했다가 싫어하지 않고 항상 같은 자리에서 주인이 원하는 대로 맞추어주기 때문이다.

하지만 사람은 장난감이 아니다. 꽃도 아니고 진주도 아니다. 이런 가치 있는 사물이 되면 일시적으로 영원한 사랑이 이루어지는 듯한 착각에 빠져들지만 실제로 누군가의 사물이 되면 질리게 된다. 장난감이 된 사람이나 장난감을 가지고 노는 사람이나 질리게 된다. 싫증나고 따분하며 짜증나게 된다.

무지개와 별은 다가갈 수 없기에 여운을 주며 환상적인 이미지를 주지만 세상에 존재하는 모든 현실들은 아름답게 반짝이는 환상적인 이미지가 아니다. 불변하는 가치가 되고 싶어 하지만 결국 그것은 이상적인 생각으로만 가능한 일이다. 이상과 현실은 다르다. 다가갈 수 있는 현실은 질리게 마련이다. 이상적인 꽃이 아니라 실제 화분에 꽂혀 있는 꽃은 질린다. 기억 속의 영롱한 진주가 아니라 실제 내 손바닥 위에 있는 진주는 질린다. 쉽게 그 가치를 잃는다. 그렇기에 장난감도 그 어떤 사물도 오랫동안 사랑할 수 없다.

어린 날의 추억을 이야기하며 수동적이고 타인의 생각과 이상에 맞추어온 자신이 적극적이게 되고 자신을 찾게 되었던 기억을 떠올렸다. 그리고 왜 그렇게 종교와 공부에서 즐겁지 못하고 괴로워했는지를 밝혔다. 피학적이고 포스트모더니즘적인 행동으로 신과 사람들에게 예쁜 장식품처럼 불변하는 가치로써 남고 싶었기 때문에 그들에게 맞추어져 갔다. 그러나 영원한 가치란 환상에 지나지 않는다. 남을 따라가고 유행을 쫓아가고 남의 시선에 따라 자신을 맞추어 가면 환상과는 다르게 현실의 나와 타인은 질려가게 된다. 가치를 잃게 되고 가지고 놀다만 장난감 같은 아쉬운 존재가 될 뿐이다.

"오빠, 이거 좀 봐봐."

한층 들뜬 얼굴로 연신 뭐 달라진 것 없냐고 촐랑댄다.

"머리 새로 만졌냐?"

퉁명스런 목소리로 그녀의 눈치를 살폈다.

"아니, 이 목걸이 좀 보라고!"

"며칠 전에 백화점에서 샀는데 너무 예뻐서 안 살 수가 없더라고. 비쌌는데 이거 안 샀다가는 평생 후회할 것 같아서 질러버렸어."

예쁘지 않냐고 백조 모양의 조그만 목걸이를 요리조리 만지며 흥분을 감추지 못했다.

"너무 좋아서 어제는 손에 꼭 쥐고 잤다니까. 기분 나쁠 때 보면 절로 즐거워져."

나는 뭐 그런 걸로 저렇게까지 좋아하는지 의아했지만 다이아몬드인지 뭔지 저 반짝거리는 물체에 넋이 나가있는 그녀를 보며 내심 기분이 좋아졌다.

무언가 예쁘고 값있는 물체를 몸에 치장함으로써 그 물체의 가치처럼 자신도 우쭐해진다. 멋진 옷과 멋진 장신구, 가방, 신발에 여심은 흔들리고 또 즐거워한다. 여자뿐만 아니라 모든 인간은 그렇게 자신을 꾸미고 치장함으로써 자신감을 만들고 삶의 활력을 느낀다.

기쁘고 즐겁지만 질려버릴 가치들이다. 처음의 신선하고 즐거운 느낌들은 점차 시들고 변하고 퇴색될 것이다. 몸에 치장한 물체들은 금세 새것으로 더 최신 유행 스타일로 더 예쁘고 값진 것들로 바뀔 것이다. 잠시의 즐거움을 주고 추억 속으로 사라질 것이다. 환상이다. 잠시의 즐거움이고 변해버릴 가치이다. 영원한 가치를 기약하지만 아무리 반짝거리고 예쁜 장신구도 영원한 사랑을 받을 수는 없다.

권태기가 오고 예쁜 목걸이가 질리는 그 순간 새로운 자극을 찾아 헤매게 된다. 새로운 이성을 만나고 싶고 최신 유행 목걸이를 다시 구입하고 싶다. 이렇게 사랑하는 대상이 사물화되고 소유화되면 더 이상 매력을 느낄 수 없는 순간이 온다. 아름다운 외모와 아름다운 장신구와 돈과 치장으로 자신의 매력은 영원하리라고 생각하지만 하나의 장난감처럼 환상이며 질려버릴 가치들이다. 그렇게 가지면서 획득하면서 얻어진 가치들은 시들어버린다.

난 아직도 소년처럼 영원한 사랑을 믿는다. 영원한 가치를 믿는다. 행복을 주는 지속적인 만족감을 믿고 있다. 현실의 예쁜 사물은 영원한 가치를 가질 수 없기에 지속적으로 관계를 가지려면 새것으로 바꿔주어야 한다. 최신 핸드폰으로 최신 자가용으로 교체되어야 또 얼마간 그 새로운 자극으로 즐거워하고 애착을 가질 수 있으리라. 얼마간만!

그러나 사람은 사물이 아니다. 새것으로 바꾸어서 신선한 자극을 받아야 하는 단조로운 대상이 아니다. 오랫동안 사랑하고 오랫동안 지속적인 관계를 유지하려면 사물이 되어서는 안 된다. 한낱 예쁜 목걸이나 비싼 자가용이 되어서는 안 된다. 가치를 위해 노력하고 가치를 위해 살아서 가치를 발전시켜야 한다. 사랑하고도 더 사랑할 것이 많아지는 관계가 되려면 시들지 않는 사랑을 유지하려면 가치를 향해 발돋움해야 하고 당신의 뜻대로 사는 것이 아니라 자신의 꿈을 위해 살아야 한다. 현실의 세계에서 적극적으로 가치를 실현해야 한다. 계속 붙어있으면 추락하는 가치를 계속 붙어있어서 발전하는 가치로 바꾸어야 한다. 그것이 영원한 사랑의 비결이다. 남에게 맞추어가는 가치는 떨어지고 시들지만 자신의 이상을 향해 자신과 싸우고 나아가는 과정 속에서 만들어진 가치는 자라나고 발전하며 커져만 간다. 더 사랑스러운 자신이 된다. 꺼지지 않는 매력을, 자신감을 지니게 된다.

순간적인 자신감을 말하는 것이 아니다. 무언가를 얻고 노력해서 성취해서 배후가 든든해서도 자신감을 가질 수 있다. 하지만 주어진 돈이나 명예가 지속적으로 자신감을 가지게 하는 것은 아니다. 사장이 되고 교수가 되어도 더 이상 발전하지 않고 안주한다면 가치를 향하지 않는다면 점점 가진 것들은 질려갈 뿐이다. 만족스럽지 못한 자신이 되어갈 뿐이다. 영원한 자신감은 낮아진 모습으로 더 배우려고 하고 가진 것에 안주하지 않고 이상을 향해 더 나아갈 때 만들어진다. 열심히 땀 흘려 일하거나 운동하고 난 뒤의 뿌듯함이 바로 영원한 자신감이다. 가치를 향해 달려가고 있는 모습이 진정한 가치이고 영원한 가치이다.

그대를 영원히 사랑하기 위해서는 질리지 않는 대상이 되어야 한다. 자신을 영원히 사랑하기 위해서는 생산적이고도 발전적인 대상이 되어야 한다. 가치를 향해 노력하고 영원한 자신감을 가져야 한다. 사랑받고 사랑하기 이전에 자신을 사랑하고 자신의 가치를 사랑해야 한다. 너에게 일시적으로 잘 보이고 싶음이 아니다. 예쁘고 아름다운 보석처럼 쉽게 시들시들해질 내가 아니다. 예쁜 얼굴과 재력과 가진 능력에 안주하면서 점점 질려가는 모습으로 살지는 않을 것이다. 환상에 지나지 않는 예쁜 사람으로만 남지는 않을 것이다. 당신을 사랑하지만 당신이 원하는 대로 살지는 않을 것이다. 당신을 배려하며 관심을 주고 사랑을 하겠지만 자신을 위한 가치를 실현할 것이다. 당신을 사랑하는 만큼 자신을 사랑할 것이고 자신의 가치를 위해 노력함으로써 그대에게 더욱 사랑받는 존재가 될 것이다. 순간적이지 않고 시들지 않는 영원한 사랑을 위해서 그리고 초점을 잃지 않고 지치지 않는 자신감을 위해서 가장 소중한 것들을 향한 걸음을 멈추지 않을 것이다.

〈정리〉

◎ 영원한 자신감

1. 타인의 욕구, 예쁜 환상에서 벗어나자.
2. 부족한 모습을 깨닫고 가진 것에서 탈피하자.
3. 자신의 가치를 추구하며 현실에 적극적으로 뛰어들자.

*영원한 사랑은 자신을 잃지 않는 것에서 시작된다.

나보다 당신을 사랑하였기에
내 마음은 하염없는 바람이 됩니다.

사랑하는 이의 아쉬운 눈빛에
낙엽은 흩어지고 샘은 마릅니다.

지치고 쓰라린 영혼을 부여잡고
당신을 바라보았습니다.
그녀의 뒷모습에 남겨진
길 잃은 영혼의 가녀린 떨림

당신이 가는 곳이 길이며
당신이 머무는 곳이 집입니다.
좁은 길이고 불편한 집입니다.

당신을 쫓아 이곳 낯선 땅
당신을 만나렵니다.
그대 높이 있어도
발톱에 피가 고이고 피땀으로 범벅이 되어도
당신의 산을 오르겠습니다.

그대를 사랑함은 나를 사랑함이거늘
그대를 사랑한다면서 자신을, 자신의 삶을 진심으로 사랑하지 못했는지…

나를 사랑하는 마음으로 당신을 포용하겠습니다.

당신도 당신을 사랑하기에 나의 사랑을 받을 자격이 있는 것이겠지요.

나는 당신입니다.

내가 가는 곳이 길이며

내가 머무는 곳이 집입니다.

— 「나는 당신입니다」

당신을 사랑함이 너무 커서 자신을 돌아보지 않게 되는 경우가 있다. 세상의 가치를 쫓아 자신을 잃어버리는 경우가 있다. 자신을 잃어버리는 상황, 자신감이 없는 자신을 만날 때가 있다.

사랑한다는 이유로 자신보다 당신을 더 생각하게 되면 당신에 의해 좌지우지되는 불안한 자신의 모습을 보게 된다. 갑자기 전화를 안 하거나 상대가 신경질적인 목소리를 내거나 무심코 내던진 농담을 진실로 받아들이게 되면 가슴이 아프고 좌절하게 된다.

나에게도 이러한 경험이 있다. 힘든 내과 시절 나를 다독여주고 격려해주었던 소화기 내과 교수님이 계셨다. 많은 입원 환자들 때문에 한참 정신이 없을 무렵 존경하던 교수님의 회진이 시작되었다. 그런데 한 간경화 환자가 퉁퉁 부은 모습으로 숨을 헐떡거리고 있는 것이 아닌가?

"어제보다 숨이 더 찬 거 같아요. 이거 왜 이런 거죠?"

문득 어제 간호사가 나트륨 수치가 떨어진다고 나에게 보고했던 환자인 것 같았다. 환자를 본 순간 무언가 크게 잘못되어가고 있음을 느꼈다.

"차트 좀 보자."

교수님은 상기된 목소리로 환자의 상태와 차트를 살펴보았다.

그제야 나의 잘못이 온 천하에 드러났다. 어제 환자의 나트륨이 낮다는 간호사의 이야기를 듣고 환자를 보지 않은 채 생리식염수(나트륨이 들어있는 용액)를 환자에게 달았던 것이다. 환자의 체액에서 나트륨이 부족하다고 아무 생각 없이 나트륨이 들어있는 용액을 퍼부은 것이다. 이런 환자의 경우 생리식염수를 줄 경우 몸은 더욱 붓고 상태는 악화된다. 소변으로 체내의 물을 뽑아주어야 나트륨은 정상 수치로 돌아오는데 환자의 상태를 보지 않아서 치료를 거꾸로 하고 있었던 것이다.

교수님은 한참 혀를 차고 격양되시더니 나를 혼내시기는커녕 윗 연차 레지던트들에게 교육을 어떻게 하는 거냐고 혼내시고 실망했다는 표정으로 황급히 자리를 뜨셨다.

존경하는 사람에게 질책을 받는 것은 사랑하는 사람에게 이별을 통보받는 것 못지않은 아픔을 준다. 많은 교수님들이 꾸중하셨어도 내 마음에 그렇게 상처를 주고 자괴감에 빠지게 만든 건 그 사건이 유일하다.

'더 사랑하는 사람이 지는 거다.'

어쩌면 이렇게 더 상처받지 않기 위해 마음을 주지 않으려고 마음의 문을 꼭 잠그고 가벼운 관계를 유지하려고 하는지도 모르겠다. 마음을 주면 상대로부터 상처를 받기 마련이기에 깊이 사랑하려고 하지 않는 것이다. 그 교수님을 존경하지 않았다면 내게 그렇게 큰 상처가 되지 않았을 것이고 그토록 사랑하지 않았다면 그렇게 큰 이별의 아픔을 견뎌야 하지 않아도 될 테니 말이다. 어느 노랫말처럼 사랑이 무슨 죄이기에?

시에서도 이러한 상황을 노래하고 있다. 사랑하는 당신이 가는 곳이 길이고 머무는 곳이 집이라고. 당신에 대한 사랑으로 당신을 추종하는 사람이 되었다. 아무리 힘들어도 당신을 쫓아서 당신에게 맞추어 가겠다는 의지를 피력하고 있다. 하지만 그렇게 맞추어가는 과정도 사랑에 필수적이나 자신을 사랑하고 자신을 돌보지 않으면 발톱에 피가 고이고 피땀으로 범벅이 되는 당신의 산을 오를 수 없다. 영원한 사랑에 이를 수 없다. 사랑으로 살아가면서 부딪히는 수많은 사건들과 갈등에서 상대방의 눈치만 보고 마음이 흔들려서야 자신감 있고 생동적인 삶을 유지할 수 없다. 괴로워지고 마음이 아프게 될 것이다.

자신을 사랑하고 가치를 꿈꾸는 과정에서 서로에게 맞추어 갈 때 영원한 사랑으로 다가갈 수 있다고 굳게 믿고 있다. 깊이 사랑하되 마음이 덜 아프려면 자신의 의미와 가치를 실현해야 한다.

'나는 당신처럼 가치를 추구하는 인간입니다. 내가 가는 곳이 길이고 내가 가는 곳이 집입니다. 나도 당신처럼 소중하니까요!'

눈물 둘. 에로스

— 곤충의 사랑

사랑, 그 얼마나 설레는 말인가? 당신을 사랑함에 지옥 불에라도 뛰어들 수 있을 것 같다. 그러나 사랑이 달콤할수록 끝맛은 씁쓸한 법이다. 내가 그녀를 사랑하는 행위가 왜 행복한 기억이 되지 못하는 것일까? 모두들 행복을 꿈꾸며 사랑을 하는데 왜 이별을 하고 왜 이혼을 하는가 말이다. 영원한 사랑은 현실에선 존재하지 않는 것일까?

"야, 너도 한번 결혼해서 살아봐라. 애 때문에 산다."

"젊을 때는 좋아죽어도 나이 들면 정 때문에 사는 게지."

"결혼하면서 친구도 끊기고 가사 일에 애 보는 일에 나를 잃어버리는 것 같애."

소크라테스는 결혼을 지옥이라고까지 했으니 뭔가 결혼생활에 문제가 있기는 있는 것임에 틀림없다.

그래서 사랑의 대가 3분의 곤충님들을 모시고 조언을 듣기로 하였다.

"반딧불 선생님, 사랑은 무엇입니까?"
"삶의 전부요, 나의 모든 것이지."

반딧불은 1년 동안 성장을 하면서 성충이 되는 7~8월에 짝짓기를 한다. 화려한 불빛으로 낭만적인 신혼여행을 하는 것이다. 하지만 입이 퇴화되어 먹을 수 없는 반딧불은 15일간 열열이 구애하고 열렬히 사랑하다가 죽어버린다. 먹지 않고 사랑만 하다가 생을 마친다. 사랑을 위해 생명까지도 헌납하는 전폭적인 사랑을 한다. 그야말로 사랑의 화신이라 해도 무방하겠다.

"선생님, 그렇게 사랑하고서 남는 것은 무엇입니까?"
"죽음이지."

인간도 마찬가지의 사랑을 한다고 생각된다. 모든 것을 바치는 사랑. 이른바 '중독적인 사랑'이다. 너는 내거고 나는 네 거다. 너무나 사랑한 나머지 서로의 전부가 되려 한다. 상대방이 원하는 대로 움직여주면 엄청난 행복감이 찾아오나 상대방이 생각대로 움직여주지 않으면 엄청난 괴로움이 찾아온다. 엄청난 괴로움을 피하기 위해, 그리고 엄청난 행복감을 만끽하기 위해 서로가 서로에게 맞추어주고 배려하고 하나의 생각과 몸이 되려고 한다. 서로에게 모든 것을 내어주고 허락한다. 모든 것을 내어주었기에 자신의 존재도 자신의 삶도 남아있지 않다. 사랑이 삶의 전부가 되면 사랑을 잃는 건 곧 삶을 잃어버리는 것과 같게 된다. 사랑을 지켜야 한다. 내 인생의 전부이고 가장 큰 행복이기에 사랑 외에는 어떤 것도 중요하지 않고 세상에 무서울 것이 없기에…

이렇게 연인을 향한 사랑이 인생의 모든 것이 되면서 문제가 생긴다. 사랑이 삶의 전부가 되면 사랑이 목숨처럼 소중해지기에 서로에게 간섭하고 집착하게 된다. 사랑을 잃을 수는 없기에 곁에 묶어두고 상대를 소유하려 든다.

어릴 때 저 책상만 사주면 공부만 하겠다고 부모님께 졸랐던 경험이 한 번쯤은 있을 것이다. 형과 책상을 같이 쓰다가 처음으로 부모님께서 나의 책상을 사주시던 날, 하늘을 나는 기쁨으로 공부만 하겠다고 다짐했었다. 하지만 어디 그 기쁨과 공부에 대한 열정이 오래 가던가? 막상 예쁜 책상을 사주면 며칠간은 열심히 공부하지만 금방 그 새로움을 잊고 책상은 초라한 신세가 되고 만다. 연인의 모든 것이 되고픈 사랑은 당신의 연인을 예쁜 책상처럼 만든다. 책상을 처음 가질 때는 너무 기분이 좋아서 하늘을 나는 느낌이다. 세상을 다 가진 느낌이다. 연인이 처음 사랑할 때도 하늘을 나는 즐거움과 세상을 다 가진 행복감을 느낀다.

하지만 연인이든 책상이든 가질 수 있는 대상이 되면 질린다. 새로움이 사라지면서 권태가 온다. 소유하게 되면 될수록 점점 질리게 되고 결국은 헤어지게 된다. 반딧불이 사랑만을 위해 살고 죽어버리듯이 당신의 모든 것이 되고픈 사랑 또한 종말을 고하게 된다. 많은 드라마와 영화에 나오는 미치도록 강렬한 사랑, 서로의 육체를 탐닉하고 가정도 내버린 채 모든 열정을 담아 불타는 불륜의 사랑 속으로 뛰어들어도 그 끝은 항상 죽음이나 파탄이다. 처음에는 폭풍 같은 정열로 말초신경을 자극하지만 마약처럼 즐거운 자극은 더 극한 자극을 원하게 되고 아무리 노력해도 자극이 안 되는 권태를 만나면서 즐거움은 이별을 고하고 마약의 쓰라린 후유증만 남기게 된다.

첫사랑도 마찬가지이다. 그 사람의 모든 것이 되고프고 모든 것을 내어주고픈 첫사랑이 이루어질 수 없는 이유도 처음 사랑을 하게 되면 그 행복감이 너무 커서 자신의 인생의 모든 것이라고 착각하게 되기 때문이다. 구름은 솜사탕이 되고 나무는 내게 손짓하며 꽃들은 방긋 웃는다. 이런 행복감이라면 인생을 다 바쳐도 될 것 같다는 생각이 든다. 그래서 반딧불처럼 사랑의 화신이 되어 사랑을 위해 죽음도 불사한다. 하지만 중독적이고 탐닉하는 미친 사랑처럼 첫사랑은 실패하게 되어있다. 열열이 불타오르고 재만 남기고 사라지게 되어있다. 서로를 가지려고 발버둥 치다가 결국 첫사랑은 질리는 사랑이 된다.

문제는 자신을 잃어버리고 자신의 전부를 내어바치며 사랑의 불구덩이 속으로 뛰어드는 데 있다. 그대를 사랑하는 것이 인생의 모든 것이라고 생각하는 데 있다. 그대의 모든 것을 가지려는 집착에 있다. 이렇듯 성숙하지 못한 중독적인 사랑의 끝은 이별이고 버려짐이며 관계의 종말이다.

"진딧물 선생님, 사랑은 무엇입니까?"
"영원히 그리워하고 숭고한 감정을 가지는 것이지."
진딧물은 평생 짝짓기를 하지 않는다. 겨울엔 알로 지내고 나머지 계절에는 암컷이 4~5일 정도를 살면서 새끼를 바로 낳는다. 암컷과 수컷이 엄연히 공존하지만 사랑을 나누지는 않는다. 사랑에 관심이 왜 없는 것이겠냐만 수컷을 멀리서 그리워하고 아름다움을 간직하려는 순수한 몽상가들이 아닐까? 그야말로 절제하는 플라토닉 러브를 보여주는 듯하다.

"선생님, 그렇게 사랑하고서 남는 것은 무엇입니까?"

"미어지는 가슴이지."

인간도 마찬가지의 사랑을 한다고 생각된다. 이른바 '정신적인 사랑'이다. 고등학생 정도 되면 『좁은 문』의 제롬과 알릿사처럼, 『별』에서의 베아뜨리체와 목동처럼, 순수하고도 낭만적인 사랑을 꿈꾼다. 편지를 쓰고 아쉬움을 달래며 정신적인 교감만이 참된 사랑이라고 말하기도 한다.

하지만 현실은 상상과는 다르다. 가슴이 아프고 육체는 시들해진다. 신의 사랑을 하기에는 인간은 너무나 연약한 동물이 아닐까? 애인이 먼 나라로 직장을 옮기게 되면 정신적 사랑은 연인을 시험한다. 오랫동안 만날 수 없고 멀리 떨어져있어야만 한다면 연인을 수십 년이고 기다릴 수 있을 텐가? 대부분은 헤어지겠지만 떨어져버린 사랑에 갖은 눈물과 애달음을 감수하며 영혼의 사랑을 지속하는 이도 있다. 또한 사랑하는 연인이 사고로 이 세상과 작별했다면 영원히 연인을 그리워하며 혼자 살 수 있을 텐가? 대부분은 다시 새로운 연인을 만나겠지만 재혼하지 않고 그리움으로 삶을 이어가는 사람도 있다.

이런 플라토닉 러브는 종교적으로나 사회적으로 억압받을 때 두각을 나타낸다. 주로 사랑이 금기시될 때 애타는 연인들의 스토리가 만들어진다. 서로 떨어져있는 아픔을 견뎌내려면 강한 동기가 필요한 것이다. 억압적인 상황에 의해 사랑을 더욱 돈독하게 만들어야 정신적인 사랑은 가능해진다. 로미오와 줄리엣도 그러하고 신부님과 수녀님의 사랑도 그러하다. 억압된 상황 속에서 사랑은 순수한 결정체를 만든다. 이루어지지 않는 미완의 사랑은 아름다워 보인다. 서로가 떨어져서 영원한 그리움을 칭송한다. 진딧물처럼 숭고한 감정으로 그 모든 아픔과 그리움을 견뎌낸다. 그러한 사랑이 행복하던가? 대부분의 소설이 그러하듯 단명하고 자살하고 운명의 독화살을 맞고 비참한 최후를 맞이한다. 미어지는 가슴으로 삶을 마감한다.

"거미 선생님, 사랑은 무엇입니까?"
"그녀의 눈치를 보는 것이지."
어떤 거미 종들은 수컷이 굉장히 왜소한데 여러 마리의 수컷은 교미를 위해 암컷의 눈치를 살핀다고 한다. 암컷의 심기가 불편하면 짝짓기를 하려던 수컷은 암컷의 먹이가 되고 만다. 그래서 보통 현명한 수컷은 암컷이 먹이를 먹을 때 짝짓기를 시도하는 경우가 많고 암컷은 초라한 수컷의 사랑에 별 관심이 없는 듯 먹이를 게걸스럽게 먹기만 한다고 한다. 수컷들은 두려움과 스릴을 즐기는 모험꾼이라고 할 수 있겠다. 사랑에 관심이 없는 암컷의 눈치를 보며 혼자만의 욕망을 충족시키려는 외로운 사랑의 모습이다.
"선생님, 그렇게 사랑하고서 남는 것은 무엇입니까?"
"사형이지."
인간도 마찬가지의 사랑을 한다고 생각된다. 이른바 '물질적인 사랑'이다. 물질문명이 도래한 이후로 섹스산업은 호황을 누리고 있다. 사회적인 스트레스와 소외가 심해지고 사랑에 목마른 남성들은 룸살

롱, 집창촌을 떠돌며 돈으로 성을 구매하려고 하고 있다. 상대방은 사랑하지 않는데 돈을 위해 몸을 빌려준다. 혼자만의 사랑이자 갈급한 욕망의 배출일 뿐이다. 사랑은 둘이서 해야 하는 것이고 부부라도 한 사람이 원하지 않을 때 강요하는 것은 성희롱이나 다름없다. 남자가 원하는 것은 사랑스런 섹스이지만 상대 여자가 원하는 것은 돈이다. 여자가 원하는 것은 사랑 어린 섹스이지만 상대 남자가 원하는 것은 여성의 몸뚱어리일 뿐이다. 한 사람만의 사랑이고 상대는 다른 목적을 가진 사랑으로 너무 대화를 하고 싶은 나머지 혼자 벽을 보고 대화하는 것과 다름없다. 여성은 재물만 보고 남성은 여자의 육체만을 본다. 서로 사랑하는 것이 아니다. 상대는 사랑을 가장해서 돈과 육체를 탐하고 있다. 그 사실을 모르는 어리석은 사람은 혼자만의 불행한 사랑에 목을 맨다. 벽을 보고 혼자 이야기하면서 즐겁다고 말한다. 돈과 육체를 주고 사랑이라고 말한다.

그리고 남성들의 전유물인 포르노나 야동 또한 물질적인 사랑의 한 형태로 보인다. 남성이 원래부터 야만적인 동물은 아니다. 남성들은 아름다운 성행위를 원하지만 원하는 짝을 만나 사랑을 나눈다는 일이 그리 쉬운 일은 아니다. 성욕이 강한 남성들은 그런 사랑스런 관계를 만나지 못할 때 자위를 한다. 컴퓨터와 사랑을 하려고 한다. 혼자만의 사랑이자 아름다운 성관계를 향한 몸부림이다.

또한 우리가 한번쯤 경험하는 짝사랑 또한 마찬가지이다. 선생님을 짝사랑하고 친구를 짝사랑하고 연예인을 짝사랑한다. 존경하고 우상화시키는 정도에서 좋은 자극이 될 수도 있겠다. 하지만 혼자만의 사랑이 깊어지면 즐거움은 있을지언정 결국엔 무기력과 아쉬움을 남기기 마련이다. 자신의 사랑에 무관심한 상대방에게 상처를 받기 마련이다. 짝사랑이 심해지면 스토커의 형태로 변질된다. 상대가 싫어하는데 혼자만의 사랑을 키우며 상대를 협박한다. 자신의 사랑을 남에게 강요하며 상대에게 상처를 준다.

룸살롱의 사랑이나 컴퓨터와의 사랑, 짝사랑, 스토커의 사랑은 수거미가 눈치를 보며 혼자만의 섹스를 즐기는 것과 다르지 않다. 혼자서 사랑을 하면 아쉬움이 남는다. 혼자서 몸부림치기에 무기력해지고 피곤해진다. 만족스럽지 않기에 또 다른 사랑을 찾아다니고 더 새로운 자극에 집착하게 된다. 섹스 중독은 이러한 만족스럽지 않은 관계 때문에 더 강한 자극을 반복적으로 추구하는 행위이다. 아무리 많은 사람과 성관계를 가진다고 한들 혼자만의 사랑은 충족될 수 없다. 혼자만의 사랑이 깊어지면 더 큰 자극을 위해 도착적인 행동을 서슴지 않게 된다. 수거미와 같은 반쪽의 사랑! 혼자만의 자극과 쾌락의 끝은 무기력과 도착이다.

곤충의 사랑이 아닌 인간의 사랑이란 어떠해야 할까? 반딧불처럼 두 연인이 너무 사랑한 나머지 하나가 되어서 떨어질 수 없는 관계가 되어서도 안 되겠고 진딧물처럼 두 연인이 떨어져 너무 소원해서도 안 되겠다. 거미처럼 한쪽만 사랑하는 반쪽의 사랑은 더더욱 안 되겠다. 칼릴 지브란은 연인 사이에 하늘 바람이 춤추게 하고 출렁이는 바다를 놓아두라고 했다. 함께 노래하고 춤추며 즐거워하되 서로는 혼자 있게 하라고 하였다. 현인들은 서로가 열렬히 사랑하면서도 자신을 잃지 않고 성숙하며 발전하는 관계를 손꼽고 있다. 반딧불처럼 너무 사랑해서 둘 사이의 공간이 없어서도 안 되고 진딧물처럼 너무 소원해서 둘 사이의 간격이 넓어서도 안 되겠다. 하나이면서 둘인 사랑, 성숙하고 이성적인 사랑이란 그대를 지극히 사랑할 줄도 내버려둘 줄도 알아야 한다는 말이다. 하나처럼 열렬히 사랑하고 둘인 것처럼 자신의 발전을 도모할 수 있는 성숙한 관계를 사랑의 으뜸으로 보고 있다.

허나 살아보니 인간의 사랑은 이래야 한다고 정의할 수 있는 것이 아닌 것 같다. 어디 인간의 사랑을 이성적인 관점으로만 볼 수 있겠는가? 하나이면서도 둘인 사랑을 위해 절제하고 치우침이 없게 살아야만 하는 것은 아니다. 이상적인 사랑의 모습은 연인들이 밀고 당기기를 하듯 하나이면서 둘인 사랑일지 모른다. 하지만 인간은 낭만적이고 욕망이 가득하며 잘못을 통해 성숙하는 동물이다.

곤충 선생님들이 말씀하신 사랑도 인간의 한 모습이며 그 또한 그 나름의 의미를 가지고 이루어지는 사랑행위이다. 가장 인간적인 사랑은 사랑하는 사람을 위해 목숨을 버리는 사랑일지도 모른다. 혹은 사랑하는 사람과의 이별에 눈물지으며 평생을 그리움으로 사는 사랑일지도 모른다. 혹은 재화의 중요성을 인식하고 사랑보다 재물을 선택하는 사랑일지도 모른다. 인간의 사랑은 깊은 가슴으로 느끼는 절실함일 것이다. 우리는 살아가면서 어리석고 미성숙한 사랑에 상처받고 힘들어할 것이다. 인간의 사랑이기에 아쉬운 사랑의 아픔을 견뎌낼 수밖에 없는 것이다.

치우치는 어리석은 사랑을 할지언정 진중한 마음으로 사랑을 다시 한번 생각해 보는 것이 좋을 듯하다. 행복한 사랑을 다시 한번 그려보는 것이 좋을 듯하다. 어떤 사랑을 선택하든지 우리는 사랑하며 살 수

밖에 없는 존재들이다. 아쉬운 사랑이라도 하지 않을 수 없는 존재들이다.

〈정리〉

◎ 사랑의 종류

1. 하나인 사랑(반딧불의 사랑)– '중독적인 사랑', 첫사랑
2. 둘인 사랑(진딧물의 사랑)– '정신적인 사랑', 금기의 사랑
3. 반쪽 사랑(거미의 사랑)– '물질적인 사랑', 짝사랑
4. 하나이면서 둘인 사랑(이상적인 사랑?)

어리석은 나에게 사랑은 말합니다.

사랑은 황홀한 여름에 핀 아카시아 꽃 같은 것,
하얀 정갈함에 도취되어 가지를 꺾어버리듯
너무나 사랑하기에 너의 생명을 거두어들일 수밖에 없다.

사랑이란 수평선 넘어 닿을 수 없는 아지랑이 같은 것,
인생의 한가운데 오아시스를 발견한 듯해도
영원히 환상의 물을 마실 수는 없다.

사랑은 예쁘게 포장된 비눗방울 같은 것,
예쁜 무지갯빛 비눗방울이 정신을 어지럽히고
너무나도 황홀해서 비누향기를 건들면
공허한 속내를 드러내고야 만다.

그러나
진실로 사랑은 대륙을 향한 파도의 몸짓과 같은 것을…
그대의 손길로 쓰다듬고 멀어져가다가도 다시금 부풀은 열정들
로 안겨오는 애틋함.
그대 멀리 떠나도 다시금 나의 손을 붙잡아주실 것을 믿습니다.

그렇지만 내가 그대를 사랑해도 될까요?
이렇게 천진난만하게 아무런 생각 없이 당신께 이끌림을 용서

하세요.

들녘에 핀 이름 모를 꽃에게 넋을 잃고 말았습니다.

내가 그대를 사랑해도 될까요?

쉽지 않은 이끌림으로 마음을 다해 사랑하겠습니다.

과연 그대가 나를 사랑해도 될까요?

— 「사랑해도 될까요?」

사랑의 3가지 모습을 노래하고 있다. 아카시아 꽃이 너무 예뻐서 가지고 싶은 충동이 생기는 모습이 바로 '중독적인 사랑'이다. 아카시아 꽃을 꺾어버리면 얼마 못가 아카시아 꽃은 죽어버릴 것이다. 이 소유적인 사랑은 아카시아 꽃을 내버려두고 즐기지 못하게 한다. 떨어지지 못하는 사랑이다.

그리고 아지랑이처럼 꿈꾸는 듯한 환상이 바로 '정신적인 사랑'이다. 이 정신적인 사랑에는 멀리 아지랑이처럼 오아시스처럼 잡힐 듯 잡히지 않는 안타까움이 있다. 이상적인 사랑을 꿈꾸지만 환상일 뿐이고 멀리서 그리워하는 아쉬운 사랑이다. 정신적인 사랑은 분리되어있는 사랑이고 떨어져있는 사랑이다. 숭고한 감정을 지니지만 영원히 오아시스의 물을 마실 수는 없다.

또한 비눗방울은 너무 예쁘지만 인공적인 이 아름다움은 이내 사라져버리는데 이러한 공허한 물방울이 바로 '물질적인 사랑'이다. 비눗방울은 무지갯빛 환상을 보여주고 쾌락을 주기에 쉽게 다가가지만 실제로 건드려보면 허무하게 사라져버린다. 물질적인 사랑은 인공적인 사랑이자 아름다움에 도취된 한 사람만의 사랑이다. 두 사람이 함께 사랑하는 행위가 아니다.

그리고는 사랑의 '밀고 당기기'를 말한다. 파도가 들어왔다가 나가 듯이 수많은 열정들로 내게 다가왔다가도 되돌아가 자신의 자리로 돌아가는 성숙한 사랑. 서로에 대한 믿음으로 구속 없이 내버려두지만 다시금 사랑하는 마음으로 손잡아 줄 것을 확신하고 있다. 성숙한 사랑은 '하나이면서도 둘'인 사랑이라고 표현할 수 있겠다. 그대를 사랑하면서도 자신의 존재가 살아 숨 쉬고 자신의 길을 가는 가운데서도 그대를 잊지 않고 생각하는 사랑이다.

하지만 인간은 이성적이지만은 않다. 지나가는 늘씬한 미인에게 눈동자는 돌아가고 예의바르고 한껏 멋 낸 남성의 질문에 반색하며 미소 짓는다. 자신도 모르게 빠져들고 치우치고 불나방처럼 사랑의 불빛을 향해 돌진한다. 그리고는 자신의 날개가 타는 줄도 모르고 불 속으로 뛰어든다. 불빛을 사랑한 인간은 타죽게 된다.

인간은 낭만적이다. 자신이 피해볼 것을 뻔히 알면서도 사랑하는 대상을 위해 감행한다. 맞아 죽을지도 모르는 상황에서 친구의 복수를 위해 뛰어든다. 경비와 시간소모가 막심해도 축하해주고 위로해주기 위해 먼 길을 달려간다. 자신의 중요한 시험이 있는 날 친구나 가족의 사고를 처리하기 위해 시험을 포기한다. 자신을 위해 살다가 전신마비가 온 아내를 위해 수년을 병간호와 재활치료를 하며 희생적인 사랑을 쏟아붓는다.

인간은 의미를 위해 목숨을 내던지는 낭만적인 동물이다. 생리적인 욕구를 떠나 이익관계를 떠나 옳고 그름을 떠나 사랑하는 대상의 의미를 위해 모든 것을 내던진다. 무식하고 어리석은 사랑이라고 생각될지 언정 그 바보 같은 사랑 속에는 의미를 사랑한 인간의 따스한 마음이 담겨있다. 힘없는 당신을 웃겨주려는 어설픈 농담에 망가질지라도 기분 좋은 인간의 마음이 있다. 아픈 당신을 거들어주고 바쁜 일상을 제쳐두고 곁에서 손을 잡아주는 행동에도 바쁘지만 평온한 인간의 마음이 있다. 억울한 일을 당한 당신의 마음을 대변하여 상대에게 욕을 퍼붓고 죽여버리겠다고 으름장을 놓는 과격한 행동에도 무섭지만 아끼는 인간의 마음이 있다.

　이렇게 무식하고 용감한 내가 당신을 사랑해도 될까? 이성적이지만은 않은, 치우치고 바보 같은 열정으로 몸을 던지는 인간의 부족한 모습으로, 당신을 향한 의미만으로 사랑을 시작해도 되느냐 말이다. 성숙하지 못하고 상처받고 파멸을 가져오는 충동적인 사랑에도 의미를 사랑한 인간의 마음이 있음을 조금이라도 이해해주기를 바라고 있다.

　그러나 분명 이런 사랑의 모습과 결과들을 알고는 있어야 한다. 자신이 망가지고 일이 엉망이 되고 위협을 받는 상황에도 그 의미가 소중하다면 죽음 속으로 기꺼이 뛰어들어야 할지도 모르겠다. 가장 인간적인 모습으로 무모한 희생을 선택할 상황이 올지도 모르겠다. 하지만 쉽지 않은 선택이 되어야 한다. 고민 끝에 이루어진 힘든 선택이 되어야 한다. 값진 희생이 되어야 한다.

　이제 그대에게 묻겠다.

　"영원한 사랑을 위해서는 서로가 옭아매지 않고 자신의 삶을 사랑하고 당신도 사랑할 수 있는 성숙한 사랑을 해야 한다는 것을 알고 있습니다. 그러나 보시다시피 난 이렇게도 부족하고 치우치고 터무니없이 마음을 빼앗겨버리는 사람입니다. 쉽게 자신을 잃어버리고 현명하지 못한 선택을 해버리는 인간입니다."

"그러나 당신을 사랑하고 있습니다. 쉽지 않은 결정으로 당신을 선택했습니다."

"이런 내가 당신을 사랑해도 될는지요? 아니 당신이 이런 나를 사랑할 수 있을는지요?"

눈물 셋. 필로스

— 영웅본색

〈영웅본색〉을 본 이라면 누구나 한 번쯤 남자들의 진한 우정을 가슴에 담았을 법하다. 롱코트를 입고 성냥개비를 물고 기관총을 갈겨서 영화가 멋있었던 것일까? 아니다. 죽음도 불사하는 짙은 우정과 동생을 사랑하는 형의 마음이 느껴졌기 때문이다. 영화에서의 우정이 현실에서도 가능할까? 내게도 그러한 행복이 깃들기를 기도할 뿐이다.

필로스(philos)란 비단 동성 간의 우정만을 말하는 것은 아니다. 연인의 사랑은 강렬하지만 시간이 지나면 우정과도 같은 정으로 사랑의 감정은 변모한다. 이미 헬렌 피셔는 연인의 사랑은 2~3년이 지나면 친구 같은 우정으로 변함을 보고한 바 있다.

처음 사랑하게 되면 사랑의 호르몬인 에스트로겐과 테스토스테론이 이성에 대한 관심을 만들고 도파민과 노르에피네프린이 사랑의 황홀감을 준다고 한다. 이성에게 끌리다가 사랑에 빠지게 되는 현상을 호르몬으로 설명하는 것이다. 도파민은 마약을 할 때 나오는 물질로 연인이 사랑을 하게 되면 마약을 하는 것처럼 전두엽에서 도파민이 방출된다고 이미 알려져있다. 그래서 중독적인 연인의 사랑은 마약을 하듯이 불타오른다.

그러다 2~3년이 지나면 돌연 사랑의 호르몬은 사그라지고 친구 같은 가족 같은 정으로 사는 단계에 이른다. 이때는 옥시토신이라는 호르몬이 나와 시든 사랑을 유지시키고 가족으로부터 평안함과 안정감을 느끼게 된다고 한다. 직장생활의 스트레스도 귀가 후 가족들을 만나면서 풀린다고 하니 옥시토신은 일시적인 이끌림이 아닌 사랑을 지속시키는 진정한 사랑의 묘약이 아닌가 생각된다.

이러한 정이 든 배우자와의 사랑이 바로 필로스이고 우정이다. 사랑과 결혼이란 이렇듯 평생 가장 친한 친구 하나를 만드는 과정이다. 연인의 사랑이 달콤하고 자극적이지만 그에 못지않게 은은하고 담백한 친구나 배우자의 사랑은 영속적인 매력이 있다. 고구마의 맛은 자극적이라 주식으로 쓰일 수는 없다고 한다. 감자의 밋밋하고 담백한 맛은 평생을 먹을 만큼 일용할 양식이 될 수 있다. 너무 자극적인 것들은 오래 가지 못한다. 본질적으로 우정과 오래된 연인의 사랑은 감자의 밋밋한 맛과 다름없다. 자극을 주지 않는 편안한 관계를 통해 인간은 안정을 찾고 시련을 견뎌낼 힘을 얻게 된다.

나의 오래된 친구는 힘든 의대생 시절 자취를 같이 했었다. 집이 어려워져서 방학 때면 과외 아르바이트를 하며 학비를 벌고 학기 중에는 공부에 매진하는 정말 착하고도 성실한 친구였다. 부모의 돈으로 쉽고 편하게 의대 생활을 했던 나는 비싸고 좋은 자취방을 구할 수 있었으나 그 친구놈 사정이 사정인지라 학교 근처의 가장 싼 방을 구해야만 했었다. 그 당시 부유한 집 친구가 다녔던 하숙집이 월 50만 원이었고 보통 좋은 자취방은 월 30만 원 정도였다. 물론 지하감옥처럼 창문도 없는 단칸방은 월 10만 원인 곳도 있었다. 다행이 우리는 월 13만 원에 방도 크고 부엌도 달려있는 좋은 방을 구할 수 있었다. 정말 처음 방을 보았을 때 웬 떡이냐 싶을 정도로 가격에 비해 너무나 좋은 방이었다. 친구랑 한 달에 6만 5천 원씩이었으니 일대에서 가장 좋고도 싼 방이었다. 친구 놈이 좋아하는 걸 보니 자신도 흐뭇해졌다.

그러나 싼 이유가 있는 방이었다. 온돌이 안 되고 따뜻한 물이 안 나와서 한겨울에는 전기장판을 깔아도 새벽에 코가 얼기 마련이었고 찬물에 머리를 감고 머리카락에 서리가 생길 것 같은 느낌으로 두피 깊숙이 파고드는 차가운 통증을 견뎌내야 했다. 집 주위엔 온갖 곤충들이 있어 방 안은 그야말로 희귀곤충 대전을 방불케 했다. 여러 종류의 곤충들이 들쭉날쭉 나타나곤 했다. 여름이면 금파리, 초파리, 검정파리? 및 암컷, 수컷 모기들이 종류별로 날아다녔고 도롱뇽과 지네, 독일형 바퀴벌레와 거미들이 한 번씩 놀래켰다. 집구석에는 곰팡이 서식처도 있었던 것 같다. 거미들은 일부러 죽이지 않고 곤충들을 잡아먹으라고 살려 둘 정도였으니 자연생태 학습장이 부럽지 않을 정도다.

무엇보다도 화장실이 푸세식이었다. 하루는 급해서 큰 용변을 보고 나오는데 주인 할아버지가 말씀하셨다.

"여기는 화장실 청소해주는 사람이 없어서 대변을 보면 자기가 치워야 하는 기라."

두루마리 화장지를 들고 수줍은 모습으로 서 있던 나는 무슨 얘긴가 하고 다시 여쭈었다.

"예? 무슨 말씀이신지?"

할아버지는 무표정하게 마당 한쪽에 놓여있는 삽을 가리키며 말했다.

"자기가 본 변은 저 삽으로 퍼내야 한다. 우리 노인네가 똥 청소까지 해줄 수 없어."

무안했던 나는 의아해하면서 고개를 끄덕이고 황급히 자리를 빠져나왔다.

똥을 퍼라니. 의학도로서 그런 구린 일은 차마 할 수 없었다.

'나 원 참 더러워서 똥 참고 만다. 두고 봐라.'

그 뒤로 우리는 생리적인 욕구를 참아야 했다. 다급할 때는 화장지를 들고 학교로 뛰어가기도 했으니 똥 퍼는 일만은 피하고 싶음이었을 것이다.

그렇게 친구와 나는 6만 5천 원짜리 자취방에서 즐거운 추억을 키웠다. 어려운 환경 속에서 누구보다도 친구를 이해하게 되었고 힘든 의대 생활에서 서로에게 큰 힘이 될 수 있었다. 일상적이고 평범한 사소한 것들로부터 친근감은 싹트기 시작하고 본능적이고 생리적인 현상들마저 편안한 일상이 되어버리면서 신체의 일부와 같은 소중한 관계 속으로 빠져든다. 정이 생긴다. 통하는 사람이 된다.

또 하나의 에피소드. 군의관 시절, 전투함을 타고 해군 사관생도들과 함께 태평양을 건너 남미로 해군 순항 훈련을 간 적이 있다. 페루였던가? 흑인들 우범지역이라며 그쪽으로는 들어가지 말라는 상부의 지시가 있었다. 하지만 호기심이 많았던 나는 부사관인 의무장을 데리고 금지구역으로 들어갔다. 조금 지나니 우리 뒤로 흑인들이 몇몇 모여들기 시작했고 이 지역에 들어온 낯선 이방인이 신기했는지 많은 사람이 위협적으로 따라붙고 있었다.

"군의관님 이거 우리 봉변당하는 거 아닙니까? 어쩌죠?"

"불안한 티를 내지 맙시다. 같은 사람인데 이유 없이 죽이기야 하겠습니까?"

잘못 들어왔다는 생각이 들었다. 시커멓게 생긴 장정들이 뒤따라오니 여간 불안한 게 아니었다. 그때 눈에 들어오는 음식점이 있어 재빨리 들어갔다. 어느덧 음식점 주위로 많은 흑인들이 몰려들게 되었고 긴장감이 흘렀다.

"의무장님, 일단 우리가 나쁜 사람이 아니라는 것을 보여주어야겠어요."

일단 우리 먹을 음식을 시키고 옆에 있던 아저씨와 꼬마 애들에게 우리가 사주겠다고 음식을 시키게 했다. 생명이 위급하니 그깟 음식값쯤은 문제가 아니었다. 무섭게 생긴 사람이 있으면 먼저 음식을 시키라고 다그쳤다. 그러다 보니 이쪽저쪽 음식을 사달라고 난리였고 주위 사람들에게 국수 같은 음식들을 모두 베풀고 나서야 긴장감은 풀어졌다. 그리고 그들에게 좋은 이미지를 심어주기 위해 특히나 아이들에게 사탕 같은 간식거리를 사주며 호의를 베풀었다. 수십 명을 다 사주고도 우리 돈으로 5만 원도 안 했던 것 같다. 우리의 전략은 대성공이었다. 음식점을 나서는 길에 흑인들이 반겨주고 어깨동무를 하고 말도 통하지 않는 이국인을 환대해주었다. 가난한 흑인들은 마음 따뜻한 사람들이었다. 우범지역이라며 그들을 묶어두었다는 사실이 믿기지 않을 만큼 천진난만한 아이들 같은 사람이었다. 그들과 사진을 찍어대며 즐거운 한때를 보내고서야 내 생각이 그르지 않았음을 확인할 수 있었다.

'역시 나쁜 인간이란 없구먼. 잘못 다가서고 몰라서 무서운 것이지 마음을 열면 우리는 모두 친구다.'

동료가 되고 친구가 되는 건 어렵지 않다. 나에게 해를 준다고 생각하면 당연히 피하고 공격하려 들기 마련이고 자신을 도와주는 사람에게는 호의를 베풀기 마련이다. 더 이상 상처받지 않기 위해 마음을 닫고 있는 이들의 마음을 열려면 먼저 그들처럼 낮아지고 그들처럼 행동하는 모습을 보여야 한다. 그들을 이해하고 그들의 삶 속에서 동화되려는 노력이 필요하다.

더 마음을 트고 더 가까워지려면 당신처럼 부족한 사람이라는 사실을 알려주고 서로의 상처를 껴안아주는 것이 좋다. 자신의 허물을 자랑하라는 말이 아니다. 키 크고 잘생긴 남성이 조금 모자란 행동을 할 때 완벽한 것보다 호감도가 증가되더라는 연구도 있었다. 매력적인 인간으로서 허물을 보여주어야 친밀감은 상승된다. 열심히 자신의 매력을 가꾸되 가식을 벗고 부족한 모습 그대로를 보여주어야 정이 생기고 마음이 통하게 된다.

아픔과 상처, 부족함이 인간을 인간답게 만들고 서로를 이어주는 역할을 하는 것이 아닌가 생각된다. 아무래도 인간이란 부족한 모습으로 완전하려고 노력하는 존재이고 그렇게 부족한 채로 열심히 노력해야 가장 인간다울 수 있는 모양이다. 오랜 기간 동안 부족한 나의 모습을 지켜봐주고 바동거리는 자신과 함께 살아온 사람들은 그래서 가장 인간답고 그래서 친구라고 부를 수 있다. 가난한 어린 시절, 모자란 학창 시절, 부족한 인턴시절이 아마도 가장 좋은 친구를 사귈 수 있는 기회가 될 것이다. 모자라고 부족하지 않은 사람에게 절실한 노력은 없고 그것은 인간답지 못하다. 서로의 부족함을 공유할 때 우리는 친구가 된다.

배우자든 친구든 오랜 기간 동안 부족함과 어려움을 공유할 때 우정이 싹튼다고 했다. 부족한 인간의 발버둥을 보면서 마음을 나누고 세상에 지탱할 힘을 얻는다. 인간적인 정을 느끼게 되는 일이 우정의 시작이다. 우정을 통해 행복을 맛보려면 정을 키우고 유지할 수 있어야 하겠다. 함께했던 시간이 지나고 서로 멀리서 각자의 삶을 살아가더라도 우정은 유지되어야만 한다.

정을 유지하는 첫 번째 조건은 바로 믿음과 신뢰이다. 친구 중에는 싫은 친구도 있고 좋은 친구도 있지 않은가? 친구가 하루아침에 적이 되기도 한다. 〈영웅본색〉에서도 배신과 음모가 자주 등장하는데 그러한 비정한 세계라서 더욱 주인공들의 우정이 값져 보이는 것일 테다. 좋은 친구라면 남자들의 가치 일순위인 믿음과 신뢰는 갖추어야 한다. 남자는 역시 의리 아닌가? 믿어주고 기다려주면 인간은 변하게 되어 있다. 절대 악인도 절대 선인도 없다. 처음부터 완벽하고 잘못이 없는 사람은 없다. 믿음과 사랑으로 사람은 다시 태어날 수 있다고 믿고 있다. 고집불통의 안하무인이었던 내가 변했듯이 누구나 변할 수 있다.

일본인을 아내로 둔 친구의 이야기가 흥미로웠다. 술 먹고 늦게 집에 들어가면 아내가 현관문 앞에서 무릎을 꿇고 몇 시간이고 기다린단다. 화내거나 짜증을 내지도 않고 어디를 싸돌아다녔냐고 바가지를 긁지도 않는단다. 의심 없이 믿음으로 기다리는 아내. 술 먹고 늦게 들어갈 수가 없다고 친구는 행복한 푸념을 해댔다.

이렇듯 믿음이란 잔소리보다 사람의 마음을 움직이는 힘이 있다. 아이들도 청소나 책 정리 같은 자신의 일을 할당해주면 아이는 책임감 있게 일을 처리한다. 이거 해라, 저거 해라가 아닌 믿어주고 책임을 지울 때 인간은 성장한다.

여기서 퀴즈 하나. 목사님이 창녀들을 전도하겠다고 집창촌에 들어갔다. 이를 교회신도가 목격하고 사모님에게 일렀다. 현명한 사모님이라면 어떻게 해야 할까? 내가 생각하는 답은 사람들이 못 알아보게 더 어둡고 긴 옷을 준비하고 다른 집창촌도 알아봐주는 것이다. 이런 믿음과 신뢰는 악인이든 선인이든 영혼을 성장하게 만든다. 자신을 믿는 사람들을 어찌 실망시킬 수 있을쏘냐?

정을 유지하는 두 번째 조건은 적당한 거리를 두는 것이다. 애정은 호수에 돌을 던져 나타난 물결처럼 크고 화려해서 온통 신경을 빼앗지만 우정은 바람따라 이는 잔잔한 물결이라 뒤로 한 걸음 물러서서 바라보는 것이 가능하다. 사랑에는 푹 빠지지만 우정에 빠져 허우적대는 사람은 드물다. 우정에는 거리가 있다. 서로의 간섭이 심하지 않다. 우정이란 있는 그대로 지켜봐주는 것이다. 내 곁에서 나무가 자라고 꽃이 피어나듯이 친구는 내 곁에서 자신의 삶을 살아간다. 나무는 나를 위해 자라주는 것이 아니고 꽃들은 나를 위해 피어나는 것이 아니다. 그냥 제 갈 길을 가는 자연의 움직임처럼 친구도 나에게 잘 보이려고 애쓰거나 노력할 필요가 없다. 나무가 자라고 꽃이 피듯 그냥 제 자리에서 열심히 살아가면 언뜻 그 아름다운 향기에 친구의 우정은 커져만

간다. 자연은 언제나 우리에게 무관심하지만 우리는 언제나 자연을 좋아하며 즐긴다. 친구도 언제나 나에게 무관심하지만 우리는 언제나 함께 만나도 즐겁다. 무관심하게 내 곁에서 지켜봐주고 알아봐주는 사람이 바로 오래된 친구다. 잔잔한 물결을 보듯 적당한 거리를 두면 마음이 편안해지는 것이다.

마지막으로 우정을 유지하려면 존경이 필요하다. 친구든 연인이든 제자이든 사람간의 관계에서 잊을 수 없는 강렬한 기억과 뇌리 속 향수로 남는 추억은 존경에서 나오는 듯하다. 미물이지만 영원함을 바라는 부족한 인간이 곁에 있는 사람에게서 신의 향기를 맡는다고나 할까? 인간이기에 부족할 수밖에 없지만 그 부족함을 벗어나려고 발버둥 치고 신의 모습을 닮아가려는 노력들은 존경을 만든다. 존경은 완성된 인간의 것이 아니다. 부족한 인간의 모습이어아 하고 산을 오르고 있는 모습이어야 하며 아픔을 이겨내고 있는 모습이어야 한다. 교수가 되었다고 사장이 되었다고 대통령이 되었다고 거드름피우고 잘난 체해서는 존경이 나올 수 없다. 궁극적으로 우리가 추구하는 인간관계는 존경할 수 있는 사귐이다. 친구든 부모든 직장상사든 선생님이든 인간적인 발버둥을 볼 때 그러한 사람을 존경할 수 있을 것 같다. 그리고 그렇게 나약한 인간의 눈물을 통해 인간의 따스하고도 깊은 관계는 나타나고 지극한 행복감을 맛보게 된다. 진정한 친구라면 이러한 존경할만한 구석이 한군데라도 있어야 할 것이다. 내가 너의 어떤 부분을 존경할까? 부족한 인간의 발버둥을 가지고 있느냐 말이다.

죽기 전까지 진정한 친구를 하나만 가져도 그 사람의 인생은 성공한 것이라고 한다. 나를 잊지 않고 죽음의 순간에 눈물과 통한으로 함께 아파해줄 수 있는 친구 한 명이 그리운 현실이다. 지금까지 친구의 요건들을 살펴보았다. 부족함을 함께 견뎌내고 믿어주고 적당한 거리에서 편안함을 주며 존경 어린 사귐을 유지할 수 있을 때 친구는 가족이 되고 반려자가 된다.

여러 가지 즐비하게 이야기하였지만 결국 친구란 가까이에서 노력하는 인간이다. 내 곁을 떠나지 않고 어렵지만 함께하는 사람이다. 힘들지만 떠날 수 없는 의미를 찾아, 정을 나눌 인간을 찾아 우리는 삶을 정처 없이 떠돌고 있는지도 모른다. 누군가에겐 실망을 하고 누군가에겐 상처를 받을 것이다. 그리고 누군가에겐 삶의 위안을 느끼고 또 누군가를 추종하게 될 것이다. 지금 곁에서 같이 웃어주고 있다고 모두 친구는 아니다. 지금 곁에서 맛있는 음식과 즐거운 유흥을 함께 즐긴다고 모두 친구는 아니다. 행복을 느끼게 해 줄 친구는 그냥 알고 있는 그 수많은 사람들 중에 오랜 시간 동안 떠날 수 없는 의미를 부여받은 사람이다. 힘든 일도 견딜 수 있게 만드는 어떤 의미 말이다.

친구가 힘든 일이 있다며 먼 거리를 달려와 술 한잔 기울이잔다. 내일이면 다시 힘든 일이 기다리고 있고 평일이라 술을 먹기엔 부담스럽고 힘들지만 기꺼이 응해주었다. 지나간 이야기에 흠뻑 취한다. 정겹고도 우스운 지난 일상에 술이 코로 들어가는지 입으로 들어가는지 모를 정도다.

"야, 너는 학생 때는 완전 사이코였어. 친구들이 너 좀 말리라고 얼마나 쑥덕거렸는지 아냐? 세상 물정도 모르는데다가 주관이 너무 강해서 튀는 행동을 많이 했었지."

친구놈 말에 질세라 한 말 거든다.

"너도 왕따였지. 착하고 순했지만 그래서 따돌림 받기 쉬운 놈이었어. 너 비난하는 놈들에게 너희가 잘 몰라서 그렇다고, 그놈 사정이 있어서 그런 거라고 설명해준다고 힘들었다. 이놈아, 넌 나에게 감사하는 마음으로 살아야 돼."

서로를 잘 아는 친구는 몸도 정신도 어렸던 한때를 곱씹으며 핀잔을 준다. 그리고는 가정생활이며 부모님 근황이며 여자 이야기며 한보따리를 풀어놓더니 술을 먹고 싶었다고 술을 권한다. 고기도 잔뜩 먹고 술도 두 병을 비우고 나니 취기도 오르고 객기도 생긴다.

"한잔 더 빨자. 오늘은 달려야지. 4차까지는 무조건이다."

갑자기 씩씩해진 나는 내일 일에도 아랑곳하지 않고 힘들어할 몸도 생각지 않고 2차인 횟집으로 향했다.

"내일 나나 너나 새벽에 나가야 하는데 너무 무리하는 것 아니냐. 적당히 먹자."

친구는 내심 걱정이다. 그만 먹어야 내일이 더 편할 거라는 개소리를 해댄다. 결국 절제력 있는 친구의 도움으로 2차까지만 하고 집으로 돌아와 버렸다. 3차, 4차 달릴 수 있는데 말이다. 너를 위해 희생할 준비가 되어있는데도 말이다. 몸이 힘들어도 떠날 수 없는 귀중한 우정이 여기 있는데 말이다.

사랑하는 그녀든 의리 있는 친구든 오랫동안 사귀다 보면 〈영웅본색〉의 죽음도 불사하는 영원한 우정을 느끼게 될지도 모르겠다. 그대와 함께 세상과 싸우다 수십 번의 총알을 몸으로 받아내며 장렬히 죽음을 맞이할 때 뜨거운 눈물을 쏟아낼 수 있도록 생의 마지막을 위해서라도 가장 인간다운 감정을 너의 마음에 새기고 싶다.

오늘은 주윤발처럼 침대에 쓰러지며 총 쏘는 연습을 해본다. 언젠가 누군가를 위해 보잘 것 없는 내 총알이 누군가를 위해 날아갈 수 있도록… 내 누군가를 위해 총알받이가 될지언정 스스로 택한 길에 후회는 없었노라고 죽는 시늉을 해본다.

〈정리〉

◎ 깊은 우정을 위하여

1. 함께하다(아픔과 상처의 공유)
2. 믿음과 신뢰
3. 적당한 거리(자연의 무관심성)
4. 존경(부족한 인간의 발버둥)

사랑이 길어지면 아쉬움을 준비해야 하고
아쉬움이 길어지면 이별을 준비해야 합니다.
분홍 장미를 향한 영원한 맹세가 시들고
붉은 장미가 숨겨 둔 가시에 찔리며
노란 장미에 남겨진 설렘은 발랄한 추억으로 남았네요.

어두움을 두른 채
익숙해진 그림자를 떼어놓으려 해도
나를 따라오는 그림자
바라고 원할수록 영혼은 마르고
그대에게 갇혀 흐르지 못한 샘물은 어두워집니다.

사랑이 길어지면 사랑하지 않는 법을 배워야 합니다.
나를 사랑하지 않는 저 나무들과 꽃들의 자라남이 즐겁고
나를 사랑하지 않는 그대의 자라남이 아름답습니다.
사랑을 알아갈수록
그대의 의지와 상관없는 자신이 됩니다.
사랑하면서도 외로운 홀로서기여!

사랑의 폭풍이 지나고
침묵으로도 영혼이 소통할 때
새로운 사랑이 깃듭니다.
새는 하늘을 자유롭게 하고

마음은 그대를 자유롭게 합니다.

얽히고 엮인 넝쿨가지마냥
그대는 나에게 엮여져
서로에게서 자라납니다.
당신을 사랑한다는 것은 이러한 것이겠지요.

　　　　　　　　　　　　―「당신은 오래된 벗」

　사랑이 길어지면 이별하는 법을 배워야 한다. 분홍 장미 같은 사랑의 서약과 빨간 장미 같은 치명적인 깊은 사랑과 노란 장미 같은 설레는 사랑이 지나고 서로를 내버려둘 수 있는 성숙한 사랑을 만나고 있다. 서로를 너무 사랑해서 구속하고 집착할수록 흐르지 못하는 샘물이 썩듯 영혼은 피폐해져갈 것이다. 사랑이 길어지면 불타는 사랑은 서로를 내버려 둘 수 있는 우정으로 변한다. 나를 벗어나 열심히 자기발전에 힘쓰며 자라난다. 나의 의지와 상관없이 나무와 꽃이 자라듯이 그대도 나의 의지와 상관없이 자라난다. 사랑하지만 내버려둘 수 있는 관계이기에 함께하는 사랑이지만 외로운 홀로서기이기도 하다. 이러한 새로운 사랑의 국면을 맞이하였다. 설레는 사랑이 아닌 푸근한 사랑. 친구 같은 사랑 말이다. 적당한 거리를 두고 '그대의 자라남'을 즐거워하고 있다.
　그리고는 우정의 편안함과 자유를 노래하고 있다. 하늘이 새를 자유롭게 하는 것이 아니다. 새의 마음가짐이다. 새는 이전에 하늘이 이렇게 자유로운 공간임을 몰랐을 것이다. 사랑하는 당신에게서 떨어져 보니 이렇게 하늘이 자유로운 공간이었음을 깨달은 것이다. 새가 하늘을 자유로운 공간으로 보게 되었다.

사랑하면서 서로에게서 자라나고 있다. 당신의 자라남을 보면서 나도 자라난다. 당신이 체중감량에 힘쓰는 것을 보면서 자신을 더욱 관리하고 당신의 열정적인 삶에 대한 태도를 보며 자신의 삶의 태도를 가다듬는다. 그대를 보며 꿈을 꾸고 꿈을 꾸고 있는 당신을 그윽한 눈빛으로 보고 있다. 지속적인 사랑이란 서로 의지해서 하늘을 향해 자라나는 넝쿨가지의 모습일 것이다.

사랑이 깊어진 그곳에서 새로운 우정이 자라난다.

눈물 넷. 아가페

― 어미의 사랑

아가페란 신의 사랑 혹은 부모의 사랑을 지칭한다. 무조건적인 사랑. 사랑의 가장 크고도 가장 완성적인 모습이다. 머리로는 도저히 납득할 수 없는 사랑인 것 같다. 무슨 이유로 그렇게 자식들을 위해 사는지… 부모가 되어보지 못한 과학도의 입장으로는 일방적이고 무모하기까지한 사랑이 신기하기만 하다. 나의 부모님도 자식을 위해 사셨다고 해도 과언이 아니다. 학교를 다닐 때까지 빨래나 방청소를 내 손으로 한 적이 없고 학비 부담은 전부 부모의 몫이었다. 주말이면 어김없이 자취방으로 진수성찬이 날아온다. 사 먹는 밥이 편한 나에겐 시간을 내서 식사를 같이 한다는 일이 부담스럽기까지 했다. 그러나 정성을 무시했다간 천벌을 받았겠지. 성인이 된 지금도 부모는 밥이나 제대로 먹고 있는지 걱정이란다. 나는 아직도 애처럼 투정이다. 부모의 사랑은 부모가 되어야 깨닫는 법이란다. 인간의 몸으로 신의 사랑을 품을 날이 올 것이다. 우리의 어머니들처럼…

　어머니의 사랑에 도전장을 낸 어미들이 있다. 어미의 최고봉, 최고의 사랑을 보여 주겠단다.

　먼저 목을 내밀며 요염하게 걷는 닭 여사가 말했다.

　"어미라면 나 정도는 되어야 할 것 같아요. 병아리들이 생기면 난 열심히 지렁이며 좁쌀이며 보이는 대로 병아리 입에 물리죠. 입맛이 없어져요. 이렇게 병아리들이 배고파하는데 어미로써 어찌 자기 배를 채울 수 있겠어요. 보는 것만으로도 배부르죠. 그래서 새끼들 때문에 먹지도 못하고 뼈와 털만 남은 채 앙상해지죠. 털도 빠지거나 하면 너무 볼품이 없어 남 보기에 부끄럽지요. 그것도 중요하지 않아요. 혹 아파서 새끼들을 돌보지 못할까 그게 걱정이죠. 새끼들이 건강하게 자라려면 내겐 아플 시간도 없는 걸요. 어미로써 사랑한다면 이 정도는 기본이에요."

　그러자 옆에서 어그정거리던 산골 고슴도치 여사가 말했다.

　"뭐 그 정도 가지고 그러슈? 난 자식이 원수 같으우. 우리를 지켜주는 등짝에 난 가시가 적으로부터 우리를 지켜주지만 자식 사랑에는 방해가 된다우. 사랑을 나눌 때도 서로의 가시에 찔려 손과 배는 피투성이가 되는걸. 하지만 그 아픔과 고통도 자식을 위한 거라고 생각하면 하나도 아프지 않으우. 새끼가 생기면 온통 새끼 생각뿐이지유. 아무리 맛있는 요리도 먹고 싶지 않거든. 노심초사 잠은 잘 자는지, 아프진 않은지, 밥은 잘 먹는지 오직 자식 생각뿐이구먼. 자식의 가시에도 자식을 품는 본능은 어쩔 수 없다우. 이 정도 아픔과 상처를 가져야 자식을 사랑한다고 말할 수 있는 것 아니것소?"

조용히 지느러미로 열심히 부채질하던 가시고기 선생님이 겸허하게 덧붙였다.

"난 당연하다고 생각해요. 우리의 부모님이 하시던 대로 따라하는 거죠. 저도 다른 어미처럼 알을 보호하기 위해 지느러미로 부채질도 하고 점액도 뿌려 물살에 떠내려가지 않게 한답니다. 적이 오면 등에 있는 날카로운 가시로 위협을 가하지요. 밤새 잘 수도 쉴 수도 없어요. 그러다가 새끼들이 부화할 때쯤 되면 과로와 스트레스로 몸 상태가 매우 안 좋아진답니다. 그러면 한없이 행복해요. 아프지만 새끼들이 모두 무사하게 컸잖아요. 그리고는 새끼들에게 마지막 선물을 준답니다. 제 몸이죠. 새끼들이 태어나는 것을 보면서 저희들은 죽어요. 마지막 남은 힘까지 다 돌보는 데 썼던 것이지요. 그러면 새끼들이 제 몸을 먹고 기운을 차리게 된답니다. 그게 저의 마지막 행복이에요."

자신을 사랑하게 되면서 남을 사랑할 수 있게 된다. 사실 자신을 사랑하지 못하고 세상 시류에 떠밀려 다니는 사람은 사랑을 해도 제대로 된 사랑을 못 할 것이라 믿는다. 사랑의 기본은 자신을 사랑하면서부터니까… 자신보다 그녀를 더 사랑하게 되면 중독적인 위험한 사랑으로 맘고생 좀 할 것이다. 누구나 겪는 첫사랑이 그러하듯이… 어쨌든 자신을 사랑하다가 그대를 사랑하게 되고 사랑의 밀고 당기기가 시작된다. 연인은 오그라드는 애정으로 둘만의 행복감에 빠져든다. 이 불타는 사랑이 깊어지고 길어지면 우정과도 같은 또 다른 사랑이 찾아온다고 했다. 가족과도 같은 친밀하고도 존경스러운 관계. 뜨겁진 못하나 함께 성장하면서 삶의 의미를 새삼 느끼게 해준다. 이러한 가족의 사랑이 더 깊어지면 사랑의 최고 경지라는 신의 사랑과 마주하게 된다. 자식에 대한 부모의 사랑이 바로 신의 무한하고 아낌없이 내어주는 사랑이라고 할 수 있다. 무조건적인 사랑은 본능이지 싶다.

자식에게서뿐만 아니라 배우자에게서도 이러한 무조건적인 신의 사랑을 보여주는 사람들이 드물게 있다. 목숨도 내놓을 수 있을 듯한 신의 사랑! 물론 연인에게서 이 사랑은 쉽게 나타나지는 않는다. 한 영혼의 희생과 눈물이 한 영혼만을 위해 쏟아져야 한다.

실제로 암 투병을 하던 남편을 위해 행상을 하던 부인이 교통사고로 식물인간이 되었다. 남편은 암이 완치되었지만 부인을 되돌릴 순 없었고 수년 동안 식물인간이 된 부인의 수발이 되어 힘든 간호 속에서도 눈물로 영원한 사랑을 고백하는 모습을 본 적이 있다. 손, 발을 쓰지 못하며 일그러진 얼굴을 하고 있는 그녀가 세상에서 가장 예쁘고 사랑스럽다는 남편! 이렇듯 무조건적인 신의 사랑은 깊은 아픔을 껴안고 감동적인 이야기를 들려준다. 신의 사랑은 인간이 이룰 수 있는 마지막 단계의 사랑이자 긴 사랑의 종착역이다.

닭이나 고슴도치나 가시고기뿐 아니라 대부분의 동물에게도 신의 모습이 깃들여있다. 종족번식이 인생의 모든 것인 양 부모는 자식을 위해 몸을 바친다. 자신의 몸이 으스러져도 자신의 씨를 퍼트리기 위해 새끼를 보호하기 위해 죽는 것도 마다하지 않는다. 분만을 위해 강을 거슬러 오르는 연어들과 분주히 먹이를 날라 먹여주는 제비와 새끼를 지키고 핥아주는 기린, 그 모든 동물들을 나열하지 않아도 대부분의 동물들은 무한한 신의 사랑을 보여준다. 신은 자연은 사랑을 가르치고 싶었나보다. 사랑이란 이런 것이라고 말하고 싶었나보다. 무조건적인 신의 사랑을 자신의 몸을 통해 이루어볼 일이다. 사랑의 의미를 되새겨볼 일이다. 산통을 겪으면서 궂은일을 마다하지 않으면서 자식을 키워볼 일이다. 시간과 에너지를 희생하고 아낌없이 내어주는 사랑으로 신의 즐거움을 누려볼 일이다.

어느 날, 몸집이 있어 보이는 바퀴벌레 한 마리가 부엌의 서랍장 위를 기어가고 있었다. 갑작스레 동공이 커지고 근육은 수축하며 놀라는 일도 잠깐 나는 아프리카의 사냥꾼처럼 이 징그러운 생명체를 처단하기 위해 머리를 바쁘게 굴렸다. 다행이 옆에 파리채가 보였고 소리 없이 무의식적인 몸놀림으로 파리채를 집어 들었다. 바퀴벌레가 눈치 챈다면 빠른 발놀림에 놓쳐버릴지도 모르는 긴박한 순간이었다. 그러나 왠지 이 바퀴벌레는 덩치에 비해 행동이 굼뜨는 것처럼 보였다. 독수리가 토끼를 낚아채듯 빠르고 강렬하게 손목을 꺾어 바퀴벌레의 몸통을 가격했다. 꿈틀거리는 놈의 움직임을 보고 두어 차례 더 확인사살시켰다. 그리고는 움직임이 없었다. 이 징그러운 벌레를 치워야 한다는 생각만으로도 몸서리쳐졌지만 박제처럼 놓아둘 수만도 없는 일이었다. 하얀 종이 위로 시체를 올려놓으려는 순간, 깜짝 놀라 뒤로 나뒹굴어질 뻔하였다. 바퀴벌레는 네모나고 길쭉한 알을 품고 있었고 격자 모양의 누런 껍질을 깨고 새끼벌레들이 스멀스멀 기어 나오는 것이 아닌가? 어미 바퀴벌레는 죽는 그 순간에 새끼들을 살리고자 부화를 서둘렀던 것이다. 그 징그러운 모습을 보며 정신이 나간 듯 그 모든 새끼들을 내리쳤고 남김없이 죽여버렸다. 바퀴벌레가 혐오스런 곤충이 아니었으면 새끼들이 부화하는 장면이 아름다운 장면이었을 것이다. 하지만 부모의 죄로 인해 새끼들은 능지처참을 당해야만 했다.

이제 와서 생각해보니 그 어미 바퀴벌레의 모성애가 가슴에 와 닿는다. 죽음의 상황에서도 자식들의 생명을 걱정했고 부화를 서두른 것! 미물일지라도 부모의 사랑은 절체절명의 순간에 아름다운 감동으로 나타난다.

누군가를 위해 목숨을 바치는 모습은 큰 감동을 준다. 인간의 죄를 대신해 십자가에 못 박혀 죽은 예수의 모습이나 〈타이타닉〉에서 자신의 애인을 위해 목숨을 버리는 디카프리오의 모습에서 신의 무조건적인 사랑을 느껴볼 수 있다. 자식을 위한 어미 바퀴벌레의 초바퀴벌레적인 애정처럼 모든 것을 헌신하는 사랑은 감동적이다. 누군가를 너무나도 사랑한 나머지 자신의 목숨보다도 소중하게 되었을 때 순간의 객기나 감정의 치우침이 아닌지 되돌아볼 일이다. 하지만 그렇게 생각해도 소중한 당신이라면 기꺼이 목숨 바쳐서 사랑하리라! 우리의 어미들처럼!

나 또한 우리의 어머니와 아버지처럼 또 어떤 생명체의 아비가 될 것이다. 모를 일이다. 나도 자식 방청소와 빨래를 하면서 주말에 밥상을 나르고 있을는지… 그들의 발걸음을 좇으며 그들의 행복에 대해 다시금 생각할 날이 올 것이다. 언젠가 품에 안겨있을 아기와 노년에 손을 잡고 있을 그녀를 통해 신과 만날 수 있기를 엄숙하게 기도해 본다.

〈정리〉

ⓐ 신의 사랑

그 모든 아픔과 희생에도 당신만을 사랑하는 것.

당신을 사랑하면서
자신을 사랑하게 되었네요.
당신을 조금 더 사랑하게 되니
당신에게 깊이 빠져들었고
당신을 오랫동안 사랑하게 되니
당신에게 친구 같은 사랑을 배웠습니다.
그리고도 더 오랜 영원한 사랑을 꿈꾸게 되니
무한한 자비심으로 아낌없이 내어주는
신의 사랑을 알 것 같습니다.

너무 사랑하기에 자유를 빼앗고
너무 사랑하기에 자유를 줍니다.
아담한 산골 신비로운 파랑꽃을
집에다 둘까요?
마음에다 둘까요?
존재를 그리워한 신의 사랑이란
구속과 자유를 번민하는 애착의 덩어리

그대가 떠나도 그대를 사랑함은
그대 곁에서 신의 향기를 맡았기 때문입니다.
그대 먼 길을 떠나 다시 돌아올 수 없어도
나는 그대를 사랑합니다.

영원한 사랑을 위해

그대여 죽어주세요.

가장 아름다운 모습으로

기억의 저편에서 영원을 기약합니다.

영원한 사랑을 위해

그대여 눈물을 흘려주세요.

그대의 희생과 상처가

떠나가는 걸음에 사랑의 족쇄를 채웁니다.

나의 생명까지도 그대에게 다 내어주었으니

이제 우리는 신의 사랑을 할 것입니다.

서로의 상처와 죽음을 안고

매일 눈물을 흘리며 당신을 사랑할게요.

당신을 향한 희생으로 나는 신이 됩니다.

신의 사랑으로 그대를 옭아맵니다.

당신의 마음속에 머물겠습니다.

죽어서도 영원히…

ㅡ「그대에게 희생하다」

이성을 처음 접하면 이성에게 잘 보이기 위해 자신을 꾸미기 시작한
다. 자신을 사랑하고 가꾸고 돌보기 시작하는 것이다. 그렇게 자신을
사랑하고 더 나은 사람이 되고자 노력하면서 매력적인 이성을 만나게

된다. 사랑에 빠지고 그리워하고 서로를 동경하게 된다. 넝쿨가지처럼 함께 얽혀서 자라고 상대에게 뿌리를 내리며 쉽게 떨어지지 않는 강한 애착관계로 결혼에 이른다. 그리고 사랑이 길어지고 깊어지면 친구와 같은 사랑이 된다. 이른바 정으로 사는 단계. 자극적이지 않고 조력자로서 은신처가 되는 사랑이다. 무미건조한 사랑이 되지 않으려면 자기 발전과 서로의 성장이 필요한 때이다. 여기에서 서로의 믿음이 지속되고 삶의 쓰라린 아픔을 함께 견뎌내면 아낌없이 내어주고 희생하는 신의 사랑이 나타난다.

무조건적인 희생이 가능해지려면 깊은 아픔을 껴안아야 한다. 아프고 병들고 쓰러지고 사업이 실패하고 망하는 상황에서도 굳건히 당신을 사랑해야만 한다. 그 모든 아픔을 견뎌내고 눈물을 흘리며 자신을 위해 살아준 배우자를 느낄 때 무한히 감사하고 사랑하는 신의 사랑을 만나게 된다. 아픔이 없고 눈물이 없고 노력이 없이는 이루어질 수 없는 가장 거대한 사랑이다.

배우자와의 깊은 사랑은 누구에게나 허락된 축복은 아니다. 신은 어려움과 실패를 통해 부부의 금슬을 시험하고 단련한다. 그러한 모든 아픔을 이겨낸 부부만이 무한히 서로에게 희생할 준비가 된 신의 사랑을 경험하게 될 것이다.

한편, 부모의 사랑을 통해 신을 만나는 것은 흔한 일이다. 우리의 부모님이 그러하였듯 한 자식의 아비와 어미가 되면서 끝없는 희생으로 인간은 신이 된다. 기저귀를 갈고 분유를 타고 소독하고 놀아주고 안아주면서 부모님의 머리카락은 하얗게 변한다. 잠도 못자고 아기 걱정에 제대로 놀거나 쉬지도 못한다. 그러한 모든 희생과 어려움으로 자식은 부모의 마음 속에서 자라난다. 그리고 부모는 몸을 갈아 자식의 마음 밭에 거름이 된다. 마음의 나무가 자라 부모의 존재를 느낄 때쯤 부모는 이 세상을 떠나있을지도 모르겠다. 부모님의 사랑은 부모가 되어야 아는 것이라며 부모가 된 자식들은 뒤늦은 눈물을 쏟는다. 부모는 죽어서 신이 된다. 신적인 존재로 자식들의 마음속에 영원히 남는다.

이렇듯 배우자나 부모는 무한한 사랑을 받은 이의 마음속에서 불멸의 아름다움이 되고 꺼지지 않는 불꽃이 된다. 신과도 같은 모습으로…

눈물 다섯. 봉사

― 봉사 활동

　대부분의 대학 새내기들이 그러하듯이 의대를 갓 들어가서 대학의 낭만을 기대했다. 신입 대학생이라면 고등학교 때 공부의 압박 속에서 키운 자유와 낭만에 환상을 가질 법도 하다. 하지만 내가 처음 맞이한 대학 생활은 술과 친목 모임, 당구, 게임 그리고 학생회 주체의 사회활동이 전부였다. 대학의 낭만. 어디에도 꿈꾸었던 이상 세계는 존재하지 않았다. 길 잃은 어린 양에게 세상은 냉혹하기만 했다. 이리저리 동아리와 학회를 기웃거렸던 것 같다.

　힘들게 들어간 테니스 서클 선배님들은 여자 후배에 대한 관심으로 나 같은 먹먹한 남자 아이는 뒷전이었다. 여자 후배들이 네트를 넘기는 동안 구석에서 공 줍기나 자세연습을 해야 했다. 고등학교 동창 모임에서는 밋밋한 의대생을 신기한 눈으로 환대해 주었지만 죽도록 마시는 술 모임이 전부였다. 동아리와 학회 그 어느 모임에도 술과 친목 이상의 낭만은 없었던 것 같다.

그렇게 사람들 곁에서 우물쭈물거리던 나에게 기댈 곳을 주었던 모임이 바로 봉사서클이 아니었나 싶다. 마음의 벽과 도덕의 굴레 속에서 세상과 어울리지 못했던 나는 봉사를 통해 겨우 대학생활의 이상을 놓지 않을 수 있었다. 봉사활동을 통해 세상을 모르고 자기 아집과 환상을 가졌던 이방인이 가까스로 세상 속으로 들어올 수 있었다. 그 원기왕성하고 에너지가 넘치던 새내기 시절, 흥청망청 쾌락으로 질주하는 청년의 삶에 회의를 품고 시작했던 봉사 동아리들. 야학 동아리와 백혈병 어린이를 돕는 동아리, 농촌 봉사 활동에서 느꼈던 즐거움을 읊조려 볼 요량이다.

먼저 농활 이야기를 하지 않을 수 없겠다. 학생회가 던지는 사회적 불공평에 대한 관심은 별 없었다. 단지 농촌 일손을 돕고 농촌 아이들과 함께할 수 있다는 것이 너무나 즐거웠다. 농활이 있을 때면 주저 없이 따라가곤 했다. 아이들을 좋아한 나의 별명은 '걸어 다니는 유치원'. 처음에는 농촌의 일손이 되어 소여물 만들기, 소 우리 청소 및 소똥청소, 쌀포대 나르기, 동네 냇물 및 길 청소 같은 평상시에 하기 힘든 일들을 도와드렸다. 농촌 어르신들의 푸근한 마음씨에, 속옷에 배이는 땀방울에, 쏟아내리는 별빛에, 피곤해서 쏟아지는 잠결에, 이른 아침 새벽 공기에 행복은 이런 거다 싶었다.

하지만 일하는 즐거움도 잠시, 아이들이 한두 명 따라붙기 시작하더니 어느새 아이들을 몰고 다니는 동네 형이 되어버렸다. 학생회 측에서는 내가 애들과 너무 잘 놀아서 일에서 열외를 시키고 애들을 전담하게 했다. 애들과 놀아주는 것만 해도 어르신 일과 학생회 일이 많이 줄기 때문이었다.

두 번째 농활 활동부터는 애보기(?)가 주된 일거리가 되었다. 시골 아이들과 함께한 추억은 잊을 수 없다. 그들도 아직 나를 기억할는지? 초저녁 가로등 밑에서 진돌(전봇대를 기지로 한 점수게임)과 다방구(술래잡기와 유사하지만 술래가 두 명인 게임), 숨바꼭질을 하며 놀았고 저녁이 깊어지면 방에 옹기종기 모여 앉아 전기놀이와 369를 비롯한 여러 가지 최신 게임들을 가르쳐주며 배꼽 빠지는 저녁을 보냈었던 것 같다. 순수한 아이들. 때 묻지 않은 농촌과 같은 아이들. 그네들은 도시에서 온 청년이 신기했겠지만 나는 그네들의 순수한 모습에 감동에 또 감동을 하며 사랑스러움을 감출 수 없었다. 가장 기억에 남는 두 가지 일이 있다.

하나는 개울에 수영하러 갔던 일이다. 한참을 물장구치고 노는 도중 촌아이들이 고기 잡는 걸 보여주겠단다. 아무 고기 잡는 기구도 없는데 말이다. 손을 비벼서 돌 밑으로 깍지를 끼는데 손에 고기가 걸려나오는 것이 아닌가? 참 신기했다. 나에게도 비법을 가르쳐주어 따라해 보았더니 손가락을 스치는 고기비늘의 감촉만을 남기고 손에는 물만 고인다. 맨손으로 고기를 잡다니… 아무도 믿어주지 않을 것 같다.

또 하나는 밤에 마당에 앉아서 귀신 이야기를 해 준적이 있다. 도시 아이들이라면 웃어 넘길만한 가소로운 이야기들이었겠지만 순진한 아이들은 벌벌 떨고 집에 돌아가지 못하는 것이 아닌가! 결국은 대학생 언니, 오빠들이 한 아이씩 집 앞까지 모셔다 드려야 했다. 밤하늘 아래 논길을 걸으며 데려다 준 아이는 두려운 표정으로 힘껏 내 손을 꽉 쥐며 매달렸고 벌벌 떨며 종종 걸음을 쳤다. 순수한 믿음을 가질 수 있는 아이들의 능력과 귀여움에 또 다시 전율할 수밖에 없었던 귀여운 밤이었다.

시간이 흘러 농활의 마지막 순간이 왔다. 다음 해부터는 학과 공부에 전념해야 해서 아쉬운 마지막 농활이었다. 우리의 농활은 유명해져서, 아니 아이들이 우리들을 너무 좋아해주어서 다른 동네에 있는 친구들까지 놀러오게 되었고 아이들 전담반의 대장인 나로서는 많은 아이들과 앞다투어 놀아주면서 즐거운 탄성을 내질러야 했다.

그리고 농활이 끝나고도 아쉬움에 한 남매와 1년 넘게 펜팔을 지속했었다. 시골 소년 소녀는 예쁜 단풍잎을 코팅하고 오려서 편지와 함께 마음을 보낸다. 어수룩한 글씨와 문체로 시골 생활의 천진난만함을 전해주었던 것 같다. 시골 아이들은 나를 가르친다. 순수하게 마음을 열면 함께 있음이 너무나도 즐겁다는 사실을.

그리고 야학 동아리 이야기이다. '우리누리 공부방' 이라는 달동네 야학 모임이 있다. 찾아가는 길도 꼬불꼬불 미로찾기를 하듯 뒤져야 겨우 도착할 수 있는 작고 예쁜 공부방이다. 키가 컸던 친구는 조그만 마을버스를 타면 천정 환풍기 쪽에 서서 머리를 넣어야 허리를 펼 수 있었다. 그 작은 마을버스와 구석구석 불량식품을 파는 가게가 있는 달동네. 빈민지역에는 맞벌이를 하며 힘들게 살아가시는 분들이 많다. 그들의 자녀는 갈 곳이 없고 도시의 빈곤한 지역에서 교육받지 못하고 사회의 어두운 손길에 유혹당하기 일수이다. 그래서 달동네라고 부르는 이곳에서 빈민자녀들에게 야학 공부를 시키며 함께 놀아준다.

이 도시 변두리의 아이들은 시골 아이들과는 다르다. 버릇이 없으며 선생님의 머리를 때리기도 한다. 사랑받지 못한 아이들의 행동이 안타깝지만 선생님의 애정을 조금이라도 더 받기 위한 질투였음을 알아차린다면 그리 화낼 일이 못 된다. 빈민의 아이들은 관심 받고 싶다. 부모의 애정을 덜 받은 아이들이기에 타인의 품을 그리워한다. 이 동아리의 활동은 소란스런 아이들 때문에 무척이나 피곤하다. 말 안 듣는 학생들을 가르치기는 여간 힘든 일이 아니었다. 밤늦게 돌아오는 길에는 입에 단내가 난다. 그래도 그 아이들 곁을 지켜주는 것만으로도 의미 있는 일임에 틀림이 없으리라.

초등학생들과는 달리 여중생을 가르칠 때는 또 다른 모습이다. 조용하고도 화기애애한 수업. 한 아이는 예쁘지만 왈가닥이었고 한 아이는 예쁘지는 않지만 착하고 모범생이었던지라 진지하고도 재미있는 수업이 가능했던 것 같다. 그들의 삼촌이 되어서 농담도 하면서 친해졌고 편지도 주고받으며 풋풋한 여중생들의 소소한 일상을 엿보는 일이 신선한 자극을 주었던 것 같다. 허름한 달동네에 허름한 가건물들과 허름한 아이들, 그 속에서 꿈이 자라고 그 속에서 마음이 자라며 그 속에서 꼬마 녀석들의 곁을 지켜주는 내가 자란다.

마지막으로 백혈병 아이들을 돕는 동아리 이야기이다. 아직도 몸담고 있는 동아리이기도 한데 처음 이 동아리를 만들 때 나도 그 자리에 있었기에 의미가 남다른 동아리이다. 처음은 다 그렇듯이 장애물도 많았고 백혈병 환아를 어떻게 도와야 할지 막막하기만 했었다. 방학 때면 다른 즐거움을 찾아서 떠난 동료들을 아쉬워한 채 혼자 병원에 나와 백혈병 아이들과 놀아주는 일을 해야만 했었다. 백혈병 자녀를 둔 어머니들은 쉴 수가 없다. 아이들은 어려서부터 병을 앓았기에 어지간해서는 잘 견디지만 아무래도 아픈 건 아픈 거다. 아픈 아이들을 보는 부모의 심정이란 헤아릴 순 없겠지만 잠시나마 애들 곁을 떠나 볼일을 보고 쉴 수 있게 작은 도움을 주는 것이다.

백혈병 아이들과 그림 그리기, 만들기, 노래 부르기 같은 프로그램을 짜온다. 그리고 애들과 노는 일이 서먹한 봉사자들은 방청소나 물품정리를 해준다. 그리고 아이들과 잘 노는 나 같은 친구들은 놀이방에서 환아들과 비환아 모두와 놀아주는 일을 했었다. 애들과 노는 일에는 이력이 난 나다. 처음 만나는 많은 아이들과 놀아준다는 것이 서먹하기도 하지만 아이들은 자기편인 걸 알면 금방 마음을 연다. 하지만 오랜 병원 생활로 견디다 못해 눈물을 보이거나 쉽게 짜증을 내는 환아도 간간히 있다. 오랜 기다림과 관심으로 서서히 접근해야 그들의 마음을 열 수 있으리라. 아픔을 달고 사는 아이들. 그들을 한번 웃게 하려면 두 배로 힘이 든다. 그런 힘든 웃음을 만들어주기에 봉사는 더욱 의미가 있어지는 것 아닐까? 언제나 나는 악당역이다. 괴물이 되거나 뛰어다니는 놀이를 해야 남자 아이들이 좋아하고 여자 아이들은 책을 읽어주거나 안아주는 걸 좋아한다. 책을 읽어 줄 때 움직이지 않고 책에 빠져드는 여자아이가 있었다. 가장 귀엽고도 사랑스러운 느낌, 표현하기 힘들겠다.

봉사라고 했던 일상들이다. 아이들과의 인연이 유난히 많았던 것 같다. 대부분 아이들은, 상처받고 소외받은 사람들은 외롭고 쓸쓸하다. 사회적으로 부족하고 상처받고 연약한 사람들을 돕는 행위가 봉사이다. 이 봉사를 통해 무언가를 준다고 생각하면 오산이다. 사회적 약자들은 외로움에 어려움에 힘들고 지쳐있는 영혼들이다. 그래서 누군가의 온기가 다가오면 온몸으로 받아들이고 즐거워한다. 작은 유머에도 크게 웃고 작은 즐거움에도 크게 기뻐한다. 난 봉사활동을 통해서 아이들의 눈을 통해서 자신과 만났다. 내가 필요한 사람이라는 것을 느낀다. 나를 고양시키고 만족스럽게 하며 감정을 나누면서 살아가고 있음을 느낀다. 존재의 이유는 바로 나와 함께한 당신이다.

하버드 의대에서 실험한 바로는 마더 테레사의 일대기를 그린 영화를 보여 주고 난 뒤 혈액검사를 했더니 IgA(면역 항체)가 영화를 보기 이전보다 증가되었다고 한다. 그리고 남을 직접 돕고 나면 혈압과 콜레스테롤 수치가 떨어지고 엔도르핀이 3배 이상 증가되어 면역력 증가 및 기분 상승을 가져온다고 한다. 누군가 도와주는 모습을 보거나 자신이 베푸는 행동을 하게 되면 건강해지고 강해지고 즐거워진다. 분명 누군가 지하철 자리를 양보하거나 할머니의 무거운 짐을 들어주는 모습을 보는 것만으로도 조금은 따스해진다.

봉사란 주는 것이 아닌 듯하다. 주고받는 행위이다. 주기만 하고 주고받지 못할 때 봉사는 힘들어진다. 행복해지지 않는 것이다. 봉사를 통해 무언가 뿌듯하고 벅차오르는 느낌을 상대를 통해 느끼지 못한다면 진심으로 봉사를 지속할 수 없다. 그들의 눈짓과 따스함과 미소 짓는 환한 얼굴을 받아야 한다. 그들의 마음을 받아서 자신의 마음이 정화되고 풍족해져야 한다. 나를 향한 아이들의 눈망울에서, 아이들의 고사리 같은 글씨에서, 아이들의 치근대는 몸짓에서 아낌없이 주고 싶은 충동을 느낀다. 순수한 마음을 받고 존재의 느낌을 받았으니 주고 싶음은 당연한 결과이다.

너로 인해 내가 살아있다는 느낌을 받다니! 봉사를 통해 존재하지 않은 듯 살아가던 우리가 서로의 존재를 인식하고 알아차림으로 서로 존재하고 있다는 사실을 확인하게 된다. 나의 관심으로 당신의 아름다움이 드러나고 당신이 나의 관심을 받아들임으로 나는 흡족해하며 소통하게 된다. 서로의 진실함을 느끼며 마음을 받게 되면 아낌없이 사랑하고 주고 싶어진다. 이것이 사랑이고 또 봉사이다. 인간적인 주고받음, 인간적인 교류, 비존재를 존재하게 하는 것!

지금 바쁜 일상 속에서 나는 왜 봉사를 통한 행복에서 멀어지고 있는지를 곰곰이 생각해 보고 있다. 자신이 처한 상황에 급급한 나머지 마음을 열고 다가서고 베풀 수 있는 삶을 애써 외면하고 있는지도 모르겠다. 친구에게 밥을 사주거나 후배들에게 동료들에게 즐거움을 주어도 그들에게서 마음을 얻고 존재감을 느끼기란 쉽지 않다. 오히려 왠지 손해 보는 느낌이다. 베풀수록 당하는 느낌이다. 이 각박한 세상 속에서 상처받지 않으려 마음을 꼭꼭 닫아두겠다는 심보다. 서로 피해를 보지 않으려 한다. 결국 친구나 동료와의 관계는 소통할 수 없고 봉사하고 싶지 않은 상태가 되기 쉽다.

마음을 받아들이고 고마워하고 따뜻한 시선으로 그리워하는 능력은 재물이 증가함에 따라 욕망이 커짐에 따라 더욱 퇴보하는 것이 아닌가 싶다. 어린아이와 상처받은 영혼들이 받아들이고 마음을 주는 행동에 비해 나의 감사하는 마음과 즐거운 표정은 형편없다. 나는 주고받는 활동에 있어 너무도 즐거운 표정으로 상대에게 주지 못하고 너무도 감사히 받아들이지 못하고 있다.

어릴 적 맞벌이를 하셨던 부모님은 늦게라야 집에 들어오곤 하셨다. 꼬맹이였던 나는 놀이터에서 밤이 늦도록 놀다가 어두워질 무렵 집으로 돌아오곤 했다. 어느 날, 놀이터에서 놀고 집으로 돌아와 보니 열쇠가 없는 것이 아닌가? 집에다 열쇠를 두고 나온 것이었다. 꼼짝없이 부모님이 돌아오실 때까지 집 앞에서 서성거려야 했다. 주머니에 몇백 원이 있어 새우깡 하나를 겨우 사들고 과자 부스러기까지 핥아 먹었던 기억이 난다. 그리고는 집 앞에서 웅크리고 추위에 떨며 지쳐가고 있었다.

피곤함에 눈이 감길 무렵 위층에 사시던 젊은 부부가 나를 어떻게 봤는지 자신들의 집으로 초대했다. 그리고는 따뜻한 국과 맛있는 반찬으로 한 끼를 대접해주었다. 밥을 먹을 수가 없었다. 눈물이 콧물이 흘렀고 그 젊은 부부 앞에서 한참을 훌쩍이며 겨우 식사를 마쳤던 것 같다. 아직도 그 따뜻함이 생생하다. 얼굴도 모르는 그 부부의 따뜻한 가슴이 내게 남아있다. 울면서 흐느꼈던 고마운 마음이 내 속에 자리를 잡았다.

베풀지 못하고 봉사하지 못하는 지금, 아직도 밖에서 추위에 떨고 있을 나와 같은 꼬맹이를 찾고 있는지도 모른다. 고맙게 눈물을 흘리며 나의 선행을 느껴줄 사람을 찾고 있는지도 모른다. 내 어릴 적 꼬맹이의 모습처럼 사랑을 받을 때 온몸으로 감동하고 받아들여야 베푸는 사람도 흡족할 것이건만 우리는 너무도 감사할 줄 모르고 너무도 이기적으로 받기만을 바라고 즐긴다. 밖에서 놀다가 집에 들어가지 못해 더 굶주리고 더 추위에 떨어야 받으면서 감사할 수 있는 마음을 가지려나 보다. 더 아파해야 순수한 마음으로 감동할 수 있나보다. 일상에서 간호사에게 의사에게 환자들에게 친구들에게 베풀고 받을 수 없는 것은 내 어릴 적 꼬맹이와 같은 순수한 받아들임이 사라지고 있기 때문일지도 모르겠다. 불쌍하게 집밖에서 추위에 떠는 아픔이 사라져가고 있는 현실이기에 우리는 봉사의 기쁨을 잃어가고 있는지도 모른다.

환자들이 아프다고 수십 명이 응급실에 대기 중이다. 그들의 아픔을 모두 헤아리기엔 시간도 힘도 사랑의 능력도 부족하다. 도와달라는 사람은 많지만 자신은 냉정하게 기계처럼 움직인다. 아니 기계처럼 움직여야만 많은 환자들을 도와줄 수 있다. 오랜 병원 생활로 익숙해진 몸놀림에 제법 빨리 환자들을 처치할 수 있게 되었지만 무언가 잃어가는 느낌이다. 환자들은 빨리 처치해야 하는 무거운 짐과 같은 존재가 되었고 정신적인 교감이나 숭고한 직업정신은 사라진 지 오래다. 환자들도 의사를 기계공이나 장사꾼으로 보는 듯하다. 내가 돈을 냈으니 당신은 당연히 진료를 열심히 봐야 한다는 듯 의사를 꾸짖고 기다리는 환자를 뒤로 하고 자신만 먼저 봐주길 바라는 환자, 보호자들… 나도 이 급박한 응급실 상황 속에서 자신만을 생각하고 있는지도 모른다. 일단 내가 살아야겠으니 최소한의 설명과 최소한의 진료로 자신의 일을 줄이는 것이다. 응급실은 모두 자신만을 생각하는 공간이다. 급박하다보니 남을 배려하고 남을 챙겨줄 여유가 없다. 남을 챙겨주다간 자신의 일도 못하는 실력 없는 낙오자가 될 수밖에 없다.

이러한 때에 내게 살며시 말을 건넨 중년 남자.

"죄송한데 바쁘신 줄 알지만 저 여기 기다리고 있으면 되는 거죠?"

헉! 아까 내가 손가락을 꿰매어주려고 처치실에서 기다리라고 했던 환자다. 2시간은 족히 넘었을 법한데 오히려 환자분이 미안해하고 있는 것이 아닌가!

"아이고 빨리 꿰매 달라고 얘기하시지 그러셨어요. 제가 깜박하고 있었네요. 죄송해요.”

“아뇨 넘 바쁘신 것 같아서 말을 걸 수가 없었어요.”

그 많은 환자들 중에서 나를 배려해주었던 한 환자분의 이야기이다. 모두들 자신만 생각하고 자신의 필요만을 위해 화내고 소리 지르는 응급실에서 한 사내가 나의 바쁜 모습을 보고 기다려 주었다. 나는 정성을 다해 봉합을 해주었다. 정감 있는 대화로 즐거웠을 뿐 아니라 그 아저씨는 가실 때 커피까지 선물하고 가셨다. 그 어떤 음료수보다 맛있는 배려가 담긴 커피였다. 인간적인 주고받음이 이 각박한 응급실에서 잠시나마 환한 미소와 만족감을 주었다. 각박한 응급실에서 기계 같은 나를 북돋아 주고 삶의 의미를, 직업의 의미를 새삼 느끼게 해 주었다.

주고받는 봉사란 쉽지 않은 경험이자 행복이다. 주고 싶은 너그러운 마음과 받을만한 상처를 감내한 마음이 만나야 한다. 응급실에서조차 봉사로 인한 행복을 느낄 수 있다면 어떤 상황에서건 봉사로 인한 즐거움은 가능하리라 본다. 자신이 가장 응급환자인 것 같지만 응급실에는 모두가 응급환자이다. 의사가 환자를 위하고 환자도 의사를 위할 때 정겨운 응급실이 될 터이다. 환자도 힘들지만 의사도 힘들어 죽을 지경이다. 의사도 환자분들의 고마운 표정이나 존경하는 눈빛을 받고 싶단 말이다. 환자들의 마음을 받지 못하면 의사 또한 마음을 줄 수 없다. 그냥 기계적으로 해결해야 할 짐처럼 생각하고 움직일 뿐이다.

봉사하고 희생하지 못하는 지금의 현실을 돌이켜보건대 집밖에서 떨고 있는 아이의 환경과는 달리 처한 현실은 너무나도 편안한 일상이다. 또한 더 편해지기 위해 자신만을 생각하고 나만 아니면 된다는 식의 사고가 깊숙이 자리 잡고 있다. 편안함에 길들어져 소통할 수 없는 인간이 되어가고 있다. 아파본 사람이 아픈 사람을 가장 잘 이해한다고 했다. 우리의 봉사가 우리의 사랑이 커지고 약자들과 어깨동무를 하려면 자신의 상처와 아픔과 부족함을 깨달아야 한다. 우물 안에서 벗어나 큰 세상에서 자신의 작은 존재를 느껴야 한다. 전교 일등을 해도 세계적으로는 수천만등일지도 모른다. 또한 공부는 일등이라고 해도 운동은 꼴찌일는지 모른다. 일등이라고 생각해서는 상처와 아픔이 없는 인간이 되어서는 세상을 사랑할 수 없을 것 같다. 이렇듯 상처와 아픔이 부족하고, 상처와 아픔을 피하려고 해서 우리는 봉사할 수 없고 교감할 수 없는 사람이 되어버렸다.

상처받은 개와 고양이에게 먹이를 주고 달래며 품어주면 버려졌던 개와 고양이는 경계심을 늦추고 자신에 대한 애정을 받아들이고 마음을 연다. 지속적인 관심과 사랑에 개나 고양이는 주인을 핥아주고 지극히 따르게 된다. 이렇게 마음을 주고받는 동물과의 교감에서 느끼는 즐거움도 봉사하면서 느끼는 즐거움과 다르지 않다. 먼저 음료수를 건네고 먼저 간식을 주는 행동으로 시작해서 관심과 배려가 쌓이면 친구들과 직장동료와 환자들은 상처받은 개와 고양이처럼 나를 핥아주고 나를 따를지도 모르겠다. 주인을 따르고 주인의 곁을 지켜주는 개나 고양이를 사랑으로 키우듯 행복한 교감을 위해 당신에게 먹이를 주고 당신을 보살펴 주고 싶다. 내가 상처받은 개와 고양이처럼 쉽사리 마음을 열지 못하듯이 당신도 그러하다면 말이다.

봉사는 교감이자 즐거움이고 또 행복이다. 젊은 날에 여러 가지 봉사 체험을 한 것을 무척이나 감사하게 생각하고 있다. 아니 그 많은 아이들의 마음을 통해 봉사를 받은 셈이다. 봉사의 즐거움을 알고 따뜻한 마음을 기억하였으니 다시 봉사를 해야 할 것이다. 시골 아이들에게 받았던 천진난만함과 빈민 아이들에게서 받았던 애틋함과 아픈 아이들에게서 받았던 여린 마음을 누군가의 마음속에도 심어주어야겠다.

아직 미숙하고 부족해서 동료들과 오해로 인한 소원함도 있고 환자들과 신경질적으로 대면하기도 하지만 언젠가는 반드시 줄 수 있는 너그러운 사랑과 받을 수 있는 갈급한 마음으로 채워 행복하게 봉사하며 당신들과 어울리고 싶다. 진정 아픔과 상처를 껴안아서 줄 수도 있고 받을 수도 있는 사람이 되고프다.

〈정리〉

◎ 베풀 때 받는 것들

1. 좋은 사람이라는 느낌(남과의 관계에 좋고)
2. 존재감 확인(스스로에게 좋고)
3. 재화의 가치 인식(돈 버는 이유가 생기고)

그윽한 눈빛으로
나를 사로잡는 당신
별빛을 머리에 이고
연녹색 부드런 손짓을 해댑니다.

활활 타오르는 신의 불기둥도 아니요
깜박깜박 꺼져가는 미물의 불빛도 아닙니다.
타오르기도 하고 꺼져가기도 하는
그대는 튤립 한 송이
가장 인간적인 아름다움으로
몸을 비트는 불꽃

아름다운이여!
뽐내지 않아도
어두움은 당신에게 집중하고
침묵은 사랑을 속삭입니다.
영혼의 깊은 물결을 따라
소리 없는 사랑의 눈빛이 한가합니다.

존재와 비존재가 만나는 그 어디쯤에
당신이 있습니다.
당신을 만난 그 어디쯤에
나란 존재가 있습니다.

내 몸을 불살라

당신과 나누겠습니다.

당신이 그러했듯이

존재가 사라지는 그때

존재하지 않았던 이들이

어둠을 벗고 존재를 느낍니다.

베풀면서 하나 되는 즐거움이여!

존재하고 싶은 만큼 사랑해야하고

사랑하고 싶은 만큼 베풀어야 하는 진리를

조용히 눈물을 흘리는

당신을 사랑함에 알게 되었습니다.

―「촛불」

   촛불의 모습을 형상화했다. 촛불은 위대하고 거대한 불기둥이 아니다. 그렇다고 성냥의 불처럼 위태롭게 꺼져버리는 나약한 불도 아니다. 자칫 바람에 꺼질 듯 흔들리다가도 다시 불타오를 수 있는 인간적인 불꽃이다. 가만히 촛불을 보고 있노라면 은은하고도 하늘거리는 반짝임이 요염한 무희의 자태마냥 유혹을 해온다. 집중하게 하고 사랑의 손짓을 보낸다. 촛불의 사랑이 주위의 관심을 끌고 침묵과 어두움에 희망을 주고 있다. 촛불의 뜨거운 몸짓으로 침묵은 화려해지고 어둠은 희망차다. 촛불이 어둠을 비추듯 봉사는 주위를 밝히고 은은한 관심을 보낸다.

빛을 통해 당신의 얼굴을 보게 되며 어둠으로 보이지 않았던 자신의 모습도 드러나게 된다. 촛불은 주변의 존재들을 태어나게 하고 주변의 존재들로 인해 촛불은 더욱 빛나는 존재로 다시 태어나는 것이다.

초는 말없이 자신을 녹인다. 그리고는 어느 순간 기체가 되어 사라진다. 그러나 어느 순간 불빛을 뿜어낸다. 촛불에는 이렇듯 봉사의 원리가 숨어있다. 행복의 원리가 숨어있다. 몸을 녹여서 아픔과 희생으로 눈물을 흘릴 때 아름다움이 탄생한다. 자신을 희생하지만 그 희생으로 어느 순간 화려해진 자신을 느낀다. 어디서부터 촛불의 존재가 시작되는지 알 수 없지만 어느 순간 나의 존재가 촛불처럼 타오른다. 시에서는 촛농이 흐르듯, 초가 자신의 몸을 태우듯 눈물로 희생하고 자신이 사라지는 모습에 봉사가, 사랑이, 존재가 있음을 노래하고 있다.

눈물 여섯. 학문
— 바둑 : 가진 것을 버려라

아버지와의 세기의 대결! 아버님이 바둑 한판 두자고 해서 거실로 바둑판을 들고 나왔다. 아버지는 아마 3단, 나는 8급이다. 내가 꼬마일 때부터 아버지는 바둑을 좋아하셨고 기원을 전전하시며 실전적인 내기바둑의 병법들을 몸으로 익히고 계시다. 난 그저 눈 건너로 아버지의 바둑 두는 모습을 보면서 자랐고 그 지긋지긋한 바둑 TV 앞에서 하품을 쏟아가며 무의식적으로 바둑을 응시하곤 했다. 그렇게 시간이 지나서 무뚝뚝한 아버지는 아들과의 만남이 어색하신지 바둑을 권하며 대화의 장을 마련하신다.

"이놈아, 아버지가 가르쳐준 대로 포석을 진행해야지. 왜 너는 실력도 없으면서 공격을 해 오느냐?"

매번 4점을 깔고도 졌던 나는 하찮은 변명을 늘어놓는다.

"바둑을 재미있고 변화무쌍하게 만들어 보려구요. 너무 뻔하면 재미없잖아요."

아버지는 섣불리 공격해 들어온 내 돌들을 위협하며 엄포를 놓으신다.

"너 이제 어떻게 살아갈 거냐? 이 돌들은 이미 다 죽었어. 도망가면 더 크게 죽는다. 고수랑 바둑을 둘 때는 안정적으로 방어적으로 두어야 하는 거야. 함부로 고수의 돌을 공격하려드니 다 죽지."

아버지가 가르쳐준 포석대로 바둑을 진행한다는 건 왠지 개성도 없어 보이고 수를 훤히 내다보시는 아버지가 원하는 대로 진행이 되는 것 같아서 썩 마음에 내키지 않는다. 그래서 변화를 구하고 다른 포석들을 들고 나와 역전의 기회를 노려보는 것이다.

아버지가 내 돌들을 공격해오면 난 살기에 급급하다. 처음에는 공격하면서 실리를 취하자고 덤벼들어도 오히려 내 돌들이 2집 내고 살기에 급급한 형국이 된다. 공격당하는 돌마다 피해가 막심하다. 쫓기고 처참하게 둘러싸여 죽음을 맞는 돌들을 쳐다보며 전의를 상실하게 된다. 변함없는 패배와 얼굴을 상기시키는 불편한 감정, 그리고 반복되는 초보자의 한심한 넋두리…

시간이 흘러 바둑도 인생도 조금 알 것 같은 나이가 되었다. 분명 바둑과 인생은 아집과 욕심을 떠날 때에 그 큰 의미를 깨닫게 되는 듯하다. 자신의 모든 돌들을 살리고 자신의 이익만을 생각해서는 바둑에서 인생에서 승리할 수 없다. 인생이나 바둑의 초보자들은 자신이 가진 것들을 잃는다는 사실을 너무나도 두려워한다. 자신의 돌들이 죽고 자신이 가진 것들을 빼앗긴다는 사실에 경악을 금치 못한다.

하지만 그렇게 해서는 바둑을 잘 두고 인생을 현명하게 살아갈 수 없다. 큰 안목으로 자신의 돌들을 버릴 줄도 알아야 하고 자신을 희생할 줄도 알아야 더 큰 집이 더 큰 이익이 따라온다. 이렇게 나이가 들면서 버릴 줄 아는 방법을 배우게 되는 것 같다. 더 큰 실리를 보게 되며 더 큰 세상을 보게 된다. 전체를 보는 안목은 버릴 줄 아는 마음에서 비롯되는 것이 아닐까?

세월이 흘러 다시 아버지와의 바둑 대결이 이루어졌다. 어머니는 아들을 살살 다루라며 바둑판을 닦아 주시고 과일을 내어 오신다. 어머니는 항상 아들편이다. 아버지는 여전히 실력이 안 되는 나와의 바둑게임이 재미가 없는지 TV를 보면서 바둑을 둔다. TV를 보는 건지 바둑을 두는 건지 모를 정도로 바둑을 대강 두며 쉽게 이길 수 있다는 여유를 보이신다.

'굳이 모든 돌들을 살리지 말고 살 수 있는 돌이라고 할지언정 과감하게 버리고 더 큰 이익과 전체적인 안목에만 신경 쓰리라!'

다짐하기도 잠시, 비아냥거리며 아버지가 말했다.

"몇 점 더 접어줄까?"

차분해진 나는 예전처럼 4점만 접어달라고 하였고 자신의 돌들을 가능한 한 버리자고까지 마음을 먹었다. 드디어 세기의 대결이 다시 시작되었다. 처음은 아버지가 가르쳐주었던 정석의 모습으로 시작하였고 마지막 귀의 포석에서는 날일자 포석이 아닌 협공으로 응수했다. 아버지는 가소로운 듯 협공을 한 돌들을 공격하기 시작했다. 난 그 돌을 애초부터 살릴 마음이 없었고 그 돌을 살리는 척하면서 주변에 벽을 쌓기 시작했다.

"이것 봐라."

아버지는 TV에서 눈을 떼고 바둑에 집중하기 시작했다. 무언가 나의 달라진 포스를 느꼈던 것일까? 돌을 죽이지 않으려고 발버둥 치지 않았다. 그렇다고 공격 한번 못하고 순순히 집을 내어주지도 않았다. 무리한 공격을 해오는 아버지의 돌들을 끊어놓고 사석작전으로 죽은 돌들의 대가를 요구하였다.

결국 2:2의 승부로 끝이 났다. 아버지는 이제 쉽게 상대할 수 없겠다며 실력이 좋아졌다고 칭찬해주었다.

"예전에는 발로 두어도 이길 것 같더니 이제는 악을 바락바락 쓰고 안간힘을 써야 겨우 이기는 구나. 어디서 바둑을 좀 배웠냐?"

배우기는커녕 힘든 병원생활로 바둑판에 돌을 놓아본 기억도 나지 않았다. 그저 돌을 버리고 집착을 버리겠다는 생각만으로 바둑과 인생은 저절로 업그레이드 된 것이다. 아버지에게는 그런 생각의 변화를 말하지는 않았다.

"아버지가 봐주시니까 비등하게 둘 수 있었죠. 뭐, 아버지가 실수를 적게 하면 어림도 없을 겁니다."

겸손한 멘트로 훈훈하게 마무리 지었고 말없는 부자간의 만남에 바둑으로 잠시나마 교감을 나눌 수 있었다.

바둑을 처음 배우면 자신의 돌들이 죽는 꼴을 지켜보는 일이 너무 괴로워 모든 돌을 다 살리고자 한다. 작은 이익에 집착하고 눈앞의 먹이에만 눈독을 들인다. 어떻게 손해를 안 보고 이익만 볼 수 있단 말인가? 어떻게 투자 없이 성공을 하며 희생 없이 사랑을 한단 말인가? 사람들은 모두 손해를 안 보려고만 아등바등이다. 자신이 가진 것들을 지키려고만 난리법석이다. 이렇게 마음의 문을 닫고 더 가지려고만 하기에 한판의 인생을 한판의 바둑을 이길 수 없다. 실제로 바둑을 둘 때 자신의 집이 부서질 수 있고 많은 돌들이 죽을 수 있다고 생각하면 마음도 편하고 전체를 보는 안목도 생겨 이길 확률이 확실히 높아진다.

인생에 있어서 자신의 가치관과 자신의 아집을 버릴 수 있을 때 남의 생각을 받아들일 수 있고 자신을 뛰어 넘을 수 있는 발전적인 인간이 될 수 있다. 자신은 손해 볼 수 없다는 생각. 자신만이 최고이고 자신의 생각만이 진리라는 생각. 이것이 자신을 도태시키고 자신의 틀 안에서 인생의 종말을 가져온다. 바둑에서 작은 집에 집착하면 큰 집을 내어주어야 하듯이 자신이 조금이라도 손해를 입지 않으려 작은 이익에 집착하다가는 큰 손해를 입고야 만다. 가진 것들에서 자유로울 수 있을 때 더 큰 세상으로 나아갈 수 있다. 나비 애벌레가 정성스럽게 만든 고치를 버리고 나와야만 나비가 되듯 나비를 꿈꾸는 자는 자신이 이룬 성과물에서 탈피해야만 한다. 큰 뜻을 품고 자신이 가진 것들을 버려야 한다.

나는 남들과 다르게 내과 전문의를 따고 응급의학과를 선택했다. 내과 전문의가 되었지만 다시 응급의학과 수련의가 된 것이다. 새로운 학문을 만나고 새로운 경험들을 했다. 모든 과의 광대한 지식을 두루두루 섭취해야 했기에 정신없는 수련시간을 보내왔다. 새로운 학문을 익히면서 전문의라는 계급장은 떼 내어야 했고 자존심은 굽혀야 했다. 남에게서 배우려면 남보다 낮아지고 남보다 노력해야만 했다. 더 배우기 위해서는 나의 지식과 나의 아집을 버리고 끊임없이 다시 시작해야 했다. 자신의 지식이 짧다고 생각하지 않으면 배우려는 욕구는 사라진다. 자신이 다 안다고 생각하면 더 이상 지식을 습득할 수 없다.

응급의학과를 새로 시작하고 배운 것은 비단 새로운 지식들만이 아니었다. 다른 과 선생님들과 마주치고 의견을 교환하고 지식을 배우는 과정 속에서 겸손해지는 법을 배웠다. 여러 임상과 선생님들과 싸우지 않고 입장의 차이를 이해하기 위해서는 그들보다 더 낮아지고 더 배려해야 내편으로 만들 수 있다는 사실도 알게 되었다. 더 낮아지고 더 버려야 더 큰 세상과 만나며 더 큰사람이 된다. 물은 위치 에너지가 낮은 곳으로 흐르기에 물을 모으려면 낮은 지대를 만들어야 하고 모른다는 사실을 인정하면서 지식에 대한 탐구심이 발동하기에 지식을 모으려면 자신이 바보라는 사실을 인정해야 한다. 또한 사람은 자신보다 잘난 사람을 시기하기에 사람을 모으려면 더 모자라고 더 열심히 살아야 한다.

주위의 부모님과 친구들은 응급의학과를 다시 시작하려는 나에게 미친 짓이라며 개거품을 물고 반대를 했었다. 그러나 고집스럽고 잘난 맛에 살던 내가 낮아진 인생을 배운 것만으로도 후회 없는 선택이라고 생각된다. 지식도 넓어지고 인간도 되어가는 것 같으니 돈 이상의 삶을 선물 받은 것이 아닐까?

심장이 멈춘 사람이 살아났다. 심장이 정지했는데 다시 살아났다는 말이다. 난 이 기적적인 사건을 만들어내는 작업을 하고 있다. 몇 년 전만 해도 예수님이 죽은 나사로를 살려내듯 심장이 멈춘 사람을 다시 살려내는 것은 불가능한 일이며 신의 기적일 뿐이었다. 하지만 지금의 학문에서는 죽었던 자를 종종 살려낸다.

뇌는 5분이면 죽는다. 하지만 심장 압박을 지속적으로 하면 뇌에 혈류를 보낼 수 있고 자극을 받은 심장은 자신의 리듬을 찾게 된다. 이때

정지되었던 혈류가 다시 소통되면서 많은 유해 물질들이 분비되고 이로 인해 뇌는 죽어간다. 우리는 뇌에 혈류가 5분 동안 안 가면 죽는다고 생각하지만 사실은 정지되었던 피가 뇌로 다시 갈 때 생기는 유해 물질 반응 때문에 죽는 것이다. 심장이 멈추어 뇌에 피가 공급되지 않았다가 피 순환을 회복하면서 뇌가 죽는다는 말이다. 그렇기에 심장이 멈추었던 환자는 저체온증을 만든다. 동물들이 동면을 하면서 에너지를 최소화시켜 겨울을 나듯이 환자에게 일어나는 폭발적인 유해물질 반응이 저체온에 의해 대사 저하로 이어지고 뇌의 손상을 최소화시킨다는 이야기다. 이렇듯 심장이 멈춘 사람을 동면시키면 살아날 가능성이 커진다.

실제로 내가 근무하는 병원에서 15분 이상 심장이 멈추었던 사람이 살아나서 걸어 나간 경우가 몇 명이나 된다. 이 얼마나 신선한 충격인가? 새로운 지식에 기존의 지식을 버려야 했다. 인간을 동면시킴으로써 인간을 살린다는 사실을 인정하려면 기존의 의학지식들을 버려야 한다. 기존의 치료를 고집하면 발전할 수 없는 것이다. 자신이 많이 안다고 생각하는 순간, 많이 가지고 있다고 생각하는 순간 더 이상 가질 수 없는 상태가 된다. 버려야 새로운 것들이 들어온다. 겸손하고 낮은 자리에서 다시 새롭게 배우려는 자세가 배움의 시작이다. 앞으로도 더 많은 지식들과 학문들을 익힐 것이다. 허나 교수가 되고 박사가 되어서도 초심자에게서라도 배우겠다는 마음을 잃어서는 아니 되겠다.

학문을 사랑한다면 지금 가진 지식에 안주해서는 안 된다. 다 알았다고 생각하는 순간 이미 학자가 아니다. 많은 궁금증과 질문으로 새로운 지평을 열 때 행복의 문도 함께 열릴 것이다. 학문의 즐거움이란 이렇듯 가진 것들을 겸손히 비워내고 끊임없이 노력하는 모습에 있다.

존경하는 교수님 한 분이 있다. 과장을 맡고 있음에도 불구하고 환자 보기를 게을리하지 않고 진취적이고 적극적으로 현장에 뛰어든다. 그렇게 에너제틱한 모습 때문에 밑에서 일하는 전공의들은 교수님보다 더 열심히 뛰어야 하는 괴로움에 시달리게 되지만 과장님의 삶에 대한 태도를 본 전공의들은 불만 어린 투정이 쏙 들어가버린다. 그도 그럴 것이 전쟁에 나갈 때 장군이 선봉에 나서는데 부하들은 목숨을 걸지 않겠는가? 과장님에게 말로 배운 것들도 많지만 행동으로 배운 것들이 더 큰 것 같다.

어느 날, 과장님이 회진이 끝나고 내게 말을 걸어왔다.

"재훈아, 어제 그 횡문근융해증(rhabdomyolysis) 환자에 대해서 내가 공부를 좀 해봤는데 기전이 무척 재밌더구나. 한번 읽어봐라."

'스트리트 파이터'의 장기에프를 닮은 교수님은 뭐가 그리 즐거운지 싱글벙글 논문을 내밀었다.

'횡문근융해증은 뭐 뻔한 것 아닌가? 수액 주고 전해질 맞추어주고 소변 잘 나오는지만 잘 보면 되는 거 아닌가?'

난 이미 다 알고 있다고 생각했다. 논문을 찾아서 볼 정도로 재미있어 보이지 않았다. 그러다 우연히 횡문근융해증 환자에 대한 이야기를 하게 되었고 전해질과 환자의 변화 상태를 꿰뚫고 있는 과장님의 말발을 목격하게 되었다. 그러고 나서 다시 논문을 보게 되니 내과를 전문으로 하고 있는 나도 잘 몰랐던 최신 지견들과 기전들이 잘 설명되어 있는 훌륭한 논문임을 알 수 있었다.

그 후로도 과장님은 내게 이 논문, 저 논문을 읽어보라며 뭐가 그리 즐거운지 싱글벙글 이다. 해박한 지식을 가지고 있으면서도 높은 위치에 있으면서도 배움과 탐구를 잃지 않고 가르침을 즐기고 계시다. 학문을 즐기고 계시다.

한판의 바둑을 두면서 다시 인생을 생각하는 중이다. 바둑은 똑같은 형상이 나올 수 없다. 만약 패나 착수포기가 없다고 가정한다고 해도 가로, 세로 19칸이니 361(팩토리얼)! 179091201754252×10의 778자승 이라는 경우의 수가 나온다. 바둑에서 같은 판이 두어질 가능성은 아예 없다고 보아야 할 것이다. 인생에도 똑같은 삶은 없다. 바둑의 정석처럼 흑백이 어울리고 서로 손해 보지 않는 길이 있듯이 인생에도 선망하는 삶의 모습을 따라하며 손해 보지 않으려는 인생의 노하우가 있다. 그 많은 갈래의 길에서 나는 선택해야 한다. 한판의 멋진 바둑을 위해, 그리고 한판의 멋진 인생을 위해…

당장 보이는 이익을 찾아서 바둑을 두거나 가진 지식에 안주하거나 사귀고 있는 연인을 옭아매면 그 안에 숨어있는 더 큰 이익과 즐거움을 잃을 것이다. 작은 이익에 연연하고 자신의 손해에만 눈이 돌아가면 바둑을 이길 수 없고 지식을 습득할 수 없고 연인을 사랑할 수 없다. 손해를 보고 가진 것을 버릴 줄 알고 희생할 줄 알아야 바둑과도 학문과도 연인과도 멋진 인생을 보낼 수 있을 것이다.

지그시 눈을 감고 죽은 돌들과 몰라서 구겨진 체면과 상대가 마음을 아프게 하는 행동에 대해 '그거 별거 아니다' 라는 생각을 할 필요가 있다. 아주 어린아이들은 초콜릿을 가지고 있는 친구를 만나면 주저하지 않고 초콜릿을 낚아챈다. 초콜릿만 보이는 것이다. 그러나 좀 더 큰 아이는 초콜릿을 가진 아이를 보기 시작한다. 그래서 초콜릿을 먹고 싶은 행동을 자제한다. 우리는 애들처럼 눈앞에 보이는 초콜릿만 보고 있다. 당장 공격할 수 있는 돌에 손이 가고 지금 알고 있는 지식에 안주하며 현재 나와 함께 있지 않은 애인의 움직임에 온 신경을 쏟아붓고 있다. 눈앞에 보이는 것들에 현혹되어 주위를 보지 못한다. 초콜릿, 그건 별거 아닌데 말이다.

가진 것이나 가질 수 있는 것을 포기하기는 쉽지 않다. 내 것이라고 생각한 소유물을 내버려두는 일은 쉽지 않다. 가진 지식이 틀릴 수 있다고 생각하기 또한 쉽지 않으며 사랑하는 사람을 자유롭게 놓아두는 일도 쉽지 않다. 하지만 더 나은 바둑을 학문을 사랑을 원한다면, 초콜릿을 가지고 있는 아이를 사랑하고 싶다면 가진 것들을, 가질 수 있는 것들을 버릴 줄 알아야 한다.

사랑도 학문과 다름없다. 당신을 다 알았다고 생각하는 순간 당신의 매력은 없어진다. 나의 소유물이라고 생각하는 순간 당신을 잃게 된다. 가졌다는 생각을 버리고 발전하는 상대를 이전과는 다른 사람으로 볼 줄 알아야 하겠다. 모른다고 생각하고 다시 더 공부해야 하며 다시 더 알아가야 한다. 여태 15년간 의학을 공부했지만 새로운 영역이 무궁무진하게 남아있듯이 당신을 더 오랜 시간동안 사랑하고 발전하면서 새로워지는 당신을 느끼고 새롭게 사랑할 수 있어야 할 것 같다.

모 아주머니는 아이들과 남편 뒷바라지에 힘쓰다 자신의 꿈을 이루어보겠다며 뒤늦게 대학원을 준비하고 글쓰기를 시작했다. 하루 일도 바쁘고 집안일도 많은데 시간을 틈틈이 아껴 소설가의 꿈을 실현했다. 아줌마 작가로 등단해서 꽤 책들이 팔린 모양이다.

"남편이 글 쓰는 일을 지지해주지 않았다면 책 내는 일은 꿈도 꿀 수 없었을 거예요."

　부인은 남편에게 고마움을 표하고 유망한 작가가 되기 위해 더 노력할 것이라고 말했다. 남편은 부인을 위해 독방을 마련해주고 더욱 자신의 꿈을 펼칠 수 있는 시간을 할애해주었다. 어찌 남편과 부인은 서로가 사랑스럽지 아니할까? 남편은 부인을 옭아매지 않고 발전하는 당신을 내버려두고 가사를 거들어 주었다. 열심히 글을 쓰는 아내는 발전하며 집안일에도 노력하고 있다. 부인을 소유하지 않고 놓아둠으로써 새로운 부인의 모습을 만날 수 있었다.

　열심히 당신을 사랑하고 알아가면서 당신에 대한 집착을 내버려둘 것이다. 겸손히 너를 비워내고 끊임없이 너의 새로운 모습을 발견할 것이다. 너의 전부를 사랑하기에 나는 너의 초콜릿을 빼앗지 않을 것이다. 네가 가진 초콜릿보다 더 매력적인 네가 있으니까… 가질 수 있는 부분을 버릴 때 더 큰 전체를 얻을 수 있는 진리를 너를 사랑하고도 외로운 나를 통해 다시 만나리라. 버려두고 지켜보고 희생하는 가운데 너의 큰 사랑을 다시 만날 것이다. 가진 것들을 비워내며 새롭게 시작할 수 있다면 당신을 영원히 사랑할 수 있을 것이고 학문을 영원히 추구할 수 있을 것이고 바둑과 인생을 영원히 배워가면서 발전하는 자신을 만날 수 있을 것이다.

　그러나 나는 아직도 어느 정도는 자신의 지식과 가치관에 대한 아집과 고집이 남아있다. 버릴 수 없는 소중한 사랑과 지식과 삶을 가지고 있다. 버릴 수 없는 소중한 것들 때문에 대인관계는 틀어지고 배움이 짧아지고 인생을 만만히 생각하게 될지도 모르겠다. 언제쯤 무한한 자신감과 무한한 겸손함이 어우러져 많이 앎으로써 더 모르는 부분이 많이 생기는 풍요 속의 빈곤을 느낄 수 있을까? 언제쯤 인생의 고수가 되어 낮아진 행복 속에서 높아질 수 있을까? 고민이다. 행복의 고수가, 행복의 프로 9단이 너무나도 되고 싶기에…

<정리>

@ 바둑 – 작은 것을 버리고 큰 것을 취하라.

@ 학문 – 지식과 자존심을 버리고 배움을 얻으라.

@ 사랑 – 소유하려들지 말고 발전하게 놓아 두어라.

당신을 알고 싶어요.
무엇을 바라 여기까지 왔는지
어떤 생각에 밤을 설쳤는지

눈이 빛나고
입술은 물듭니다.
눈가가 한가롭고
미소는 신비합니다.

당신을 알고 싶다는 건
당신을 알지 못한다는 것.
알 수 있는 당신이 아니기에
모르지만 순수하기에
나는 당신을 배웁니다.
끝끝내 당신을 다 알지 못할 테지만
조금씩 그대를 이해하면서 즐거운 거겠죠.
오늘은 당신께 또 무엇을 배울까요?
빈 마음으로 당신을 채워갑니다.

당신을 알아갈수록
당신을 사랑할수록
그대는 나를 떠나가고
나는 그대를 떠나갑니다.

삶을 잃어가면서 삶을 느낍니다.
당신을 잃어가면서 당신을 느낍니다.
어리석게도 왜
눈물을 흘려야만 아픔을 느끼는 걸까요?

삶을 사랑하면서 삶을 느낍니다.
당신을 사랑하면서 당신을 느낍니다.
바보처럼 왜
당신의 아픔을 느껴야만 당신의 눈물을 사랑할 수 있는 걸까요?

당신을 공부한다는 건
잃기도 사랑하기도 하는 것.
잃어버리기만 해서도
사랑하기만 해서도
알기 어렵겠지요.

당신을 알고 싶어요.
깊은 가슴으로 깊은 눈빛으로
영원히 당신을 사랑하고 싶어요.

— 「당신을 알고 싶어요」

암기력이 약한 나는 의대 시절 수많은 재시를 치며 노력에 비해 성적이 나오지 않음을 한탄해야 했었다. 시험기간 아무리 열심히 공부를 해도 그 많은 분량의 내용을 외우지 못해 밤샘을 일삼았다. 시험기간 밤을 새기 위해 컵라면과 초코바, 커피를 사놓고 강의실로 들어가면 여지없이 밤을 새러 온 머리 나쁜(?) 동료들을 만날 수 있었다. 공부를 다 못했다며 두꺼운 책을 싸들고 와서는 책을 베고 자는 학우도 있었고 잠을 깨우기 위해 복도를 오가며 씨부렁거리는 노력파 학우도 있었다. 모든 의사들이 그렇겠지만 머리가 둔한 나도 피가 마르는 시험 속에서 힘든 의대공부를 견뎌내었다.

의사가 되어서도 개고생은 여전했다. 나와 짝을 이루어 소화기 내과 병동의 주치의를 했던 여자동료는 맨얼굴에 푸석푸석한 얼굴로 환자 처치실에서 선잠을 자가며 여성성을 잃어버리고 고된 하루하루를 이겨내야 했고 나 또한 쌍코피가 터져가며 이게 환자인지 의사인지 모를 정도로 몸을 혹사시켰던 것 같다. 간호사의 처치와 수액을 맞으며 진료를 강행하기도 했으니 죽을 고비를 넘겼다고 생각된다.

그렇게 의사라는 일은 내 몸에 힘들게 맞추어졌고 소중한 나의 직업이 되었다. 영육에 생채기를 내면서 의사 일을 사랑하게 되었다. 그 많은 노력과 그 많은 아픔을 껴안고 소중하고도 진실된 직장으로 느끼게 된 것이다.

사랑도 그토록 힘들게 공부를 하고 노동을 해서 보람을 느끼게 된 직장과 다르지 않아야 한다. 의사가 되는 험난한 길처럼 사랑에도 들쑥날쑥한 계곡과 거친 암벽이 있다. 소중하고도 진실된 사랑이 되려면 힘들지만 의미 있는 과정이 필요한 것 같다. 쉽게 사랑을 얻고 쉽게 사랑을 져버릴 수도 있다. 그러나 그것은 소중한 행복한 사랑은 아니다. 쉬운 사랑은 잠시의 즐거움이나 잠시의 외로움을 달래기 위한 수단에

불과하다. 밤을 새고 코피가 터지면서도 의사가 되려는 목표를 향해 열심히 노력해서 이루어내듯이 사랑에도 그만큼의 노력과 희생과 아픔이 필요하다. 사랑은 이렇게도 쉽지 않을 터인데 우리는 너무 쉽게 사랑하고 헤어지는 것이 아닐까?

농담인데 다시 의대공부를 해라고 하면 자살을 택할지도 모르겠다. 그렇게 힘든 과정을 통해 의미를 되새기고 소중함을 인식한다. 당신을 사랑하는 일은 분명 쉽지 않을 것이다. 하지만 의미와 목표를 가지면 세상엔 못할 일이 없다. 당신에 대한 사랑에 의미와 목표를 둔다면 세상에 거칠 것이 없을 것이다. 영원히 사랑하기 위해 수많은 밤을 새며 가슴앓이를 해야 할지도 모를 일이다. 그러나 반드시 당신을 힘들게 공부하면서 보람된 행복을 만나야 한다. 당신을 알아가면서 삶을 느껴야만 한다.

눈물 일곱. 예술

— 미술 수업

　미술 시간, 마블링을 하기로 하였다. 나이 지긋한 선생님은 세숫대야에 물을 받아 유성 물감을 떨어뜨리고 종이에 적셔내어 기괴한 색의 조합을 만들어내셨다. 신기함에 제각각 자신의 종이를 가지고 한 번이라도 더 마음에 드는 색채를 만들어보기 위해 줄을 서서 기다리기를 계속했다. 내 차례다. 건져서 말린 종이 위에는 한쪽으로 색감이 치우쳐 균형감 없는 여백이 눈살을 찌푸리게 했다. 실패였다. 책상 한쪽에 내팽개치고 다시 색깔을 묻히기 위해 줄을 섰다. 그러기를 두어 번 가장 대칭적이고도 예쁘게 나온 종이를 들고 흡족해할 무렵, 선생님이 다가오셨다. 한쪽에 던져진 실패한 형상의 종이를 보시더니 이렇게 말씀하시는 것이 아닌가?

　"어머나 색깔이 참 예쁘게 나왔네. 이것은 반에 전시해야겠구나."

선생님이 좋아하시는 모습을 보고는 그 그림이 왜 좋은지도 모른 채 노다지를 발견한 심마니마냥 내 그림의 작품성에 의기양양해졌다. 난 물감이 종이 전반적으로 흠뻑 묻으면서 대칭적이고 균형 잡힌 모습이 아름답다고 생각했으나 선생님의 눈은 여백이 많고 구석에 비대칭적으로 잘못 묻어있는 듯한 물감의 어정쩡함을 사랑하셨던 것. 그 어린 시절에는 몰랐던 새롭고 창조적인 희귀함의 가치. 그 선생님의 눈을 통해 예술적인 안목을 경험했던 것이 아니었다 싶다.

또 하나의 사건은 사생대회 때 일어났다. 주변의 풍경을 고스란히 캔버스에 담아오는 즐거운 시간이었다. 난 잘 생긴 작은 나무 한 그루를 골라 그 앞에서 기세당당하게 유명 화가인 양 4B연필로 길이를 재며 한껏 폼을 냈다. 너무 몰입한 나머지 식사도 걸렀던 것 같다. 어린 나이에 걸맞지 않은 열정으로 잎사귀 하나하나 똑같은 모습으로 스케치북에 그려내고 있었다. 마감시간이다. 모두들 제각각 뽐내듯 솜방망이로 그린 듯한 풍경화들을 제출했고 선생님은 빨리 제출해라고 독촉이시다. 작은 나무에 가지가 많았던지라 1시간이나 늦어서야 그림을 제출할 수 있었고 자연이 만들어놓은 예쁜 나무와 똑같은 나무를 화폭에 고스란히 담을 수 있었다. 훌륭했다. 한 치의 오차도 없는 나무 한 그루… 칭찬 들을 준비를 하고 제출하러 간 나에게 하신 선생님의 한 마디.

"이런 그림을 그린다고 이렇게 늦게 제출했니?"

실망감과 자괴감에 참 힘겨운 사생대회였던 것으로 기억이 난다. 잎사귀의 방향까지 똑같이 그린 것은 선생님의 눈에는 쓸데없는 노력일 뿐이었다. 하긴 그 나무가 이렇게 생겼는지 알리도 없을 뿐더러 완벽하게 재현해내는 건 작가의 생각이나 마음이 담기지 않은 치졸한 표현일 뿐이지 않은가? 나무의 형상을 유지하되 내가 본 아름다움을 재해석해내야 훌륭한 정물화라고 할 것이다. 똑같지 않음. 새롭게 바라볼 때 느끼는 몰랐던 아름다움. 그것이 뒤늦게 알게 된 예술의 본질이었다.

옷을 디자인했던 어머니 덕분에 그림일기에서는 항상 상을 타곤 했다. 어머니가 다 그려주시고 나는 색칠한 뒤 몇 자 끄적이기만 하면 되었다. 그리기로 칭찬을 받아서인지 그리기를 좋아했던 것 같다. 거위를 타고 날아다니는 그림을 그리기도 했고 키다리와 작다리 아저씨를 만화처럼 그리기도 했다. 로봇과 닌자를 그리며 나름 반에서는 그림 잘 그리는 만화가로 통하기도 했다. 그리고 달력을 만들고 글자로 명언카드를 만들어 선물해주기도 했는데 만드는 물품마다 주위의 칭찬을 들으며 환심을 사곤 하였다. 공부는 잘하지 못했지만 이런 이유로 미술 시간은 기다려질 정도로 즐겁고 재미있게 되었다.

그리기 숙제가 있던 날, 저녁을 먹고 그리기에 들어갔다. 자화상이었는지 놀이동산을 그린 것인지 잘 기억은 나지 않는다. 수채화 물감을 팔레트에 짜두고 색을 칠해 갔다. 그림이 좀 잘 그려진 듯해서 더욱 몰입했던 것 같다. 세 시간쯤 지났을까? 엄청난 몰입으로 온몸에 땀을 흘리며 그림을 완성했다. 어린 나이에 전율이라는 것을 경험한 순간이었다. 온 피부가 곤두서며 머리끝까지 전기가 흐른다. 부르르 떨듯이 진한 쾌감이 몸을 휘감는 전율의 순간! 그 합일감과 행복감은 이루 말할 수 없을 것이다.

그림을 그리고 배우며 알게 된 예술의 즐거움은 커서도 나에게 많은 자극을 주고 있다. 전시회장을 가게 만들고 예쁜 꽃들과 나무들 주위에서 서성이게 만든다. 영화를 보고 흐느끼게 만들고 옷을 고를 때 색상과 디자인을 선택하게 만들며 기발한 생각으로 농담을 하게 만든다. 예술이란 인간이 우연히 만난 아름다움에 이끌려 즐거움을 표현하는 활동이다. 즐거워서 빠져드는 일상이다. 우연히 마주쳤다가 깊이 사랑하게 되는 소중한 취미생활이다.

예술의 근본적인 속성은 치우침에 있다. 철학자들이 예술을 도취이자 광기로 생각하는 이유도 이 때문이다. 인간 본연의 모습이자 규격화된 틀을 벗어나려는 발버둥이 바로 예술이다. 학문이 아폴론적인 이성이라면 예술은 디오니소스적인 감성이라고 할 수 있겠다. 디오니소스는 술의 신으로 바커스로도 불리는 신이다. 술 취하고 향락적인 인간을 디오니소스적 인간이라고 한다. 디오니소스적인 인간은 존재의 일상적인 범위와 한계를 완전히 파괴함으로써 존재의 가치를 추구한다. 니체는 이런 디오니소스적인 광기를 사랑했으며 괴테는 이러한 디오니소스적 인간의 실수가 인간을 사랑스럽게 만든다고 했다.

그렇다고 술 취하고 방탕하라는 말은 당연히 아니다. 술 취하고 객기를 부리는 행동에 예술적인 속성이 있다는 것일 뿐이다. 교과서처럼 모범생처럼 개성 없이 사회가 원하는 대로 살면 참으로 멋없는 인생이 될 것 같다. 가끔은 일탈을 꿈꾸고 금기를 깨어버리는 다듬어지지 않은 행동들이 바로 예술적인 치우침이자 새로움에 대한 동경이다. 어리석게도 위험한 모험을 하고 뜻하지 않은 실수를 하며 무모한 도전을 감행한다. 그것이 창조성이고 새로움이고 기존의 질서를 무너뜨리는 도도함이다. 니체가 말했듯 세계라는 틀의 알을 깨뜨리고 새가 되어

하늘로 날아올라야 한다. 예술을 사랑하는 인간이라면 말이다.

그리고 예술의 치우침은 인간의 낭만적인 기질과 맞닿아있다. 의미 있는 대상의 소중함을 위해 이익이 되지 않는 무모한 희생을 감행한다. 아름다움을 향해 저돌적으로 뛰어들고 비이성적인 객기와 도취로 혼신의 힘을 다해 돌진한다. 일단 맘에 드는 물건이 있으면 지르고 보는 것이다. 일단 사고 나중에 뒷감당을 한다. 일단 사랑하는 사람이 있으면 대시를 하고 본다. 일단 좋아하는 마음을 표현하고 뒷일은 나중에 생각하는 것이다. 그것이 낭만이다. 계산하고 개인적인 손익을 생각하지 않는다. 미리 계산하지 않고 좋아하는 것을 향해 뛰어든다. 불을 보고 뛰어드는 불나방처럼 타 죽을지언정 불을 사랑하겠다는 마음만으로 어떤 의미만으로 모든 것을 바친다. 그렇게 인간은 어떤 신선한 자극을 향해 뛰어드는 동물이다. 위험천만하지만 새로운 도전을 감행한다. 다듬어지지 않은 자극적인 충동에 몸을 싣고 손해보고 희생하고 있는 자신을 보고 큰 웃음을 한번 내지른다. 실패도 의미 있다며 낭만적인 자신을 위로한다. 의미와 충동에 뛰어드는 낭만적인 인간. 이러한 삶이 바로 낭만이고 예술이고 인간의 마음이지 않을까 싶다.

또한 예술에는 질서가 담겨있다. 충동적인 무질서가 예술을 대변하는 듯하지만 술 먹고 행패부리는 객기와 행위예술이 다른 것은 질서를 품고 있느냐 아니냐의 차이 때문이다. 어떤 형식과 틀을 가지고 예술은 표현된다. 규칙적인 리듬과 핵심적인 구도를 가지고 틀 안에서 표현된다. 틀도 규칙도 존재하지 않는 예술은 예술이 아니라 무질서한 난동일 뿐이다.

아기가 걸음마를 걷듯 새싹이 기지개를 피며 피어오르듯 질서적인 움직임에는 성장과 발전을 향한 꿈이 숨어있다. 예술에 들어있는 질서에는 더 높은 가치를 가지고 싶고 더 발전하고 싶은 마음이 담겨있다. 아기가 자라듯 새싹이 피어나듯 성장하려는 것들은 질서를 꿈꾼다. 작품의 의미와 가치는 무질서가 아닌 질서를 통해 나타난다.

인간의 가치관이 곧 질서이기도 하다. 어떻게 살아갈 것인가? 어떻게 표현할 것인가? 이러한 생각은 모두 어떤 가치관을 가지고 어떤 이상을 품고 있느냐에 따라 결정되는 것이다. 행복이 가치관인 나에게 행복은 체계적인 질서정연한 행동방침을 제시하고 있다. 언행의 지침이 되고 살아가는 이유가 된다. 마찬가지로 삶에서 예술에서 가치관은 목적이자 행위의 이유이다. 체계이자 질서이고 작품과 인간의 존재 이유이다.

또 하나, 예술에는 안정이라는 속성이 있다. 안정감이 있어야 한다. 공든 탑이 무너지지 않기 위해 기초적인 초석을 튼튼하게 심어야 하듯 인간의 저변에 깔려있는 어머니의 품과도 같은 공통된 문화와 공통된 삶의 모습들을 꺼낼 수 있어야 한다. 코끼리를 표현하면서 기린의 모습을 노래한다면 아무도 공감해주지 않을 터이다. 공통된 관심사와 공통된 감정에 호소해야 한다. 예술작품을 통해 평범한 인간의 감정들을 끌어올릴 수 있을 때 감동할 수 있는 것이 아닐까?

개인적으로 밀레의 '만종'이라는 유명한 작품을 처음 보았을 때 그 감동은 거대한 해일이 마음을 덮치는 듯했다. 교회생활을 오랫동안 한 나에게 노동을 끝낸 두 사람이 보여준 감사의 기도는 황혼의 분위기와 잘 어울려 거룩하고 진솔한 감정을 전해주었다. 코끝이 찡하고 가슴이 울렁거렸다. 소박한 삶의 행복을 여실히 보여준 작품에서 오랫동안 눈을 뗄 수가 없었다. 하나의 그림에서 그렇게 많은 감정과 교훈과 아름다움이 떠오른 것은 아마도 처음이자 마지막이 아니었을까하고 생각된다.

안정된 상황을 만나야 마음을 놓고 편하게 즐길 수 있다. 그렇기에 사랑을 할 때도 서로간의 믿음과 신뢰로 정신을 공유하지 않으면 만족감을 느낄 수 없다. 서로의 육체를 탐하기만 하고 자신의 욕구만 앞세워서는 쾌감 이상의 만족감은 느낄 수 없다. 마음이 통하고 편안하게 열린 마음으로 사랑해야 만족스럽듯이 예술작품에서도 시각적인 자극 이상의 편안한 만족감을 위해서는 영혼에 호소하고 일반적인 통념에 호소해야 한다.

이렇듯 예술에는 새로움, 질서, 안정의 속성이 들어있다. 그 무엇 하나 부족해서도 훌륭한 예술작품이 되기 힘들 것이다. 새로움을 향하고 질서를 향하고 안정을 향하는 각각의 작품에서도 다른 속성들이 뒷받침을 해주어야 빛이 나는 작품으로 거듭날 것이다. 예로 달리의 작품들은 신선하고 기상천외한 그의 삶처럼 새로움을 향하고 있지만 구도나 사물의 특성을 간파하며 질서와 안정적인 면도 보여준다. 몬드리안은 사물의 기하학적인 모습을 추상적으로 변모시키면서 단순화된 질서를 보여주고 있지만 붉은 색의 강렬함과 편안한 구도를 통해 완성도를 높이고 있다. 그리고 모네는 익숙한 풍경을 빛에 반사된 색깔들로 아름다움을 재해석해내었다. 익숙한 공원과 정원, 기차역과 포플러나무가 정겹게 활짝 웃으며 마음을 안정시키지만 화려한 색과 구도가 눈을 뗄 수 없게 만든다. 그렇게 표현의 방식은 달라도 예술작품은 새롭고도 질서정연하고 안정적인 속성을 품고 개성 있는 작가의 취향을 강렬하게 보여준다.

전시회장을 돌면서 '이 작품들은 나에게 무슨 이야기를 하고 싶은 걸까?' 하고 생각해보면 무슨 보물찾기와 같은 심정으로 감상을 즐길 수 있다. 그림에 문외한인 내가 그림을 볼 수 있는 건 작품들의 그런 속성들과 호기심 때문이 아닐까 싶다. 그림을 그리는 사람이 아니라서 별 감흥이 없기가 일수지만 전시물을 보며 마음을 두드리는 작가의 목소리가 내게도 울려 퍼지기를 은연중에 기대하고 있다.

어릴 때 미술 수업을 받고 장난을 치듯 그림을 그려왔다. 그리고 지금도 주변의 여러 상황 속에서 미술 수업을 받고 있는 중이다. 하나의 그림에서도 삶과 철학이 숨어있음을 생각해보면 보고 듣고 느끼는 일상에는 수많은 예술작품들이 살아 움직이고 있는지도 모른다. 단지 눈치채지 못할 뿐… 보다 깨어서 주위의 의미를 곱씹을 때 삶이라는 위대한 예술을 느끼고 감동할 수 있을지도 모르겠다.

비가 내리고 낙엽이 떨어지는 가을 밤, 알록달록한 낙엽 하나가 시선을 끈다. 희한하게도 붉은색과 노란색과 청록색이 어우러져 화려한 마지막을 뽐내고 있다. 찬찬히 낙엽을 쳐다보면서 또 미술 수업을 받는 중이다. 그 여느 미술 선생님이 가르쳐 주지 못한 색의 황홀함. 다 칠세라 고이 책갈피로 꽂아 두었다. 또 어느 날 불현듯 미술 수업을 받을 수 있게… 삶 속에는 비가 내리고 사랑이 내리며 예술이 내린다.

〈정리〉

ⓐ 예술의 속성

1. 새로움   2. 질서   3. 안정

당신의 머리를 그려봅니다.
금빛 머릿결이 이마를 쓸어내립니다.
환상과 현실의 중간 즈음에
갈 곳을 잃어버린 상상의 굴레
당신은 망각입니다.

당신의 눈을 그려봅니다.
사랑의 눈빛이 눈가를 간지럽힙니다.
주변을 배려하지 않는 난폭한 눈빛으로
당신의 영혼을 만납니다.
당신은 폭력입니다.

당신의 코를 그려봅니다.
두 동굴에 거하는
아름다운 생명체의 거친 숨소리
없는 듯 작은 구멍을 내고
아쉬움을 떠나 자유를 들이마십니다.
당신은 이탈입니다.

당신의 입술을 그려봅니다.
빨갛게 익은 사과향기를 머금고
존재하지 않는 언어를 삼킵니다.
자신을 망각했던 부끄러움을 깨물고

잃어버린 순간들에 입 맞춥니다.
당신은 수치심입니다.

당신의 귀를 그려봅니다.
둥근 능선을 따라 굽이친 계곡의 무질서
변화하고 도전하는 원초적인 솔직함이
그대를 그대답게 만듭니다.
당신은 야만성입니다.

가장 인간적인 그림 안에서
나를 유혹하는 그대여!
저급한 인간의 나약함으로
광기 어린 강렬한 끌림으로
중독적인 신비한 치우침으로
그대를 사랑함이 너무나 달콤하네요.

인간의 사랑이란
작은 의미에 자신을 내동댕이치는
어리석은 소중함
당신 아니면 죽음이며
나는 온전히 당신의 것입니다.

그대를 그리고

낭만을 그리며

아픔을 그립니다.

— 「그대를 그리다」

누군가의 얼굴을 그려본 사람은 알겠지만 풍경화나 추상화를 그릴 때와는 사뭇 다른 느낌이 있다. 얼굴선의 강약에 따라 눈, 코, 입의 위치에 따라 전혀 다른 이미지가 생기고 많은 변화가 생긴다. 얼굴만큼 그리기 힘든 것이 있을까 싶다. 작은 선의 변화에도 얼굴의 형태가 변하니 말이다. 그러나 또 한편으로는 얼굴만큼 흥미로운 소재는 드물다. 스케치북에 누군가의 모습이 비슷하게 그려지면 영혼이 스며든 것인지 시선을 뗄 수가 없다. 사진이든 그림이든 사랑하는 이를 추억하게 하고 그리운 이를 생각하게 하는 묘한 능력이 있다. 영혼을 품는 마력이 있다. 그녀를 그리면서 그녀를 떠올려 본다. 그리움을 그려본다.

시에서는 연인의 모습을 습작하며 망각, 폭력, 이탈, 수치심, 야만성을 떠올리고 있다. 다양한 모습의 매력적인 당신을 그리면서 노래하고 있다. 순수한 열정 때문에 저도 모르게 망각하고 폭력적이 되고 이탈하며 부끄러워하고 야만성을 가지게 된다.

조절되고 절제되지 않은 순수한 욕망은 어리석지만 멋스럽기도 하다. 애인과 거닐던 중 막다른 골목에서 깡패와 마주쳤을 때 이성은 자신의 몸부터 보호하라고 하겠지만 감성은 맞아죽어도 그녀를 위해 싸우라고 말한다. 계산되지 않고 자신을 돌보지 않는 무모한 객기! 의미만이 소중한 허점이 많은 행동들에 인간의 정이 묻어있고 인간다움과 아픔이 있다.

저돌적이고 낭만적인 사랑을 노래하고 있다. 인간이기에 치우치고 중독되고 끌릴 수밖에 없는 예술적인 인간의 모습을 말하고 있다. 계란으로 바위를 치듯이 멍청한 짓이지만 인간은 작은 의미를 소중하게 생각하고 계란으로 바위에 흠집을 내겠다고 혈기를 뿜는다. 그대만이 나의 사랑이고 그대만을 영원히 사랑하겠다고 맹세를 한다. 모든 것을 희생하여도 당신이라는 소중함만은 지키겠다는 어리석은 다짐을 한단 말이다.

예술이란 사랑이란 이처럼 합리적이지 않은 무모함이다. 내가 가치를 둔 이상 주변의 아무것도 보이지 않는다. 아름다움을 추구하는 예술가의 집념처럼 당신에게 반한 나는 주위를 고려하지 않는다. 그저 부실한 인간의 모습으로 사랑에 빠져들 뿐이다. 그러한 무모한 희생이 가장 인간적이고 가장 낭만적이며 가장 아픈 가슴을 지닌 인간의 모습이라고 말하고 싶었다. 순수한 낭만적인 행동이 바로 예술과 사랑에서 나타나는 인간적인 아름다움이라고 믿고 싶다.

'너를 위해 이 한 몸 바쳐보리라.'

유치하고 감동적인 이런 멘트에 우리의 손발은 오그라들겠지만 그러한 맹세와 다짐으로 신이 누리지 못한 인간의 낭만을 즐겨볼 수 있지 않은가?

눈물 여덟. 노동
─ 시시포스의 신화

시시포스(Sisyphos)는 코린토스의 왕으로 신의 일에 관여했다는 이유로 제우스에게 노여움을 사서 죽을 운명에 처했으나 잔꾀로 이승에서 천수를 누리게 된다. 저승으로 간 시시포스는 '언덕 위에 돌을 머무르게 하라' 는 벌을 받게 된다. 돌을 언덕 위에 올려놓으면 이내 반대편으로 굴러 떨어지는 돌. 평생 돌을 밀어 올려야 하는 시시포스의 운명.

하루에 최소 9시간을 일하는 직장인들에게 노동이란 삶의 대부분을 차지하는 중요한 과업일 것이다. 인생의 가장 많은 시간을 차지하는 노동에서 반드시 행복을 찾아야 한다. 그래야지만 인생의 대부분을 행복하게 보낼 수 있을 테니까…

시시포스는 우리를 많이 닮아있다. 신의 말대로 살지 않는 것도 그러하고 매일 돌을 밀어 올리며 다람쥐 쳇바퀴 도는 듯한 인생을 사는 것도 그러하다. 나도 매일 진료를 하고 노동을 한다. 과연 시시포스처럼 반복되는 환자진료에서 어떤 의미를 어떤 행복을 찾을 수 있을까? 또 허무하게 내일이 되면 돌은 다시 반대편으로 굴러 떨어져있을 것인데 말이다.

이 고민은 '나는 왜 사나?'로 귀결되는 자신을 찾고 싶은 젊은이들의 방황과도 맞닿아있다. 내일이 되면 다시 제자리가 될 텐데 왜 공부를 하고 왜 직장을 구하고 왜 살아가느냐는 말이다. 고등학교 때는 대학교만 가면 새로운 인생이 있을 거라고 생각하고 대학교 때는 좋은 직장만 가면 새로운 인생이 있을 거라고 생각하며 직장에 가면 돈 많이 벌어 노후에는 새로운 인생이 있을 거라고 생각하지만 어디 그렇던가? 목표를 달성했을 때 시시포스의 허무와 만나게 된다. 목표를 달성하면 그것은 더 이상 행복의 대상이 되지 못한다. 그녀와 사랑하고 섹스하고 내가 원하는 대로 그녀를 소유하게 되면 그녀는 더 이상 행복의 대상이 되지 못한다. 회사에서 부장직에 오르겠다는 일념으로 열심히 일하고 아첨하며 고생해서 부장이 되면 더 이상 부장직은 행복의 대상이 되지 못한다. 입맛이 없어 멀리 맛있는 음식점을 찾아 산해진미를 먹고 풍성한 음식들을 즐겼다면 더 이상 산해진미는 행복의 대상이 되지 못한다. 목표를 달성하게 되면 잠시 즐겁고 기쁠 뿐이다. 어떤 대상을 얻고 어떤 위치에 오른다고 즐거움이 지속되지는 않는다. 더 행복해지지는 않는다.

그렇다면 열심히 돌을 밀어 올리는 노동이 도대체 무슨 의미가 있단 말인가? 혹자는 고민이 아무것도 해결해주지 않는다며 쉽게 삶의 의

문을 버리고 현재 처한 현실만을 생각하고 현실을 벗어나는 것이 최선이라고 말한다. 사실 고민을 해봐도 별다른 대책이 없어보이기에 우리들은 쉽게 근시안적인 목표를 따라 사는 길을 택하며 살아가는 이유에 대한 고민을 회피해버린다.

그래서 유명한 철학자 선생님께 자문을 구해 보았다.

"카뮈 선생님, 반복적인 노동의 의미를 어디서 찾아야 하나요?"

"피할 수 없으면 즐겨야 하는 법이지. 얘야, 그런 반복되는 노동에서 적극적으로 악조건을 받아들이고 의미를 부여하는 것이 최선이란다. 쓰레기를 청소하는 일에 의미를 부여기 어렵고 열심히 청소해도 거리가 더 나아지지 않을 수 있어. 하지만 청소부는 저임금, 열악한 직업 환경을 이해해야 하고 가족이나 환경 등을 생각하면서 의미를 부여해야 해. 적극적으로 가혹한 노동에 뛰어들어야 참다운 만족을 느낄 수 있는 것이란다."

"라캉 선생님, 카뮈 선생님은 불만족스러운 직업이라도 최선을 다하라고 하셨는데요. 제 생각에는 너무 소극적인 대처법인 것 같아요. 그냥 직업을 바꾸는 게 낫지 않나요?"

"헛허 기특한 녀석, 일리 있는 말이야. 너 직장 바꾸기가 쉽더냐? 카뮈 선생님은 어쩔 수 없이 원하지 않는 노동을 하게 되었을 때, 시시포스가 돌을 밀어 올릴 수밖에 없는 상황에서 가장 현명한 방법을 가르쳐 준 거야. 네 말처럼 적성에 맞는 직장을 갖는 것이 가장 이상적이긴 하지. 하지만 유념해야 할 사실이 있다. 쉽게 달성될 수 있는 직장을 구하는 건 좋지 않아. 시시포스가 돌을 다 밀어 올리고 나니 돌이 다시 굴러떨어지는 허무함을 경험했잖니. 마찬가지로 쉽게 목표를 이루고 나면 시시포스의 허무와 마주치게 돼. 하지만 언덕이 너무 높아서 시시포스가 돌을 올려도 올려도 꼭대기까지 도달할 수 없는 상황이라면 어떻겠니? 시시포스는 행복할 거야. 정상을 쳐다보며 목표의식을 갖고 돌을 밀어 올리며 희망을 꿈꿀 수 있으니까. 끊임없이 추구할 수 있는 쉽지 않은 직장을 가지는 것이 행복의 지름길이란다."

"프롬 선생님, 선생님도 노동은 쉽지 않으면서 적극적으로 뛰어들 수 있는 것이어야 한다고 생각하세요?"

"음. 다른 선생님들이 좋은 말씀을 많이 해주셨네. 덕분에 나도 많이 배웠단다. 나도 뭐 하나는 가르쳐주어야 하겠는 걸. 노동은 돈을 받고 행해지는 육체활동이지. 노동의 이유가 고급 승용차를 사고 비싼 집을 사는 데에 있다면 그 노동에는 만족이 없을 거야. 돈이 소유적 대상이 되어버리면, 돈을 많이 버는 것에만 목적을 두면 부자가 되어서도 만족할 수 없다는 말이지. 소유적 대상은 획득하면서 관계의 종말을 가져오기 때문이야. 무언가를 가지게 되면 쉽게 질리게 되는 이유이기도 해. 소유를 하되 그 가진 것들에서 존재의 의미를 찾고 더 발전적인 꿈을 가지지 못한다면 시시포스가 느꼈던 허무를 만나게 된단다. 자신이 노력하고 힘들어했던 과정들이 자신을 만들며 일을 더욱 가치 있게 만드는 것이지. 카뮈 선생님이 적극적으로 노동에 뛰어들라고 하셨지? 적극적으로 일에 뛰어 들려면 의미를 투영하고 일에서 존재감을 느껴야 한단다."

철학자 선생님들이 말씀하신 지침들을 요약해서 메모해두었다.

1) 적극적으로 일하라.

2) 쉽지 않은 일에 매진하라.

3) 가지기보다는 존재감을 느낄 수 있는 일을 하라.

〈정리〉

◎ 행복한 노동을 위하여

1. 의미부여(의미를 투영하고 피할 수 없으면 즐겨라!)
2. 무한한 목표(추구하는 대상이 정복되어서는 안 된다!)
3. 자아실현(발전하고 가치를 느껴라!)

그녀의 아버지는 광부입니다.
그녀는 그녀의 아버지를 닮았습니다.
광부가 가장 존경스럽다는 그녀.

저는 광부라도 될 걸 그랬어요.
아픔을 짊어지고 그대를 위한 생각으로
피땀을 닦아냈던 헤진 작업복 소매

광부라도 될 걸 그랬어요.
그녀를 진정으로 사랑했던 한 마음
그녀의 존경을 한껏 받았던 한 사람

어둔 터널 속
흙탕물과 모래먼지
괭이질과 돌 운반

모든 고통을 감내하고서도
아쉽지 않은 어리석음.

사랑은 광부의 마음이어야 합니다.
온 종일 그녀를 위해 피땀을 흘릴 수 있어야 하겠지요.
광부의 마음으로
위험을 무릅쓰고도

고된 작업에서도
당신을 잊지 않고 하루의 땀을 흘렸습니다.

광부라도 될 걸 그랬어요.
눈물이 아픔이
누군가를 위해 쏟아질 때
그제야 사랑한다고 말하세요.

ㅡ「광부의 마음」

갓 레지던트 생활을 시작한 응급의학과 1년차가 내게 묻는다.

"선생님, 응급실 일이 이렇게 힘든데 선생님은 행복합니까?"

내가 행복에 관심이 많다는 것을 알고 있었던 후배놈은 이런 환경에서는 행복할 수 없다며 고개를 절레절레 흔들었다.

"이놈아, 누가 뭐래도 난 행복하다. 행복은 의미 있다고 생각한 일에 적극적으로 뛰어들 때 다가오는 거야. 의미가 없는데 힘들기만 하면 괴로움의 연속이겠지. 하지만 이 응급의학과 레지던트 수련이 자신의 삶에서 의미가 있다고 생각하면 아무리 일이 힘들어도 이겨낼 수 있는 거다. 그렇기에 일을 선택할 때 먼저 일의 의미를 찾는 것이 중요한 것 같애."

후배놈은 그래도 이해가 안 된다며 마지못해 일하고 있는 자신이 한탄스러운지 한숨을 내뱉었다. 내심 머리로 이해해도 몸으로는 와 닿지 않는다는 눈치였다.

"음, 한용운 선생님 알지? '복종'이라는 시에 보면 이런 얘기가 나와. '복종하고 싶은데 복종하는 것은 아름다운 자유보다도 달콤합니다. 그것이 나의 행복입니다' 원하고 사랑하는 대상을 위해 복종하는 일은 아무리 힘들고 자유가 제한되어도 즐겁다는 것이지. 사랑하는 사람을 위해서는 싫은 일도 할 수 있지? 불편하더라도 소중한 대상을 위해 복종하는 것은 즐거울 수 있단다. 즐겁게 일하려면 애인을 사랑하듯이 이 응급실 일을 사랑해야 한다."

그제야 고개를 끄덕이던 녀석은 나태한 자세를 바로 잡는 듯했다.

"그리고 나한테도 즐겁게 복종하도록… 하하하."

우리가 직장에서 일하는 것처럼 사랑도 쉬운 일은 아니다. 힘든 만큼 의미를 느끼고 사랑을 키워갈 수 있다. 당신에 대한 가치를 발견하고 그 모든 어려움을 뛰어넘을 수 있을 때 행복을 만나게 된다.

시에서는 딸을 사랑한 아버지의 마음을 느낄 수 있다. 괭이질과 돌 운반은 힘든 일이었음에 틀림없다. 피땀을 흘리고 작업복이 헤질 때까지 아버지의 노동은 계속되었던 것. 아버지는 열심히 노동에 임하셨다. 광부라는 직업에 아버지는 행복하셨을까? 사람을 사랑한다는 것이 행복한 일일까?

노동과 사랑 둘 다 의미를 담고 존재를 느껴야 행복에 접근할 수 있다. 사랑하는 사람을 가지려 들거나 돈만 밝히며 일하는 행동은 결코 우리를 행복하게 하지 못한다. 목표를 가지고 의미를 찾아야 한다. 사랑하고 일하는 이유를 발견해야 한다. 아버지가 평생 해왔던 노동의 의미는 딸에 대한 사랑이었다. 존재를 생각하고 의미를 투영하면 일은 즐거워진다. 적극적으로 노동에 뛰어들게 되고 힘든 노역을 견딜 수 있는 힘이 생긴다. 사랑도 마찬가지이다. 사랑하는 사람이 자신에게 어떤 존재인지 자신의 삶에 어떤 의미를 가지는지부터 파악해야 한다. 사랑에는 가치관이 필요한 것이다.

그녀는 광부가 가장 자랑스럽다고 말한다. 아버지는 그녀를 위해 노동에 임했고 그 힘든 노동은 그녀의 마음속에서 자랑스럽게 피어났다. 누군가의 사랑으로 해야 하는 일이 생긴다는 것은 참으로 기분 좋은 일이 아닐 수 없다. 자신의 노동이 누군가의 사랑으로 인해 가장 존경스럽게 느껴질 그날까지 오늘의 노동을, 오늘의 사랑을 그 누군가를 위해 쏟아부어야겠다. 열심히 돌을 밀어 올리면서…

눈물 아홉. 운동

― 혈기

운동할 때 나는 광인이 된다. 미친 듯 몸을 아끼지 않는다. 무료한 삶의 대가를 몸을 혹사시킴으로써 갚으려는 것인지 안일한 삶을 운동으로 훈계해왔던 것 같다. 편안하고 무료한 일상은 참을 수 없는 가벼움이다. 그러한 삶을 사랑하기는 힘든 노릇이다. 이 존재의 가벼움을 운동으로 보상하려는 심리는 비단 나만의 생각일까?

학교 뒷산은 호수가 있고 잘 다듬어진 등산로가 있어 행인들의 발길이 끊이지 않았다. 배드민턴 동호회와 등산 동호회 사람들과 소풍을 온 유치원 아이들과 약수터를 향하는 동네 아저씨들이 눈요깃거리를 주는 활기찬 뒷산의 풍경이 정겹다.

머리가 둔한 나로서는 이 의대 공부의 스트레스를 어떻게든 풀어내야 했고 뒷산은 스트레스를 푸는 샌드백 역할을 톡톡히 해냈다. 공부가 잘 안되거나 삶이 느슨해질 때 항상 뒷산을 올랐다. 학생 때부터 레지던트 때까지니 족히 10년은 뒷산을 오간 셈이다. 그래서 붙여진 나의 별명은 '바야바', 어릴 적 외화드라마의 털북숭이 야수처럼 이산 저산 뛰어 다닌다고 붙여진 별명이다. 하긴 거친 비와 눈과 바람에도 극기 삼아 산을 올랐으니 평범한 사람들이 보기엔 야생짐승 한 마리와 다름없었을 것이다.

그 추운 겨울날, 토끼털 점퍼와 두툼한 목도리로도 모자라 벌벌 떨던 한겨울날 밤, 얇은 바지와 티셔츠 하나만 걸치고 산을 오르기도 했다. 그야말로 야생 멧돼지의 씩씩거림으로 혈기를 내뿜으며 산을 올랐던 것 같다. 손이 얼어붙고 불빛 없는 산에 찬바람만 쌩쌩 불어 금방이라도 귀신이 나올 법했지만 그것이 자신을 이기는 길이라고 생각했었다. 랜턴을 켜고 산을 오르던 노부부는 입김이 하얗게 새어나오며 쿵쿵거리는 나를 보며 깜짝 놀란다.

"젊은 게 좋긴 좋네, 이렇게 추운데 얇은 옷으로 춥지 않아요? 젊은이?"

"금방 땀이 배어서 괜찮습니다."

실제로 산을 오르면 처음만 춥지 중턱 정도부터는 오히려 더워진다. 점퍼라도 걸치고 오면 오히려 짐이 된다. 젊음을 추위에게 빼앗기고 싶지는 않았던 것인지 항상 가벼운 복장으로 자신과의 싸움을 감행했다. 산을 등반하는 사람들도 나와 같은 이유로 산을 오르는 것일까? 추워도 그렇게 산을 오르고 나면 스트레스도 머리 무거움도 사라진다. 춥고 어두운 밤 시들해진 영육이 생글생글 살아난다.

공부를 하거나 환자를 보고 쉴 시간에 잠깐 시간을 내서 오르는 산이라 빨리 오르지 않으면 안 되고 집중해서 운동하지 않으면 안 된다. 사실 의사가 운동을 한다는 것은 쉽지 않다. 아니 그 누구라도 직장생활이나 사회생활 중에 따로 시간을 내어 운동하기는 어려울 것이다. 특히나 병원에서 당직을 서는 레지던트 시절에는 환자들 곁을 지켜주어야 하고 잠도 제대로 잘 수 없는 형편이니 규칙적인 운동은 무리라고 하겠다. 혹독한 레지던트 생활을 하면서 스트레스가 극에 달하고 일하고 먹고 자는 일만이 반복되다보니 얼굴도 배도 살이 통통하게 차오르게 되었다. 자신의 망가진 몸매를 감상하면서 누구나 시도했을 법한 폭풍 다이어트를 나또한 결심하게 되었다.

그 첫 번째 시도가 물 다이어트였다. 물을 많이 먹으면 지방분해도 돕고 피부탄력도 좋아진다기에 매점에 파는 생수를 사들고 다니며 계속 물배를 채웠다. 공복감을 물로 채워 어떻게든 식사량을 줄여볼 생각이었고 회진을 돌기 전이나 점심, 저녁 식후에 가벼운 스트레칭이나 산보를 하면서 자기관리에 신경을 썼다. 그러나 실패했다. 물을 많이 먹는다는 건 정말 힘들다. 토 나올 때까지 물을 먹고 자주 매점으로 달려가 물을 사와야 하는 괴로움과 번거로움 때문에 물 다이어트는 실패하고야 말았다.

두 번째 시도는 인터넷 검색을 하며 치밀하게 준비했다. 이른바 사과 다이어트. 식전에 사과를 한두 개쯤 먹고 배를 불려놓아서 식사량을 줄인다는 것. 사과는 맛있고 공복에 먹기 좋아서 물처럼 먹는 데에 괴로움은 없었다. 하지만 이상하게도 인터넷에서 추천한 사람들과 달리 식전에 먹는 사과는 식욕을 돋우어 식사량이 오히려 많아지고 말았다. 내게 사과는 식욕을 증가시키는 감초와 다르지 않았다.

세 번째 시도는 성공적이었다. 다이어트는 식사조절이 60%, 운동이 20%, 의지가 10%, 기타 환경이 10% 정도라고 한다. 식욕이 강하고 노동량이 많은 나에게 식사조절은 너무나도 힘든 과제였기에 운동량을 늘리는 방법밖에 없었다. 그래서 생각한 비책. 계단 다이어트. 병원 엘리베이터를 타지 않고 계단을 걸어서 왕래하는 방법을 시도했다. 병원이 12층까지라 1층에서 12층을 계단으로 왕복하는 움직임만으로도 많은 운동이 되었던 것 같다. 엘리베이터를 이용하는 것보다 더 빠를 때도 있으니 효율성도 있고 살도 빠지고 계단 다이어트는 운동하기 어려운 직장인에게 추천할만한 다이어트 방법이 아닌가 싶다.

이렇게 운동을 통해 나태한 삶을 응징하면서 자신감을 회복하고 학업 스트레스를 해소하며 빠듯한 시간 속에서 다이어트에 성공했지만 진정한 운동의 백미는 운동하면서 느끼는 일체감인 것 같다. 사랑과 노래와 춤이 그러하듯 운동으로 인한 일체감은 너무나 달콤한 유혹이다. 함께 팀을 이루어 농구, 축구, 야구, 배드민턴 등 실력이 비슷한 친구들과 몰입해서 운동을 격렬하게 하고나면 그 만족감은 이루 말할 수 없다. 운동으로 목표는 하나가 되고 서로 교감하며 삶은 용솟음친다. 함께하는 운동은 지극한 행복감이다.

군의관 시절, 해군 복무를 하던 중 본의 아니게 해병대로 전출되었다. 해병대 사단 의무대에 들어가게 된 나는 중령이었던 의무대장의 예쁨을 받지 못했었다. 그도 그럴 것이 그 의무대에는 서울대, 연세대 군의관들이 이미 자리를 잡고 있었고 지방대 출신인 나는 허술하고 싹싹하지도 않은 별 볼일 없는 군의관이었을 뿐이었다. 그래서인지 의무대장은 나를 사단 의무대에서 다른 험한 해안가 부대로 전출 보내려는 눈치였다.

의무대장에게 점수를 따게 된 것은 축구를 하면서부터였다. 원래 운동이란 운동은 다 좋아했던지라 군의관들이 싫어하던 축구를 나는 동참하려고 안달이었다. 어느 날 부대 축구대회가 열렸고 나는 펄펄 날면서 회심의 중거리 슛을 성공시키고 말았다. 해병대 전투축구를 통해 꼴불견이었던 나는 축구를 무척이나 좋아하시던 대장님의 눈에 들게 되어 편안한(?) 군 생활을 할 수 있었다. 한술 더 떠 의무대의 축구선수로 발탁되어 그 무시무시하다는 해병대의 '무적리그'에서 전체 3등이라는 유례없는 성적을 내기도 했다. 물론 내 왼쪽 이마가 찢어져 눈탱이가 밤탱이가 되는 불상사도 있었지만 목숨을 건 축구는 운동에 대한 나의 광기를 보여줄 수 있는 화려한 무대가 되었다. 운동을 통해 사랑받는 군의관이 되었고 장교들과 부사관들과 병들의 진정한 동료로 거듭났다. 운동으로 뭉치고 단합되는 즐거움은 같이 뛰어본 인간만이 알 수 있는 특별한 선물이다. 격렬한 운동 속에서 당신과 나는 하나가 되고 소통하고 즐거움을 나누게 된다. 해병대 축구가 선물해준 운동의 기쁨이자 교훈이다.

지금도 시간에 쫓기며 헬스를 하고 있다. 힘든 역기를 들며 즐거워하고 있다. 고등학생 때는 공부하느라 움직임이 적었기에 육체는 보기 사납게 야위었던 것 같다. 부족함을 절실히 느껴야 극복하고자 몸부림을 치게 된다. 파이터가 패배를 통해 이를 악물게 되듯이 연약한 육체가 나를 운동으로 이끌었지 싶다.

누구나 사회체육센터에 가서 수영이나 헬스를 끊지만 작심삼일이 되곤 한다. 맘을 새롭게 다지기를 부지기수로 하고 게으른 육체를 한

탄만 하다가 운동을 포기하는 경우가 많다. 나에게도 운동은 여전히 어렵고 쉽지 않은 일상이다. 좋은 약이 쓰듯이 행복을 주는 것들은 접근하기가 쉽지 않다. 쉽지 않지만 어려움을 극복하면 만족감과 행복감이 온다. 힘들어도 육체를 사랑하고 정신을 단련하기를 원한다면 꾸준히 운동을 놓지 않았으면 좋겠다. 행복을 위해 자신을 사랑하기 위해 운동을 하려는 마음가짐을 잃지 않았으면 좋겠다.

우리 헬스장의 미시 아줌마나 여학생들처럼 이성에게 잘 보이고자 날씬한 몸매를 만들고자 스트레칭에 구슬땀을 흘려도 좋다. 우리 헬스장의 똥배 아저씨와 대머리 근육맨 아저씨처럼 남자다움을 회복하고 자랑하기 위해 뱃심에서 나오는 신음소리를 참아가며 역기를 들어도 좋다. 어떻게든 운동은 지속되어야 하며 삶의 일부가 되어야만 한다. 운동을 하는 이유가 그 무엇이건 간에 시작하려는 마음이 중요하겠고 목표를 분명히 하고 의미를 깨달아 운동을 사랑하게 되면 더할 나위 없겠다.

운동은 비단 보기 좋은 육체를 만들 뿐만이 아니라 자신과의 싸움이자 영혼의 단련이기도 하다. 비탈진 산을 오르고 풀기 힘든 수학문제를 풀며 도도한 그녀를 사랑하게 되는 것도 일종의 의미를 찾으려는 인간의 본능이라 할 수 있다. 그녀를 사랑하면서 자신을 돌아보고 더 나은 자신의 모습을 만들고 싶어 하듯 운동을 하면서도 자신을 돌아보고 더 나은 자신의 모습을 만들어 갈 수 있다. 달리고 악을 쓰면서 몸의 긴장감을 유지시키는 운동은 부단히 연약해지고 쓰러지는 나를 다시 일으키고 기운을 북돋아 삶을 활기차게 만든다. 흐트러진 몸뚱어리를 다시 보게 한다. 나태해진 정신을 가다듬게 한다. 자신에게 희망을 걸게 한다.

나이가 들어가고 늙어갈수록 점잖아지고 철이 들고 조용한 삶을 추구하는 것이 자연의 이치라고들 하지만 그렇게 안정을 찾아가는 인생의 흐름 속에서도 나는 혈기를 내뿜을 것이다. 내가 살아있음을 확인할 것이다. 먹이만 받아먹는 애완용 멍멍이가 아니라 살아있는 야생의 들짐승처럼 기개 있는 사람이 되고 싶다. 운동하면서 삶의 활력과 에너지를 뿜어내고 확인하고 싶다. 생동감과 진취적 기상으로 당신과 함께 생기를 나누고 싶다.

〈참고〉

◎ 운동 후의 변화

1. 자신감, 생동감
2. 건강한 육체
3. 만족감, 기분전환
4. 창의력 증가(두뇌 발달)

몸에 힘을 가하여
더 큰 힘을 기르듯이
당신께로 애써 나아가서
더 큰 행복을 키웁니다.

한참을 땀 흘린
코끝을 맴도는 신선한 기운이
바로 생명이라는 느낌이겠지요.
당신을 만날 때가 그러하였습니다.
오늘도 당신을 향해 달립니다.
달려가는 내가
나인지도 모른 채
당신 생각으로 시간은 잊혀져가네요.

머릿결이 부드럽게 이마를 간지럽히고
홍시 같은 입술은 부끄러운 볼보다 강렬합니다.
그윽한 눈빛은 또렷해지고
손바닥은 맘처럼 따스합니다.
귓가에 맴도는 미소는 얼굴을 떠돌고
눈가에 스쳐가는 차분함은 고아한 자태마냥 고귀합니다.

당신을 사랑함이 이러한 것일까요?
영혼이 깊어지고 온몸으로 생명을 느끼는 이 순간

당신을 만날 때가 그러할 것입니다.

―「생기를 느끼다」

운동은 나를 잡아주었다. 힘들고 지칠 때 위로가 되어주었고 일이 꼬이고 공부가 되지 않을 때 다시 시작할 수 있는 힘을 주었다. 특히나 나쁜 머리로 하루 종일 도서관에 머리를 처박고 남모를 답답함에 골병들 무렵 운동은 스트레스를 한방에 날려 주었다. 쉬는 시간에도 어김없이 학교 뒷산에서 팔굽혀펴기를 하며 마음을 잡았고 밤에 도서관 공부에 지치면 어김없이 산을 오르곤 했다.

불편함을 찾아 산을 오른다. 현재의 안일한 정신과 자세가 아쉬우면 불편함 속에서 힘겨운 나를 만나야 한다. 부족하고 불편한 자신을 만나야 인간은 다시금 노력할 수 있다. 그래서 나는 운동을 좋아했는지도 모른다. 운동을 통해 자신의 불편함을 깨닫고 지금은 열심히 노력할 때라는 사실을 각인시켰나보다.

나태하게 흐르는 혈류와 굳어진 어깨, 나가고 싶어 떨고 동동거리는 한쪽 발, 쳐진 뱃살… 몸은 사용되고 싶다. 생명을 느끼고 싶고 도전하고 싶다. 한 여인을 사랑하며 생기를 느끼듯이 의미 있는 움직임으로 몸은 불편함을 사랑하고 싶다. 불편함을 감수하고서라도 당신을 사랑하고 싶다.

당신을 이해하고 배려하고 당신에게 희생하면서 아쉬운 한숨을 쉬겠지만 그것 또한 운동하면서 헉헉거리는 거친 숨소리와 다르지 않다. 당신과 의견충돌하며 삐지고 싸우며 감정이 상하겠지만 그것 또한 격렬한 운동경기 중에 감정이 흔들리고 반칙에 불만을 품고 저항하는 행위와 다르지 않다. 사랑하는 당신을 보면 부끄럽고 설렘에 입술은 빨개지고 동공이 커지며 볼이 불그스름해지면서 미인이 되어가겠지만 그것 또한 열심히 운동했을 때 혈액순환이 잘 되면서 입술이 빨개지고 손발이 따뜻해지는 몸의 변화와 다르지 않다. 당신에게 사랑한다고 말하면서 흡족한 미소와 눈웃음을 짓겠지만 그것 또한 운동에 빠져들어 땀 흘리고 난 뒤 느끼는 만족감과 다르지 않다.

당신을 만나고 사랑하는 것 못지않은 운동의 매력이 있다. 사랑하면서 느끼는 즐거움과 아픔이 운동에도 있다. 사랑의 밀고 당기기가 운동에도 있다. 꾸준히 운동하면서 당신과의 사랑을 되새겨볼 일이다. 사랑을 느껴볼 일이다. 불편함을 느껴볼 일이다. 생기를 느껴볼 일이다.

운동을 하면 자신감과 건강은 물론이다. 근육들이 피를 짜주어 손발로 가는 혈류의 흐름이 원활해지고 순환도 빨라진다. 혈관의 찌꺼기를 없애고 심혈관을 튼튼하게 만들어 줄 것이다. 뇌혈관 순환도 잘 되어 머리도 좋아지고 사고력도 증진될 뿐만 아니라 기분이 좋아지면서 행복도 10~20% 이상 증가한다고 한다. 꾸준히 운동을 해볼 일이다. 오래된 연인에게서 느끼는 그 행복한 감정처럼 운동을 통해 강렬한 행복을 경험할지도 모르니 말이다.

눈물 열, 그 첫 번째. 명상
― 깊은 눈빛

난 눈빛에 대한 강한 애착을 가지고 있다. 깊은 눈망울로 표현되는, 어떤 내공이 느껴지는 눈의 에너지. 눈살을 찌푸리고 강하게 쳐다본다고 해서 깊은 눈빛이 나오는 것이 아니다. 오히려 그러한 억지스러운 눈빛은 경박하고 부담스럽다. 그렇다면 내가 절절히 원하고 선망하는 깊은 눈빛이란 어디서 나오는 것일까?

복싱을 잠깐 했던 나는 눈빛의 위력을 누구보다 잘 알고 있다. 눈빛을 잃어버리면 이미 그는 복싱선수가 아니다. 눈빛은 깡다구를 말해준다. 상대의 강펀치에 두려움이 생기고 눈빛을 잃으면 상대방은 금방 눈치를 챈다. 그리고는 더욱 매섭게 KO를 위해 죽을힘을 다해 덤벼들게 된다. 몇 대 맞아도 눈빛이 살아있으면 상대도 더욱 조심스럽다. 기가 살지 않는다. 복싱을 하려면 상대방의 기를 살려주어서는 안 된다.

기 싸움에서 밀리면 경기에 진 거나 다름없다. 마이클 타이슨의 핵주먹이 뇌를 망가뜨릴지도 모른다는 불안감으로는 복싱에 임할 수 없다. 눈빛을 유지할 수가 없다.

마이클 타이슨이 전성기 때 말했듯 시합에서의 자신감을 위해서는 혹독한 자기와의 싸움이 필요하다. 링 위에서 상대의 눈빛에 주눅 들지 않으려면, 겁을 상실하고 눈빛이 살아있으려면 링 위에 오르기 전까지 그 누구보다도 자신을 만나야 할 것 같다. 남의 눈을 의식하지 않으려면 자신의 눈빛을 발견해야 한다. 자신만의 무기와 자신만의 노하우로 자신이 인정할 수 있고 믿을 수 있는 자신이 되는 일이 먼저다. 줄넘기를 하고 샌드백을 치며 숨어있던 강한 나를 찾고 있는지도 모르겠다. 내팽개쳐 둔 자신을 찾고 싶어서 그렇게 구슬땀을 흘리는 것인지도 모르겠다. 자신의 눈빛과 만난다는 것. 남의 눈빛을 의식하지 않는다는 것, 그것은 엄청난 노력의 결과로 인한 단련된 자신감을 말해준다.

누구나 이런 자신감에 찬 눈빛을 가져본 적이 있을 것이다. 야심차게 준비한 결과물을 뽐내거나 어느 정도 일에 익숙해져 능수능란해졌을 때, 그리고 열심히 운동하면서 멋진 몸매를 유지하게 되었을 때 승리감에 도취된 오만한 자신감과 마주치게 된다. 자신보다 못한 타인을 가볍게 비웃으며 내심 승리한 자신을 뿌듯해 한다.

대륙을 점령한 칭기즈 칸이나 알렉산더 대왕의 기개처럼 악전고투 속에서 고지를 점령한 전사의 피가 우리에게도 흐르고 있다. 위대한 승리자의 눈빛으로 세상과 타인과의 싸움에서 승리를 기대하고 있다. 복싱을 하면 이러한 전사의 눈빛이 승리자의 눈빛이 어떠한 것인지 잘 알 수 있다. 힘든 과정을 이겨내고 승리자의 눈빛으로 세상을 내려다보고 싶은지도 모르겠다. 성과물을 인정받고 더 높은 세계로 발돋움하려는 눈빛인지도 모르겠다.

견뎌낸 자의 뿌듯함. 가치를 향한 노력. 세계 챔피언이 아닐지라도 복싱을 하면서 흘린 구슬땀은 가슴을 부풀게 하고 대륙 정복의 꿈을 꾸게 한다. 복싱을 할 때의 그 매서운 눈빛을 잊을 수가 없다. 초롱초롱하고도 안정되며 주위를 의식하지 않는 강렬한 눈빛!

또 하나의 강렬한 눈빛 이야기가 있다. 학창시절 소극적인 자신을 탈피하기 위해 여러모로 변화를 시도했었다. 그중 하나가 학생회장 선거에 출마한 것. 보기 드문 경선이었고 부끄러움이 많았던 나는 다행히? 떨어졌었다. 하지만 그러한 용기와 도전은 재미있는 기억을 남겼다. 출마 당시 구호가 필요했었다. 투쟁이니 가슴이니 젊음이니 이러한 투기 백배한 모토들이 즐비한 당시, 내 머리 속에는 '광기 어린 눈동자'라는 구호가 머리를 떠나지 않았다. 물론 학생회장의 구호로는 웃기는 구호였고 큰 웃음만 선사한 채 동료들로부터 핀잔만 들었지만 말이다.

아직도 내 가슴에는 '광기 어린 눈동자'라는 구호가 멋스럽게만 느껴진다. '광기 어린 눈동자'라는 말에는 하나의 목표를 향해 올인 하고 있는 과도한 에너지가 느껴진다. 추구하고 노력하고 일어나려는 의지가 담겨있다. 광기 어린 눈동자! 표범이 사슴을 잡으려고 자신의 몸을 낮추고 숨어서 노려보는 그러한 모습이 광기 어린 눈동자라고 할 수 있겠다. 정복하고 가지려는 눈빛, 무언가 도전하고 쟁취하려는 갈망을 가지고 강렬한 눈빛을 뿜어낸다. 표범의 매서운 눈빛처럼, 성공한 사람들의 눈빛처럼 목표를 향하고 있거나 목표를 이루어낸 정복욕은 눈에 나타난다. 미친 듯이 집중하고 있는 욕망 어린 열정 말이다.

하지만 이러한 '복싱의 매서운 눈빛'이나 '광기 어린 눈빛'은 분노나 탐욕을 담고 나타나는 눈빛이다. 집중하고 있다. 목표물을 주시하고 있다. 최대의 집중력을 보여주는 것은 사실이지만 너무 집중에만 빠져있다 보니 스트레스를 지속적으로 받는다. 이것이 사람을 미치게 만든다. 쉬지 않고 일에 빠져있거나 게임방에서 밥도 먹지 않고 게임에만 빠져있는 사람들의 눈빛이 바로 복싱선수의 눈빛이자 광기 어린 눈동자라고 할 수 있겠다. 고도의 집중을 보이지만 쉴 수 없는 몸은 망가지고 미쳐간다.

분노나 탐욕으로 인해 인간은 강해지고 발전하지만 그런 강렬한 눈빛만으로는 행복한 삶이 오지 않는다. 정복하고 고위관리직에 올라도 소통하지 못하는 외로움에 떨게 된다. 가지려 들고 성취하려는 욕구로 인해 스트레스를 받고 과도하게 에너지를 분출하여 고갈상태에 이른다. 그렇게 고분군투하여 안정된 삶과 자신감에 찬 눈빛을 얻지만 무력감이 찾아온다. 표범이 사슴을 포획하여 배를 채우고 나면 포만감과 피곤함에 지쳐 잠들 뿐이다. 부와 명예를 거머쥐고도 자살을 선택하게 되는 사회현상도 회의감과 무력감을 느끼게 되기 때문이다.

깊은 눈빛은 상대를 보지 못하고 혼자만의 아집으로 자신의 욕망에 초점을 맞추고 있는 눈빛이 아니다. 노려보고 잡아먹으려는 동물적인 집중상태가 아니다. 집중은 하지만 상대와 교감하며 상대의 움직임에 따라 자신을 조율할 수 있는 유려한 눈빛이다. 깊은 눈빛은 욕망보다 사랑이 먼저인 상태이다. 집중하고 자신에 대한 확신이 가득차고 주변을 신경 쓰지 않는 강렬함과 더불어 배려하는 마음으로 상대를 받아들일 수 있는 따뜻한 눈빛을 보여야 깊은 눈빛이라고 말할 수 있으리라.

야학을 했던 나는 어떤 남자 후배의 선한 눈빛을 아직도 잊을 수가 없다. 그렇게 깊은 눈빛을 마주하기란 쉽지 않은 경험이다. 지금은 이름도 기억나지 않지만 그 눈빛만큼은 아직도 잊히지 않고 나의 대뇌 어딘가에서 빛나고 있다. 남자 후배는 착하고 귀여운 모습에 안경을 쓰고 약간 곱슬머리에 종종 미소 지으며 나를 잘 따랐던 느낌 좋은 사람이었다. 어떻게 그런 깊은 눈빛을 가질 수 있을까? 집중하고 정돈된 느낌으로 항상 나에게 자극을 주었던 후배놈. 나 또한 그런 눈빛을 가질 수 있어서 누군가에게 말 없이도 깊은 사랑을 전할 수 있었으면 좋겠다.

이러한 눈빛은 사랑하는 연인의 눈빛에서 잘 나타난다. 눈을 오랫동안 맞출 수 있는 상황은 딱 두 가지밖에 없다고 한다. 서로 원수지간이거나 서로 사랑하고 있거나. 눈빛은 상대방을 불편하게 하기에 오랫동안 쳐다보는 것은 실례가 된다. 하지만 사랑하는 사람들은 서로의 눈을 오래도록 응시하며 서로에게 집중하고 있다.

그렇다. 사랑의 눈빛이다. 대상에 대한 관심과 애정, 순수하게 대상을 바라볼 수 있는 능력. 그것이 그 후배의 따뜻한 눈빛을 만들었으며 또 사랑하는 사람과의 눈빛을 만든다. 탐욕과 분노를 담은 눈빛은 이완하고 받아들일 수 없다. 스트레스 상황 속에서 집중에 또 집중을 해야만 원하는 욕망을 달성할 수 있다. 그러나 사랑의 눈빛은 당신을 짓밟고 넘어서고 정복하고 싶음이 아니다. 당신과 함께 걸어가고 싶음이며 집중하되 당신의 움직임을 배려하고 신경 쓰고 당신의 기운을 받아들이고 싶은 눈빛이다. 성공하고 발전하고 더 높은 곳으로 올라가기를 잠시 멈추고 당신과 함께하고 챙겨주고 낮은 곳으로 내려가서 외롭게 우뚝 서는 것보단 함께 의지하고 서 있는 모습이다. 당신을 이용해서 욕망을 채우고자 함이 아니라 상대를 동반자로 여길 수 있는 삶의 자세이다. 사랑의 눈빛에는, 깊은 눈빛에는 당신과 함께 나아가고픈 열망이 담겨있다.

우리는 인간이기에 어느 정도의 욕망과 탐욕을 지니고 있다. 더군다나 자신이 소중하게 생각하는 것들에 대한 애착은 포기할 수 없는 욕망의 덩어리이다. 그래서 아무리 사랑의 눈빛으로 깊은 눈빛으로 대상을 사랑하려고 해도 어느새 탐욕의 눈빛으로 탈바꿈하는 데에 문제가 있다. 매서운 눈빛으로 집중만 하고 배려하지 못하게 되면서 피곤함과 무력감을 느끼게 된다고 하였다. 그렇기에 집중하고 욕망하는 일들을 다스려야 한다.

집중만이 능사가 아니다. 가지고 포획하는 것만이 즐거움이 아니다. 집중하고 욕망하되 이완과 배려가 동반되어야 한다. 힘을 가하되 힘을 받아들일 줄도 알아야 한다. 주고받을 줄 알아야 만족감을 느낄 수 있다. 피드백이 있고 강약이 있어야 행복이 빛을 발한다.

이완을 통해 주변과 호흡해야 한다. 타이거 우즈는 아마도 가장 적은 힘으로 가장 멀리 치는 사람일 것이다. 로저 페더러는 아마도 가장 적은 힘으로 테니스공을 효율적으로 치는 사람일 것이다. 훈련을 통해 스포츠선수들은 집중과 이완하는 법을 배운다. 타격할 때는 온몸의 힘을 집중시키지만 타격하지 않는 순간에는 쉬는 방법을 익힌다. 개구리가 점프하기 전에 움츠리듯이 근육을 이완시켜야 큰 수축력이 나오기 때문이다. 해군의 잠수특전사부대의 훈련은 냉혹하다. 물에 들어가기 전에 혹독한 훈련으로 몸의 모든 힘을 빼버린다. 그리곤 잠수! 수영할 힘도 없지만 그렇게 힘을 쓰지 않아야 물에 뜰 수 있다. 가혹하기까지 한 준비운동은 바로 이완하는 기술을 가르치는 훈련이다.

이렇듯 이완을 통해 주위 환경에 적응할 수 있고 주변의 기운을 받아들일 수 있는 상태가 된다. 이완이란 주변을 배려하며 자신을 재정비하고 다음 집중을 대비하는 활동이다. 집중으로 나의 눈빛을 주었다면 이완으로 상대의 눈빛을 받아들일 줄도 알아야 한다. 그것이 바로 욕망이나 분노에 찬 눈동자와 깊은 눈빛이 다른 점이다. 일방적인 집중은 오래갈 수도 없고 소통할 수도 없다.

사랑하는 사람과의 깊은 눈빛을 만드는 작업이 바로 명상이 아닐까 한다. 사랑의 눈빛으로 주변에 집중하고 주변의 기운을 받아들여야 한다. 사랑하는 사람에게 집중하면서도 그를 배려하고 그의 기운을 받아들이는 사랑의 행동처럼 명상은 집중하면서도 받아들이는 상태이다. 복싱처럼 상대를 제압하려는 거만한 눈빛도 아니요 표범처럼 먹이를 노리는 욕망에 가득한 눈빛도 아니다. 명상의 눈빛은 상대를 배려하고 받아들일 수 있는 깊은 눈빛이다.

사랑은 명상적인 활동이다. 상대에게 집중하며, 이완함으로써 상대의 집중을 받아들인다. 사랑하는 연인이 서로의 눈을 바라보듯이 온통 그 대상에 푹 빠져서 주위가 멈추어버린 듯한 둘만의 교류는 자연과 교류하는 부처의 명상과 다름없다.

가부좌를 틀고 두 손을 모으며 눈을 감아야 명상이 가능한 것은 아니다. 기체조처럼 눈을 뜨고도 움직임에 집중할 수도 있고 버스나 지하철을 타면서도 집중하고 명상하는 일은 가능하다. 단지 주변의 자극이 크면 집중하기 어렵고 힘들기에 눈을 감고 몸에 힘을 빼는 것이 도움이 될 뿐이다.

명상은 도인들의 전유물이 아니다. 수학문제가 안 풀려서 그 문제와 씨름하고 있는 이가 있다면 그분은 명상가와 다름없다. 재봉틀에 신들린 듯 옷감을 엮어가고 있는 이가 있다면 그분은 명상가와 다름없다. 정상에 오르려는 일념만으로 힘든 한걸음 한걸음을 떼는 이가 있다면 그분은 명상가와 다름없다. 집중하면서도 수학을 사랑하고 옷 만들기를 좋아하고 산을 사랑하는 마음을 지녀야 한다. 단기간의 목표로 지치지 않게 꾸준히 집중하고 꾸준히 사랑해야 한다. 명상에는 집중이 필요하지만 대상에 대한 꾸준한 관심과 생각을 통해 상대를 배려하고 힘과 자극을 빼면서 받아들일 줄 알아야 함을 명심해야 한다. 주변과 호흡하고 대상을 받아들이려는 배려가 있어야 집중이 힘을 발휘할 수 있는 것이다.

명상은 집중하는 방법에 따라 세 가지로 나눌 수 있다. 첫째는 사물이나 대상에 집중하는 명상법으로 '사타마' 명상이라고도 하는데 십자가나 묵주와 같은 어떤 실질적인 대상에 집중하며 명상하는 것이다. 이는 사랑하는 사람을 그리워하고 흘러가는 구름을 동경하는 인간의 낭만적인 집중형태와도 맞닿아있다. 십자가가 나를 지켜줄 것이라든지 그 사람이 나를 사랑하고 있다는 믿음이 기운을 북돋아주고 활기차게 할 수 있다.

둘째는 중요한 생각에 집중하는 명상법이다. 이는 선불교의 '간화선'이나 티베트 불교의 '분석적 명상'에서 보인다. 우리가 집중해서 문제를 풀거나 집중해서 시나 글을 쓸 때도 마찬가지의 명상이 된다. 하나의 생각에 초점을 두면 불현듯 아이디어가 떠오르고 시상이 떠오른다.

셋째는 제3자로서 자신과 세상을 주시하는 명상법이다. 이것은 '위빠사나 명상', '주시 명상', '마음 챙김 명상'으로도 불린다. 자신을 벗어나서 자신의 몸을 느껴보는 것이다. 자신의 생각을 벗어나서 새롭게 해석해보는 것이다. 자신의 가치관과 자신의 몸과 생각을 벗어나는 것이 중요하다. 모든 사물과 세계를 새롭게 해석하고 새롭게 받아들이는 방식이 바로 마음 챙김이다. 자신의 생각과 다름을 인정하고 새로운 시각을 배우려는 자세나 자신의 잘못을 인정하고 고쳐나가려는 마음가짐이 바로 명상적인 삶이다.

이렇게 집중에 따라 명상법이 다르지만 중요한 지침은 집중을 하면서도 이완할 수 있는 사랑의 눈빛을 지녀야 한다는 점이다. 주변과 소통하고 기운을 받아들여 더욱 정신과 삶이 풍요로워지려면 이완하고 배려하고 사랑해야 한다. 명상적인 삶을 통해 주고받는 기술을 익혀야 한다. 이완하고 받아들일 수 있는 기술!

난 내과 전문의를 따고 응급의학과를 새롭게 수련하기 위해 서울로 상경하였다. 처음에 이 응급의학과를 시작하면서 많은 마찰이 있었던 것 같다. 그도 그럴 것이 내과 전문의의 자격으로 응급실의 다른 전공의들과 의견을 조율해야 한다는 사실이 받아들이기 힘들었다. 새파랗게 어린 전공의 1~2년차들에게 자존심을 굽히고 필요이상으로 나에게 요구하고 짜증을 내는 그들을 받아들이기가 쉽지 않았다. 그래서 자존심을 내세우고 싸우고 자신의 의견을 피력하기에 급급했던 것 같다.

그렇게 문제를 만들면서 자신을 돌아보게 되었다. 배우기 위해서는 낮아져야 한다는 사실을 알게 되었다. 다른 과 선생님들을 존중하고 배려해야만 그들에게 배울 수 있고 나 또한 존대 받을 수 있다는 사실을 알게 되었다. 그래서 나는 이 응급의학과 수련을 '보살 training'이라고 이야기하곤 한다. 보살의 마음을 가지고 다른 과 선생님들을 배려하고 도와주어야 훌륭한 응급의학과 선생이 될 수 있다는 것. 마음을 낮추고 받아들일 때 더 큰사람이 된다. 바다와 같은 마음으로 강물들을 받아들일 때 더 큰 세상을 만나게 된다. 보살이 되어 중생들에게 희생하고 봉사할 때 진정한 응급의학과 의사가 된다. 집중해서 일하면서도 상대방을 배려하고 존중해야 소통하고 즐거울 수 있게 된다.

다시 눈빛 이야기를 해야 할 것 같다. 나는 사랑하는 깊은 눈빛을 가지고 싶고 너의 눈에서 그러한 눈빛을 느끼고 싶다. 명상적인 삶으로 사랑하는 삶으로 주변과 소통하고 싶다. 아스팔트를 비집고 나온 잡초 한 포기에도 순수한 관심과 사랑이 깃들어질 때 행복은 한 발짝 다가올 것이다. 주위를 깊은 눈빛으로 바라보면 주변의 사랑과 기운으로 활력을 찾을 수 있을 것이다. 받아들이고 포용하는 삶 속에 행복이 꿈틀거릴 것이다. 주변의 보잘 것 없는 사람들과 자연들과 사물에게까지 관심을 가질 때 깨어있는 부처가 될 수 있을 것이다.

바람을 손끝으로 잡고 하늘의 냄새를 맡으며 내일은 모르는 현재의 알아차림에 빠져들어야 한다. 자연이 되어 자연을 느끼는 눈빛은 깊고도 사랑스럽기 때문에…

<정리>

⑩ 명상의 원리 : 명상은 집중과 이완이다.

⑩ 명상의 종류

   1. 사물에 집중하는 명상

   2. 생각에 집중하는 명상

   3. 자신을 벗어나 자신에게 집중하는 명상

눈으로 마음을 열고
손끝에 귀를 기울이며
숨결에 몸을 녹이면
그대를 느낄 수 있습니다.

나를 벗어나
당신의 몸으로
나를 바라봅니다.

내가 당신인지
당신이 나인지
둘이 하나인지
하나가 둘인지

온통 그대 생각으로
나는 사라집니다.
나를 향한 당신의 발버둥으로
나를 느낍니다.
그대에게 이완하여
당신을 받아들이고
그대에게 집중하여
나를 보냅니다.

사랑한다는 건
조심스레 성소를 맴도는
순례자의 성스런 발걸음

사랑한다는 건
어린아이의 믿음으로
천국의 문을 두드리는 바람

사랑한다는 건
무생물처럼 편안해진 몸뚱어리에
생명을 불어넣는 신의 입김

조용한 어스름
눈을 감고
오래된 마음으로
당신을 생각합니다.

―「하나가 되다」

두 연인이 집중하고 있다. 서로의 눈빛을 주고받고 있다. 물아일체의 경지, 그대와 내가 하나가 되는 명상의 정수를 말하고 있다. 집중하면서 자신이 사라지고 이완하면서 자신을 느낀다. 이완과 집중을 통해 나는 당신이 되고 당신은 내가 된다.

사랑이란 일방적으로 주는 행위가 아닌 자신을 주고 그대를 받는,

존재가 비존재가 되고 비존재가 존재가 되는 일련의 교류활동이다. 이 것을 명심해야 한다. 일회적인 만남과 일회적인 섹스, 그리고 일방적인 자위에는 행함만이 있지 받아들임이 없다. 일회적인 상대는 잘 모르기에 경직되고 자극적인 스트레스를 받는다. 그러한 신선함과 새로움에 쾌락이 있는 것이겠지만 이완하지 못하기에 상대방의 기운을 받아들일 수 없고 주고받는 데에서 나오는 만족감을 절대로 느낄 수 없다. 그래서 자극적이고 쾌락적인 일회적 사랑은 무력감을 남긴다. 생기와 활력을 주지 않는다. 사랑하고 몰입하지 않고 욕망만 채우려 했기에 힘이 빠지고 영혼은 쓸쓸해진다.

처음의 사랑은 모든 것이 두근거리고 경직이 된다. 하지만 익숙해질수록 이완하는 법을 배우고 행복한 사랑이 행복한 섹스가 찾아온다. 스포츠선수들이 훈련을 통해 익히는 이완의 기술처럼… 상대를 배려하는 마음과 순수한 믿음과 존재를 느끼려는 열린 마음으로 당신과 나는 주고받을 수 있게 되고 진정한 하나가 된다. 만족스러워진다. 행복해지고 살아있음을 느끼게 된다.

그렇게 당신을 사랑하는 마음과 행동은 명상과 다르지 않다. 사랑하고 배려하는 깊은 명상으로 나는 행복할 것이다. 당신을 탐하지 않고 사랑함으로써 부처가 될 것이다.

눈물 열, 그 두 번째. 종교

─ 순수한 믿음

어려서부터 교회를 다녔던 나는 육신의 아버지처럼 하나님 아버지를 의지했었다. 하나님 아버지? 육신의 아버지는 돈을 달라고 하면 돈을 주고 밥을 달라고 하면 밥을 준다. 그래서 어린 나는 하나님 아버지도 돈을 달라고 하면 돈을 주고 밥을 달라고 하면 밥을 줄 것으로 생각했다. 어느 날 육신의 아버지가 나에게 물었다.

"너 하늘에서 10만 원이 떨어지면 내가 교회를 다닐 테니 너희 하늘에 계신 아버지께 빌어보려무나."

"그럼요. 아버지가 교회 나오신다면 하나님 아버지가 10만 원쯤은 거뜬하게 떨어뜨려 주실 거예요."

확신에 찬 목소리로 아버지께 엄포를 놓았다. 그리고 그 순수한 마음에 서슴지 않고 새벽기도와 철야기도를 나가서 하늘에서 10만 원이 떨어지게 해달라고 빌고 또 빌었다. 몇 주를 빌었을까? 아버지가 궁금해서 묻는다.

"너네 하늘에 계신 아버님은 돈 10만 원 안 떨어뜨려 주시디?"

난 아무 말도 하지 않고 그것 또한 하늘의 뜻이라고만 생각했다.

어린 마음에 신을 순수하게 믿고 따랐다. 8년이라는 시간을 신과 사랑하는 일에 쏟았다. 어리석고 단순하게 순수한 마음으로 신을 따르고 마음을 다해 사랑하였다. 목숨을 건 사랑. 다시 또 그 누구를 이처럼 사랑하진 못할 것이다. 모든 것을 다 바쳐 사랑을 하고 또 그 사랑을 잃었다. 누구에게나 있는 첫사랑의 아픔. 신과의 열애는 나를 성숙시켰고 사랑의 본질에 눈뜨게 했다.

5년을 사귄 애인이 변심을 했다며 괴로워하는 친구가 있었다. 한번 깊은 시름을 겪은 이는 마음을 쉽게 주지 않는다. 목숨을 걸어 사랑을 했던 나도 사람을 전폭적으로 믿고 따른다는 일이 아주 힘든 일이 되었다. 누구나 한번은 겪어야 할 순수하고도 모든 것을 내어주는 광적인 사랑. 사랑이 고동치고 눈빛이 따사로우며 깃털 같은 몸짓으로 행복에 젖어있다. 자신은 없고 사랑만 있다. 사랑만이 세상의 모든 것이다. 이것이 아름다운 사랑이었을까?

베드로도 나와 같이 예수와 불타는 사랑에 빠져있었다. 영혼을 불사를 듯한 강렬하고도 애틋한 사랑 말이다. 예수의 수제자였던 베드로는 최후의 만찬 자리에서 자신의 목숨을 바쳐서라도 예수를 따르겠다고 맹세와 같은 다짐으로 말한다. 하지만 예수를 3번이나 부인하게 되고 그의 곁을 떠나 초라한 어부 생활로 돌아간다. 예수는 십자가에 처형당하고 죽게 되지만 다시 부활하여 제자들을 만나 기적을 보여준다.

그리고 예수는 3번이나 자신을 부인했던 베드로에게 다시 묻는다.

"네가 나를 사랑하느냐?"

자신이 예수를 부인했다는 사실을 잊었을 리 없는 베드로의 대답은 소심하고 간명하다.

"내가 주님을 사랑하는 줄을 주님께서 아십니다."

우리도 이와 같은 상황에 직면하게 된다. 연인이 사랑을 하고 결혼을 한다. 내 모든 것을 다해 목숨을 바쳐서라도 그대를 사랑하고 싶다. 하지만 그 열정과 사랑은 오래가지 않는다. 아무리 예쁘고 좋은 집이나 차를 사도 그 즐거움은 순간적이고 시간이 지나면 그 편하고 좋은 것들에 익숙해져 더 이상 쾌감은 사라지듯이 아무리 좋고 매력적인 연인도 시간이 지나면 익숙해지고 열정적인 사랑은 시들해진다. 그렇게 나를 사랑하겠다던 당신. 결혼 후에 당신은 나를 사랑하지 않는다고 3번이나 말할 것이다!

베드로는 목숨보다 예수를 더 사랑하겠다고 흥분해서 고백하였지만 그 사랑은 오래가지 못했다. 예수가 반역죄에 몰리자 도망치기 바빴고 로마병정이 다가오자 모르는 사람이라고 부인했다. 그리고 가장 사랑하던 스승은 십자가에 못 박혀 죽는다. 그 후 부인했던 스승은 다시 살아나 베드로를 찾아와서 꾸짖지 않았다. 그냥 네가 나를 사랑하느냐고 조용히 물어보실 뿐이다. 베드로는 부끄럽게도 할 말이 없다. 지금 이 사랑하는 마음을 고백해도 다시 거짓된 이야기가 될지도 모르기 때문이다. 그래서 베드로는 진중하게 이렇게 부족한 저이지만 그래도 당신을 사랑하고 있다는 것을 당신이 아시지 않느냐고 겸손히 대답한다. 베드로의 변화된 모습이다. 무엇이 열정적이었던 베드로를 겸허하고 진실된 사람으로 바꾸었을까?

열정적이고 달콤한 사랑을 싫어하는 사람은 아무도 없다. 사랑에는 좋고도 즐거운 순간만 있는 것이 아닌데 우리는 사랑의 즐거운 한때만을 기억하려고 한다. 예쁘고 돈 많은 한때를 기억하고 그 순간을 즐기려한다. 허나 진실된 사랑에는 베드로가 그랬듯이 아픔과 눈물이 녹아 있어야 한다. 어렵고 힘든 순간에도 당신 곁에 있으려면 좋고도 풍족한 것 이상의 애정과 가치관을 지녀야 한다. 좋고도 풍족한 것들에 이끌려 당신을 사랑했을지언정 사랑을 유지하고 발전시키려면 아파하고 노력하면서 실패를 딛고 일어서는 당신의 진면목을 보여주어야 하고 그러한 아픔을 사랑할 수 있어야 한다.

아픔과 뉘우침으로 인한 성장이 베드로의 사랑을 다시 샘솟게 하였다. 감정에 치우친 찰나의 사랑이 아니라 아픔을 껴안은 강하고도 진실된 사랑을 품게 되었다. 나와 당신 또한 영원한 사랑을 꿈꿀 것이다. 열정적으로 소유적으로 당신의 모든 것이 되고 싶지는 않다. 단지 아픔을 간직한 채 부족함을 이겨내려는 겸손한 마음으로 당신의 곁을 지켜주고 싶다. 열정적이고 충동적인 사랑이 아니라 아픔을 견뎌낸 겸허함으로 당신을 사랑하고 싶다.

종교적인 사랑. 신과의 사랑. 순수한 사람만이 가능한 사랑이다. 첫사랑도 그러하고 자신의 삶을 송두리째 누군가를 위해 쏟아부으려면 상대에 대한 맹신이 필요하다. 어린아이와 모자란 사람일수록 순수하다. 예수가 어부를 제자로 삼았던 이유이기도 하다. 어린아이와 의심이 적은 사람일수록 최면에 잘 걸린다고 한다. 이것은 비판 없이 정보를 받아들이면 암시를 받게 되고 이로 인해 무의식적 행동, 지각, 의식 변화를 가져오는 최면 이론과도 맞닿아 있다. 사랑하는 사람을 믿게 되면 순수하고 의심 없이 그 사람의 말과 행동을 받아들인다. 이로 인해 사랑하는 사람으로부터 암시를 받게 되고 이 암시로 인해 무의식적으로 그 사람을 사랑한다고 생각하게 된다. 순수한 사랑이자 맹목적인 사랑이다.

어린아이와 같은 순수함이 있어야 종교적인 삶이 가능하다고 했다. 이 어린아이들은 흙과 돌만 있으면 소꿉놀이를 하고 바닷가에 두면 발을 첨벙거리며 모래성을 쌓는다. 어른들은 멀뚱멀뚱 바라만 보는데 말이다. 아이들은 즐겁다. 왜 어른들은 즐기지 못하고 아이들은 즐거울까? 순수함 때문이다. 흙과 돌과 바다와 모래에 생명을 불어넣고 자기가 생각한 대로 믿는다. 맹신이자 비판 없는 받아들임이다. 최면상태에서 아이들은 어른인 양 엄마, 아빠 놀이를 하고 건축가인 양 모래성을 쌓는다. 이렇듯 순수한 맹신이, 순수한 사랑이 삶을 즐겁게 만들고 윤택하게 한다.

반면 이 순수한 맹신은 위험하기도 하다. 사이비 종교에 빠져들거나 나쁜 남자를 만났을 때 삶이 얼마나 피폐해지는지는 한 번쯤 들어본 일이 있을 것이다. 그렇기에 한번 깊은 사랑을 하고 상처를 받은 사람은 사람을 쉽게 믿지 못하고 순수한 맹신을 두려워한다.

완벽한 신이라면, 완벽한 자연이라면, 완벽한 사람이라면 순수하게 맹신을 해도 상관없을 것이다. 아이들처럼 맹신으로 인해 순수함으로 인해 삶이 더욱 즐겁고 행복할 테니까. 완벽하지 않아도 완벽을 향해 나아가는 대상이라면 마음껏 맹신하고 싶다. 해바라기가 언제나 해를 향해 자라날 수는 없지만, 언젠가는 시들어 죽겠지만 해를 향해 나아가는 모습이 아름답지 않은가? 해바라기가 해에 도달하지는 못하지만 항상 해를 바라고 있다. 그래서 나는 해바라기를 맹신하고 또 사랑한다. 종교적 이상이 삶의 가치관이 훌륭하다면 사랑하고 맹신해도 좋을 것 같다. 같은 곳을 바라볼 수 있기에 이상을 향해 나아갈 수 있기에 죽기 전까지는 희망을 잃지 않고 나아갈 테니 행복하지 아니할까?

종교든 사람이든 우리는 무언가를 믿고 살아야 한다. 아무것도 믿지 못한다면 모든 것을 의심한다면 얼마나 괴롭고 쓸쓸하며 부정적인 삶이 될까? 난 친한 친구를 의심하지 않는다. 돈을 빌려 달라고 해도 빌려준다. 순수한 믿음이 우리를 행복하게 만들기 때문이다. 깊숙한 시골 동네에 가서 식사 한 끼를 부탁하면 어르신들은 아무런 대가 없이 음식을 내어 오신다. 울타리 없는 집처럼 서로를 믿고 반길 때 시골인심처럼 따뜻한 세상을 만날 수 있다. 순수한 믿음으로 인간은 가까워지며 즐거움을 느낀다. 반면 이미 언급했듯 순수한 믿음은 잘 빠져들고 쉽게 상처를 남긴다. 믿었던 친구에게 사기를 당하고 믿었던 연인에게 차이고 믿었던 세상은 도움의 손길을 뻗치지 않는다. 신을 사랑하는 일도 이 두 가지의 즐거움과 두려움을 가지고 있다. 무언가를 믿고 의지하려는 인생은 이 두 가지의 즐거움과 두려움을 가지고 있다.

믿고 따르는 신앙에서도 삶에서도 자신을 잃어서는 안 될 것 같다. 믿고 따르는 사랑에서도 자신을 잃어서는 안 된다. 자신의 삶에서 신이 역사를 하고 자신의 삶에서 그대의 사랑이 매력적인 것이다. 자신의 삶을 빼앗겨버리면 신도 사랑도 쓸쓸히 뒷걸음친다. 무조건적인 맹종과 믿음 이전에 자신의 가치관으로 믿음을 선택하고 선별해내야 한다. 자신을 지켜내야 한다.

지금은 종교인이 아니지만 신은 여전히 내 삶을 지배하고 있다. 나에겐 가치관이 신이다. 그 가치관은 또 행복이다. 행복을 믿고 따른다. 어찌 보면 행복이라는 신을 맹신하고 있는 셈이다. 부족한 베드로가 예수를 따르며 삶이 변화되었듯이 행복이 나를 새로운 삶으로 이끌 것이다. 베드로가 예수를 따랐던 것처럼 난 행복을 따르는 제자이고 싶다. 그저 행복을 향한 순수한 믿음으로 종교적인 마음으로 행복을 닮아가기를 바라고 있다.

　　삶에서 신의 향기를 맡는다. 인도인들이 모든 생명체 안에 신이 있다고 믿듯이 나 또한 모든 사람들이 신을 향하고 있음을 믿는다. 그대 안의 신을 만나고 가로수의 잎사귀 속에서 신을 본다. 생명은 무언가를 추구하며 무언가를 따른다. 삶의 목표가 있고 살아가는 이유가 있다.

　　그러나 게을러진 인간은 신을 떠나 쓰러지기 일쑤다. 나 또한 나태하고 방탕한 삶 때문에 저도 모르게 두 손을 모으고 무릎을 꿇고 기도하고플 때가 많다. 하나님을 떠났지만 행복은 나를 기도하게 만든다. 어린아이마냥 순수한 믿음으로 신께 빌어본다. 이 연약하고 쉽게 유혹받는 한 영혼의 삶에 조촐한 행복이라도 깃들게 도와달라고 말이다.

　　삶을 떠나고 신을 떠난 낙엽을 주워 글을 몇 자 끄적여 가을바람에 전해본다. 신을 떠나 인간적인 낭만과 방황을 쫓는 일상을 날려버리고 다시 종교적이고 명상적인 삶으로 신에게 다가가기를 바래본다. 옹졸한 믿음으로 쉽게 쓰러지는 나에게도 진정한 행복이 다가오기를 기도해 본다.

〈정리〉

ⓐ 최면 이론

           by 수동성(최면)   by 합리성(의식)

순수한 믿음 ⎯⎯⎯⎯→ 암시 ⎯⎯⎯⎯→ 무의식적 행동, 지각, 의식 변화

그녀가 가라사대

네가 진실로 나를 사랑하느냐?

그대여 내가 그대를 사랑하는 것을 그대가 아시나이다.

그녀가 가라사대

네가 진실로 나를 사랑하느냐?

그대여 나의 불타는 이 심장과 당신을 향한 이 진실된 눈동자를 보소서.

내가 그대를 사랑하는 것을 그대가 아시나이다.

그녀가 가라사대

너는 결혼 후 나를 사랑하지 않는다고 3번 말할 것이니라.

그대여 나의 사랑을 의심하시나이까?

제 영혼으로 맹세하건대 저는 당신만을 영원토록 사랑할 것입니다.

......

그녀가 가라사대

네가 진실로 진실로 진실로 나를 사랑하느냐?

(침잠하여 눈물로)그대여 내가 그대를 사랑하는 것을 그대가 아시나이다.

그렇다면 나를 사랑하여라.

그대여 한낱 바람에 길을 내어주는 갈대처럼
저의 사랑도 달콤한 속삭임에 지나지 않습니다.
플라타너스 잎사귀 한가득 꿈을 불어넣어도
당신 곁에 잠시 쉬어갈 휴식 같은 친구로 남겠지요.

따스한 온기처럼 다가와
아지랑이처럼 몽롱해지다가
낙엽처럼 추억이 되고
아련한 사랑의 기억들로 어지럽혀질까요?

진실 어린 눈물로 당신을 사랑하게 하소서.
가볍지 않은 사랑을 내뱉게 하소서.
쉽지 않은 기다림으로 당신을 맞이하게 하소서.
영혼이 담긴 눈빛으로 어루만지게 하소서.

기도하는 진실함으로 대답하겠습니다.
내가 당신을 사랑하는 것을 당신께서 아십니다.

— 「베드로의 사랑」

　교회를 다니면서 성경 이야기를 참으로 많이 들었던 것 같다. 설교
를 통해 성경책을 통해 흥미로운 역사와 삶들을 만났다. 그중에서도
이 베드로의 이야기는 나를 정말 많이 울게 만들었던 이야기이다. 가
장 많은 감동을 받기도 했고 그래서 가장 기억에 남는 성경 이야기가

되었다. 베드로가 예수를 무식하고 용감하게 사랑하다가 배신을 하는 장면에서 연약하고 실수투성이인 자신과 만난다. 베드로의 인간적인 모습에 나와 같은 모습에 공감하면서도 그 안타까운 마음은 어쩔 수 없다. 예수가 부활하고 재회하는 장면에서 예수의 질문은 너무나도 절제되어있고 배려가 깊다. 질책하지 않고 담담하게 물어보기만 하신다. 네가 나를 사랑하느냐고 그렇게 좌절하고 아파하면서도 여전히 사랑하고 있느냐고…

베드로는 이 사랑고백을 통해 마음 깊은 사랑을 하게 된다. 촐랑대는 햇병아리의 사랑이 아닌 수제자로써의 깊은 사랑을 보여준다. 일설에 따르면 베드로는 열정적인 전도활동을 펼치다가 로마병사에게 붙잡혀 십자가에 못 박히는 형벌을 받게 되었다고 한다. 그때 베드로는 예수처럼 십자가에 못 박힐 수 없다며 자진해서 거꾸로 십자가에 못 박혀 처형 받았다고 전한다. 상처를 껴안은 사랑이 깊어져 죽음의 고통도 이겨낼 만큼 강인해진 사랑의 모습을 보여준다.

가볍지 않은 사랑이 되려면 눈물이나 아픔을 동반해야 한다. 좋을 때만 사랑한다면 그것은 쾌락일 뿐이다. 싫어질 때도 당신을 사랑하려면 그 사람의 의미와 추억과 아픔을 고스란히 삶 속에 담고 감내해야만 한다.

베드로가 배신과 아픔을 견디고 성숙해진 뒤 했던 말을 내 입으로 되뇔 수 있다면 좋겠다. 당신의 고통과 아픔을 사랑하고 있습니다. 내가 당신을 사랑하는 모습이 이것밖에 안되지만 진실로 당신을 사랑하고 있습니다. '내가 당신을 사랑하는 줄을 당신께서 아십니다'에 담긴 의미이자 내가 당신에게 언젠가는 고백해야 할 말이다.

5부 앓이 모르는 느낌의 행복

목이 마르다. 너무나 목이 말라 물을 벌컥벌컥 마셔본다. 목젖을 넘어가면서 침과 섞이고 끈적한 유동물질이 뱀처럼 쏜살같이 구멍 속으로 파고 들어간다. 목젖이 아래위로 움찔거리면서 속으로 흘러 들어간다. 피와 살이 되려고 깊숙이 내 몸속으로 파고드는 물 한 모금. 아무리 나를 채우려고 신선한 생명수를 마시고자 해도 또 갈증은 찾아오고 끝없는 벌컥거림 속에서 무던히도 늙어간다. 갈증. 목이 마르다. 마셔도 계속 마셔야 하는 이 갈증.

인간 세상에 한 번 먹고 영원히 목마르지 않는 샘물은 존재하지 않는다. 밥을 먹어도 또 허기가 지고 물을 마셔도 다시 목마름이 찾아온다. 사랑을 나누어도 또 사랑을 그리워한다. 무언가를 계속 추구할 수밖에 없는 존재이며 영원히 채워지지 않는 욕구를 가지고 사는 인간이다.

하지만 갈증을 해소하는 방식에는 차이가 있는 것 같다. 산골 깊숙한 약수터에 오르며 땀이 송골송골 맺힌 상태로 얼음장처럼 시원하고 맛있는 물 한 바가지를 목구멍으로 넘길 때의 느낌! 입안의 온갖 이물질들과 머릿속의 온갖 상념들을 모두 끌어안고 사라지는 시원한 목 넘김과 입안에서 감도는 물 알갱이 맛이 싱그럽게 몸의 탄성을 자아낸다. 맛있으면서도 흡족하게 몸속으로 빨려 들어가는 물마심의 쾌감! 물론 순간적인 해갈이긴 하지만 마실 때만큼은 즐거움의 비명을 내지를 수밖에 없는 물 한잔의 기쁨이다.

반면 산업도시의 수돗물은 다르다. 물에서 알루미늄의 매끈하고 딱딱한 촉감이 느껴지고 입안에서 치과용 세척물의 멸균방지용 항생제 냄새가 난다. 텁텁하고 개운하지 않으며 흐리멍덩하게 늘어진 기운이 들어온다. 같은 물이라도 다르다. 맛있는 물과 맛없는 물. 갈증을 해소하는 방식의 차이가 분명 있다.

게임을 하면서 미션을 해결하면 더 큰 모험과 자극을 찾기 위해 다시 게임을 하게 된다. 도박을 하면서 돈을 잃었다가 따면서 더 큰 돈벌이의 가능성을 찾기 위해 다시 도박을 하게 된다. 여러 상대의 섹스 파트너를 두고 더 큰 자극과 호기심을 위해 또 다른 섹스 파트너를 찾게 된다. 돈을 벌면서 큰 힘과 사회적 영향력을 얻고 더 많은 부와 권력을 위해 수단과 방법을 가리지 않고 가지려든다. 더 큰 즐거움을 찾아 쾌락을 쥐어짜내고 더 강한 자극을 찾아 헤맨다. 이런 갈증은 속이 탁 트이면서 정신이 확 드는 느낌을 줄 수 없다. 그냥 생리적인 최소한의 욕구충족만 있을 뿐이다. 물을 마시기는 하지만 기분 좋고 맛있게 삼키는 물맛이 아니다. 목이 너무 말라서 구정물이라도 마시겠다는 심보이다. 구정물도 물이니 탈수로 죽지는 않을 것이다. 하지만 이 구정물의 쾌쾌한 냄새, 인생의 비린내는 어쩔 것이냐?

목 넘김에 행복을 느끼고 싶다. 아름다운 기억이 되고 싶다. 물 한잔에도 땀방울과 의미가 묻어 소중한 추억이 되었으면 한다. 산기슭에 청초하게 자리를 잡은 맛있는 물을 먹고 싶다. 아무리 아름다운 결정체를 이루고 있는 맛있는 물일지라도 또 나의 갈증은 찾아올 것이겠지만 생리적인 욕구를 잠재우기 위함이 아니라 영혼의 갈증까지 씻어내고 싶은 것이다. 물을 마시면서 찝찝한 느낌이 아니라 코가 뚫리고 머리가 뜨이고 눈이 초롱초롱 빛나며 손발까지 시원해지는 깊은 만족감을 느끼고 싶은 것이다.

즐거움 이상의 만족감을 느끼고 싶다. 쾌락 이상의 행복을 느끼고 싶다. 갈증을 느낀다. 목이 마르다. 쾌락을 추구하면 추구할수록 그 즐거움은 줄어들고 작아진다. 맛있는 물을 먹었을 때 더 맛있는 물을 먹어야 하고 점점 더 극도로 맛있는 물을 찾다가 더 맛있는 물이 없으면 더 이상 쾌락은 사라진다. 하지만 행복은 매번 즐겁다. 산을 오르고 땀을 흘리면서 어려움을 참아냈기에 물은 맛있어진다. 힘든 과정을 이겨낼 때마다 산을 오를 때마다 물은 맛있고 달콤하다. 지속되는 즐거움이 있다.

요정들이 살 법한 깨끗하고 맑은 냇물을 찾아 헤매고 돌아다닐 것이다. 크고 높은 산을 찾아 오를 것이다. 산이 험할수록 길이 없을수록 영혼에 스며드는 맑은 샘물이 숨 쉬고 있을 가능성이 높다. 맑고 시원한 물은 흔하지 않은 곳에 감추어져 있어서 사람들이 접근하기가 쉽지 않다. 반면 흔하고 편한 것들에는 많은 사람들이 모이기에 쉽게 오염되고 벌레가 꼬이고 썩은 내장 냄새가 진동하게 된다. 물 한잔의 깊은 만족을 위해서는 사람들이 쉽게 가지 않는 길을 가고 험준한 산을 오르는 것이 현명하다. 그래야 비로소 물은 맑아지고 욕구는 원대해지며 뼛속까지 침투하는 물마심의 상쾌함으로 깊은 만족감을 느낄 것이다.

산의 정기를 머금고 있는 처녀지의 맑은 샘물을 찾았다면 나는 그 물을 마시러 매일 그 산을 오를 것이다. 그 깊고 짜릿한 충족감을 위해 산을 오르기를 마다하지 않을 것이다. 갈증을 제대로 해소할 것이다. 내가 찾은 산 속의 샘물을 마시기 위해 매일 땀을 흘리고 힘겨워하겠지만 시간이 지나면 오르면서 익숙해진 길들과 나무들에게 인사하는 여유까지 생길 것이다. 힘들게 오른 산골 깊숙한 곳에서 물을 넘기는 순간만큼은 세상의 그 어떤 것도 부럽지 않은 기쁨을 누릴 것이다. 행복을 느낄 것이다.

여태껏 쾌락과 중독이 아닌 행복에 대해 알아보았다. 이성적이고도 합리적인 행복의 길은 다름 아닌 전문가가 되고 달인이 되어서 느끼는 능숙한 즐거움과 다르지 않다. 다시 한번 정리하자면 행복은 깊은 관계이고 생산적인 관계이며 또 다른 몰입이다. 이러한 행복의 속성을 가지고 있는 10가지의 분야에 대해 언급하였다. 나르시시즘, 에로스, 필로스, 아가페, 봉사, 학문, 예술, 노동, 운동, 명상과 종교를 통해서만이 행복에 가까워질 수 있으며 꾸준히 노력하고 희생하고 인생을 걸어 한 대상에 깊숙이 빠져들 때 그 속에서 행복을 만날 수 있다. 자신만의 행복한 길을 찾아야 하고 10가지의 분야에 관심과 사랑을 기울여 또 다른 행복 찾기를 게을리해서는 안 되겠다. 그리고 '행복은 진실하다'라는 파트에서는 세상과의 소통 문제에 대해 고민하였고 무의식적인 불안을 벗어나 자신을 찾는 방법에 대해 소개하였다. 이는 이성적이고 합리적인 행복이다. 완벽하고도 이상적인 행복이다. 줄기차게 노력하고 견뎌내면서 끊임없이 추구해야 하는 행복의 지표이다.

　그러나 한편으로 인간은 감성적이고 단순하며 소소함을 즐기는 동물이기도 하다. 짚 더미처럼 쌓인 일을 훌훌 털어버리고 무작정 여행을 떠나기도 하고 주말 아침 햇살에 늦잠을 자면서 조촐한 아침식사에 정겨운 노래가 절로 나오기도 한다. 비를 머금은 처마자락에서 울려 퍼지는 시원 상큼한 노랫소리에, 부끄러운 듯 붉게 사그라지는 노을풍경에, 아쉬움의 한숨으로 떨어지는 낙엽의 쓸쓸함에, 텃밭에서 자라는 영근 채소의 뽀드득거리는 생글거림에, 해맑게 아장거리는 아기들의 깨물어주고픈 뒤뚱거림에 알 수 없는 미소가 피어난다. 그냥 기분이 좋아지고 넋을 잃고 빠져드는 아름다운 일상이 있다.

　즐거움을 느끼는 길! 일시적인 들뜸과 상쾌함일지라도 그런 소소한 즐거움에 사람들은 그것이 행복이라며 스스로를 위안한다. 분명 일시적인 쾌락에 지나지 않을 그런 낭만적인 감정들은 행복을 흉내 내고 있다. 그러한 작은 관심과 느낌을 통해 행복을 준비하고 있는지도 모른다. 그런 감정적 동요로 인해 힘든 하루를 웃어넘길 수 있다. 그런 소소한 관심과 즐거움으로부터 행복을 향해 달려갈 힘을 얻는다. 낭만적인 감정을 통해 행복을 추억한다. 행복에 다가서지 못한 아쉬움을 즐거움에 토로한다.

　온 피부세포들이 이어지면서 전율하는 순간이 있다. 같은 햇살을 쬐더라도 수십 년 동안 감옥에서 어둠과 함께 살았던 사람이 느끼는 햇살의 자유로움과 태닝을 하기위해 바닷가에서 느끼는 햇살의 여유로움은 다를 것이다. 삶이 고달프고 힘들수록 아픔을 견뎌낼수록 소소한 감동은 커진다. 많이 느낄 수 있게 된다. 아쉬움 속에서 열악함 속에서 인간의 발버둥을 통해 드디어 인간은 느끼기 시작한다. 평소에 알지 못했던 모습들을 보기 시작한다. 주변의 세계가 마침내 껍데기를 벗고 거대하고도 진실된 모습으로 자신에게 다가온다.

느껴야 한다. 응어리를 가지고 세상과 만나야 한다. 노력하면서 아픔을 견뎌내면서 느끼는 안타까운 인간의 소소한 즐거움에 박수를 쳐주고 싶다. 일그러진 고통과 외로움으로 인하여 나무가, 햇살이, 노을이, 새들이 정겹고 새롭게 느껴진다면 그 시선과 감정을 새겨놓을 일이다. 행복을 그리워하고 흉내 내는 몸짓에 인간적인 아름다움이 묻어 있다. 낭만적이고도 따스한 인간의 갈망이 있다.

나이가 들면서 아픔의 나이테가 몸에 새겨지면서 변화되는 느낌이 있다. 맵고 쓴맛을 좋아하게 되고 술맛을 알게 된다. 고리타분한 클래식이 좋아지고 난을 키우고 기괴한 돌을 모으며 풍류와 먹을거리를 찾게 된다. 세월의 아픔을 견뎌낸 어른의 입맛은 아이들이 좋아하는 달달한 초콜릿과 아이스크림의 달콤한 맛보다 청국장이나 젓갈처럼 약간은 인내하고 느낄 시간이 필요한 맛을 좋아하게 된다. 인생의 쓴맛을 알게 된 것이다. 어릴 때 몰랐던 아픔들과 불편함들을 알게 되고 새로운 가치관과 새로운 먹을거리를 알게 된다. 일상의 무료한 가락과 생명들과 음식들에 인내하게 되고 관심을 쏟게 된다. 어른들의 입맛과 습관들은 아픔을 끌어안으며 삶과 주변의 대상을 새롭게 느끼고 있는 소소한 즐거움임에 틀림없다.

어떻게든 느낄 수 있다는 것은 축복이다. 아픔의 맛을 익힌 사람들에겐 쓰라림이 달콤해지기도 한다. 불편한 인생을 견뎌내고 품을 때 그 불편함을 즐길 수 있는 여유가 생긴다. 아프고 괴롭고 힘들어도 삶을 느끼고 자신을 느껴야 다시 아픔을 견뎌낼 수 있다. 꽃내음과 커피 향기와 당신의 체취를 느끼며 위로받고 한껏 부풀어 올라 즐거움에 도취되어야 한다. 다시 행복을 추구하려면…

응급실에서의 힘든 당직이 끝나고 집으로 돌아가는 길이다. 한숨도 자지 못하고 새벽 내내 응급환자를 돌보고 지칠 때쯤 아침이 밝았다. 그 눅눅하고도 찌든 느낌이 새벽의 맑은 공기와 함께 어디론가 사라져버린 것이 너무나도 신기했다. 힘들고 지친 삶에도 언젠가는 태양이 떠오른다. 그러면서 집으로 가는 길에 콧노래가 나온다. 흥얼거리며 건널목 신호등 앞에서 호주머니에 주먹을 찔러 넣고 신호를 기다리고 있는데 옆에 있던 가로수가 말을 걸어온다.

"너, 뭐가 그리 기분이 좋냐?"

난 가로수에게 당당하게 말했다.

"너는 밤새 횡단보도를 지나는 사람들을 구경하면서 빈둥거리고 놀았겠지만 난 꿈을 꾸며 힘든 하루를 보냈어. 그렇게 정신없이 노력했으니 너보다는 기분 좋아야지^^."

이 새벽의 느낌 때문에 내일을 향한 도전을 감행하는지도 모르겠다. 쉽게 보내지 않은 시간들 때문에 나의 아침은 밝고도 찬란하다. 하늘이 더욱 푸르고 나뭇가지들은 더 힘차게 자란다. 가로수에게는 흔해 빠진 아침이겠지만 나는 이 아침을 새롭게 느끼고 있다. 평범한 아침을 새롭게 느끼듯 남들이 느끼지 못하고 스쳐 지나치는 일상을 새롭게 느낄 수 있었으면 좋겠다. 잘못하고 실패해서 느끼는 절실함이 아닌 노력하면서 견뎌낸 아픔들로 인해 깊어진 절실한 감정으로 한껏 즐거워할 수 있었으면 좋겠다.

아픔을 견디고 노력하면서 만나는 쾌락적인 여유는 행복을 꾸준히 추구할 수 있게 한다. 주변을 느끼고 감상하며 도취되면서 여유를 즐긴다. 그런 즐거움 때문에 다시 우리는 행복을 향해 도전하고 노력할 힘을 얻게 되는 것 같다. 꿈을 향해 열심히 노력하고 아픔을 견뎌내며 깊은 관계를 만드는 일이 행복이라면 그 행복의 길에서 잠시 쉬어가는 그루터기와 같은 존재가 바로 인간의 낭만적인 즐거움이 아닐까? 행복이라는 산을 열심히 오르다가 잠시 바위 위에 걸터앉아 땀을 닦으며 시원한 바람을 느끼는 소소한 즐거움이 필요하다. 죽도록 산을 오르기 위해서는 쉬어갈 수 있는 휴식이 간간히 필요하다. 산을 오르는 길에 들꽃의 향기를 맡아야 하고 높은 산세와 기괴한 바위들과 나무들과 이름 모를 곤충과 동물들에게 인사하고 손을 내밀며 감상에 젖어야 한다. 쉬면서 즐기는 풍경과 바람과 새소리에 몸을 맡기며 다시 산을 오를 준비를 해야 한다.

커피 한잔, 찰나의 미소, 푸르른 하늘, 이름 모를 들꽃… 바람이 머릿결을 흩날리고 큰 나무 그늘 아래서 반짝이는 햇살을 보며 연인의 기댐에 살며시 어깨를 내어주며 느끼는 소소한 즐거움을 제대로 만끽해볼 일이다. 그러한 작은 일상에서 작은 쾌락을 제대로 느낄 수 있어야 행복을 다짐하게 되고 거대한 행복으로의 첫걸음을 뗄 수 있지 않을까 싶다. 중요한 것은 아픔을 견뎌내면서도 즐거움을 제대로 느낄 수 있느냐의 문제이다.

쾌락으로 인해 더욱 행복을 추구하고 행복을 추구하는 길에 더 큰 즐거움이 찾아온다. 쾌락만 좇거나 행복만 좇을 때는 산을 올라 영혼의 갈증을 씻어내기 힘들 것 같다. 산 정상에서 마시는 목 넘김의 만족감을 포기해버릴 것 같다. 열심히 산을 오르면서 쉬어가야 하고 즐거움을 통해 열정적인 에너지를 얻어야 한다. 즐거움을 좇지만 않는다면 즐거움에 목숨 걸지 않는다면 쾌락으로 인한 허무함과 파멸을 피할 수 있으리라. 소소한 즐거움을 느끼고 낭만적인 감정을 가지면서 여유로움을 제대로 즐길 때, 쾌락을 온몸으로 흡족히 느낄 때 더 높은 산을 오르고 더 깊은 물 한 모금의 만족감을 느낄 수 있을 것이다.

삶의 무거움을 잠시 내려놓을 수 있는 재미와 즐거움에 광적으로 집착하지 않고 마음을 다해 느끼고 기분을 환기시킬 수 있다면 그로써 족하다. 잠시 나의 마음이 춤출 수 있다면 흡족한 즐거움이 혈관을 타고 흐른다면 이성적인 행복이 주지 못하는 느낌의 쾌락으로 신 이상의 인간이 될 수 있다. 신이 느낄 수 없는 감정적인 즐거움으로 가장 인간다운 인간이 된다.

행복을 향해 나아가는 사람에게 즐거움은 반드시 필요한 요소이다. 열심히 살아갈수록 많은 아픔을 껴안을수록 무거운 영혼과 지친 육체를 달래주고 북돋아 주어야 한다. 나에게도 행복을 향한 아픔과 고통의 그늘이 항상 함께해서 느끼고 받아들일 수 있는 즐거움이 더욱 커졌으면 좋겠고 그러한 작은 즐거움과 여유를 통해 다시 시작하고 노력해서 행복으로 더욱 달음질칠 수 있었으면 좋겠다. 그렇게 삶을 느끼고 감동을 느끼며 쉬어가기 위해 더 깊은 그늘과 아픔이 몸속에 스며들어 작은 음식에도 감사하고 작은 나뭇가지의 흔들거림에도 설레어

할 수 있는 인간다운 인간이 되었으면 좋겠다.

삶에서 느끼는 소소한 즐거움을 담아 보았다. 그냥 느끼고 즐긴다. 어떻게 해라, 어떻게 살라는 말보다 고된 일상과 힘겨운 노동을 뒤로 한 채 햇살을 느끼고 자라나는 나무를 바라보며 노을 진 풍경 속에 젖 어드는 감상이 절실히 필요할 때가 있다. 합리적인 행복의 지침들보다 여유로운 낭만이 삶을 지배할 때가 있다. 부족한 인간의 모습으로 느 끼고 경험하고 우연히 마주친 아름다운 너의 미소에 스트레스를 날려 버리자. 커피 한잔에 오랜 시간을 낭비할지라도 여유를 즐기고 생각에 머물면서 심심한 위로를 받을 수 있을지도 모르겠다. 한순간의 낭만과 쾌락일지언정 첫 키스처럼 밀려드는 황홀한 기분에 자신을 맡겨보는 일에서 행복을 추억할 수 있을지도 모르겠다. 설사 한여름 밤의 꿈일 지언정 행복한 기억이 되지 못할지언정 깊은 감정으로 전신을 휘감았 던 작은 낭만들에 의미 있는 박수를 보내고 싶다. 숨겨 둔 어두움으로 삶을 느끼고 사랑을 느끼려고 발버둥 쳤던 일상의 즐거움들을 휘적거 려 보련다.

나는
나무다

　시골, 개발되지 않은 어르신의 동네를 가면 수덕한 정자나무 한 그루 아래 큰 평상이 하나씩 있어 마을 주민들의 사랑방이 된다. 사람들이 오가는지 누렁이는 짖기 바쁘고 앞니가 없는 아이들의 술래잡기로 부산하기만한 아침. 한여름 더위를 피해 할머니는 마늘을 까며 도란도란 이야기꽃이 만발이다. 할아버지들이 모이는 날엔 늘 장기판이 벌어지고 무덤덤한 표정으로 졸음이 쉬어가는 정자나무 사랑방. 러닝셔츠 바람에 부채만 들고서도 당당할 수 있는 또 하나의 건넛방이다. 시골의 고목 하나는 그렇게 묵묵히 머릿속에 뿌리를 내리고 고향의 냄새를 맡게 해준다.

　키가 크고 웅장한 나무 한 그루. 시골 어르신에게뿐 아니라 내 영혼의 쉼터이기도 하다. 여행을 하다 큰 나무를 만나게 되면 일단 꼭 껴안아 본다. 나무와의 일체감을 느끼고 싶음인지 그의 우람함에 기대고 싶은 것인지 큰 나무들을 안아보는 것은 쏠쏠히 재미가 있다. 굵은 나무통을 한 아름 껴안으면 텁텁하고 까칠한 각질이 내 옷에 흡착되어 꿈쩍도 안 하고 내 몸을 받아준다. 그리고 송진 냄새. 그의 체취이자 오래됨이다. 향긋한 허브향 같기도 하고 밋밋한 죽순의 향 같기도 하다. 늠름해서 더 매달리고 싶은 굵은 힘줄들. 그리고 하늘을 이고 있는 가지들과 폭죽을 터뜨리듯 흩어지는 잎사귀들의 향연. 그 아래에 누워서 나뭇잎 사이로 불규칙한 눈부심을 보고 있노라면 요정이라도 만날 것 같다.

나도 늙으면 나무가 될 것이다. 지긋이 나이를 먹었을 때 큰 소나무나 느티나무처럼 세월의 흐름이 줄기의 주름에 나타나겠지만 그렇게 우두커니 그대 곁에서 사람들 곁에서 서 있고프다. 지나가는 구름에게 손짓할 것이고 저녁에 수줍게 인사하는 달님에게도 미소 지어 드릴 것이다. 흘러가고 변하는 것들 앞에서 초연히 반기고 그들의 곁을 지켜보는 것 또한 낙이 아니겠는가? 다리는 뿌리가 되고 팔은 가지가 될 것이다. 바람의 친구가 되고 외로운 이슬의 안식처가 될 것이다. 그렇게 모든 것들을 다 받아들이고 웃어줄 수 있을 때 앙상히 말라 죽어도 여한이 없을 것이다. 어느새 큰 나무 한 그루 맘속에서 자라는 중이다. 언젠가 손과 발에 가지와 줄기가 뻗히고 잎이 돋아나는 것을 볼 날이 오겠지. 내가 나무가 되거든 당신은 내게 와서 쉬어가거라. 나는 그냥 그 자리에 있을 테니…

나무는 가지를 뻗히며 열매를 맺고 풍성한 잎을 내며 자란다. 그리고 같은 자리에서 변덕 없이 곁을 지켜주는 정신적 고향이자 든든한 친구이며 자신의 또 다른 모습이다. 나무에게 어떤 단점이 있을까? 나무에게 욕하는 사람을 본 적이 없고 나무를 미워한 사람에 대해 들은 적이 없다. 누가 뭐라 하든 나무는 그 자신의 자리에서 견뎌내며 자라나고 있다.

이미 날이 추워져 앙상한 몸으로 추위에 신음할 법하다. 한껏 불어오는 칼바람과 눈바람에 어찌 힘들지 않겠느냐만 내색하지 않는 나무를 사랑하지 않을 수 없다. 올겨울도 꿋꿋하게 잘 견뎌내고 다가오는 봄에 눈꽃을 틔우기를 쓰다듬으며 염원해본다. 희망이 있어 봄이 있어 나무는 힘들지 않다.

나무 한 그루
그대에게 가지를 뻗힙니다.
예쁜 새가 날아들어
바람의 흔들림도 죄스럽습니다.

은은한 설렘
숨도 멎을 듯
종알거리고 쌔근거림이
달빛보다 환합니다.

튼튼한 두 줄기 땅에다 박고
양 가지로 그대의 은신처를 만듭니다.
그대를 잡아 두려함이 아닙니다.
마음껏 날아다니고 내게로 숨어들 수 있기를…

당신은 내게서 쉬어가고
그러한 당신을 보면서
내 영혼도 쉬어갑니다.

키스보다 달콤한 스침
포옹보다 따뜻한 기댐
눈빛보다 부드러운 그리움이여!

수줍은 아름다움

가지런한 졸리움

소리 없는 휘파람

달빛을 머금은 나무가
숨죽이고 움직이지 않는 이유를
당신은 아시나요?

— 「어느새 기대다」

　데이트 장소로 손꼽히는 공원. 그중에서도 사람의 발길이 뜸하고 호수가 보이며 나무가 듬성듬성 자리를 잡고 있는 벤치는 많은 연인들이 꿈꾸는 데이트 장소이다. 언젠가 가을 달빛이 온화하게 비치는 날, 조용한 호수를 바라보며 데이트를 즐긴 기억이 있다. 뒤쪽의 나무들은 숨죽이고 바람소리도 조심스러운 가을밤, 여자친구가 살며시 어깨에 기대온다. 이 평화롭고 아름다운 밤의 정취를 무엇으로 표현할 수 있으랴? 달님도 부끄러운지 달무리를 이루고 귀뚜라미 소리도 한 옥타브 낮추어 잦아든다.

　그 시각, 나는 내가 나무라는 생각이 들었다. 내 옆에서 숨죽이고 있는 나무들처럼 내 팔이 나뭇가지가 되어 그대의 어깨를 두르고 내 다리는 줄기가 되어 땅에 뿌리를 내린다. 움직일 수 없고 그대를 깨울 수가 없다. 이 낭만적이고도 아름다운 분위기를 누구나 깨트릴 수 없어 이는 바람도 호수의 물결도 귀뚜라미도 모두 조심스럽다. 나도 하나의 나무가 되어 그대 곁을 지킨다. 바람에도 흔들리지 않고 하찮은 벌레의 집적거림에도 움직일 수 없다. 그대의 편안함을 깨우고 싶지 않음은, 이 아름다운 상황에서 벗어나고 싶지 않음은 비단 나만의 생각이 아니리라.

강렬한 키스보다 가볍게 손을 잡는 일이 더 사랑스러울 때가 있다. 두 팔로 가슴이 미어질 때까지 껴안는 것보다 살며시 어깨에 기대는 일이 더 감미로울 때가 있다. 뚫어져라 그대에게 집중하는 것보다 그리움으로 그대를 떠올리는 일이 더 낭만적일 때가 있다. 그렇게 가벼운 생각과 몸짓으로 사랑하는 사람이 기대어 오는 일은 너무나도 설레는 일이 아닐 수 없다. 성스러운 새벽 공기와 같고 아기의 쌔근거림을 지켜보는 부모의 마음과도 같다. 그대는 나에게서 쉬는 건지 잠든 건지 조용히 눈을 감고 있는데 그 설렘을 무엇으로 표현할 수 있으랴!

달빛이 은은하게 내리는 벤치에 연인의 사랑이 피어나고 있다. 시간은 정지된 채로 나는 나무가 된다. 축복받은 시간에 동참한 달님과 나무들과 귀뚜라미와 풀들처럼 나도 그들처럼 숨죽이며 이 아름다운 광경을 지켜보고 있다.

수줍은 아름다움… 가지런한 졸리움… 소리 없는 휘파람…

달빛을 받은 나무가 왜 숨죽이고 움직이지 않는지를 이제는 알겠는가?

빨간약

　내 어릴 적 '빨간약(아까진끼?)' 이 처음 나왔을 때 사람들의 반응은 다소 뜨거웠다. 어떤 상처에든 바르기만 하면 낫는다는 것. 쓸리거나 찢어진 상처에 된장이나 침을 바르던 시절이라 빨간약은 그야말로 신의 약이었다. 급기야 머리 아픈 아이의 이마에 빨간약을 바르는 해프닝이 일어나기도 했으니 지금에서야 웃을 일이 되었다. 지금 의사가 되어서 보니 그 빨간약이라는 물질이 '포비돈' 이라는 사실을 알게 되었다. 시간이 많이 흘렀지만 여전히 기본적이고도 중요한 소독약이다. 만병통치약과도 같았던 빨간약은 아직도 내게는 상처소독에 있어 최고의 약이다.

　몸이 통증을 느끼는 것은 주의하라는 경고의 메시지이기도 하거니와 아픔과 싸우고자 하는 격렬한 생명반응이기도 하다. 통증은 곧 살고 싶다는 몸부림의 표시이다. 통증을 느끼지 못한다면 당뇨병을 오래 않은 사람들의 발처럼 감각이 없어 발가락이 썩거나 문드러지는 신체 손상을 경험해야 한다. 당뇨족을 가지는 사람들은 통증이 없기에 유리 조각을 밟아 발에서 피가 나도 모르는 경우가 허다하다. 통증과 아픔을 통해 자신을 돌볼 수 있게 되는 것이니 어떤 의사는 통증을 '신의 선물'이라고 표현하기도 한다.

영혼이 아픔을 느끼는 것 또한 신의 선물이 아닐 수 없다. 아픔을 느낀다는 건 살고 싶고 회복하고 싶다는 강렬한 열망을 품고 있다. 사랑을 하다 낯선 이별과 마주친다. 그리곤 깊숙한 상처로 숨은 눈물을 닦아내고 다시는 그리워하지 않고 사랑하지 않으리라 다짐한다. 하지만 그러한 상처가 사랑의 시작이다. 상처 없이 어떻게 사랑의 의미를 곱씹을 수 있을까? 몸이 아프기에 건강함의 의미를 알고 영혼이 아프기에 사랑의 의미를 알아간다. 사랑에 실패했다면 당신은 성숙한 사랑에 가까워지고 있는 것이다. 한없이 아파하고 쓰러져라. 더 큰 사랑이 당신을 기다리고 있을 테니…

빨간약을 바르는 건 상처가 아물 때까지 감염을 막고 흉터가 덧나지 않게 하기 위함이다. 영혼이 아파도 빨간약이 필요하다. 추가적인 아픔을 받아들이지 않기 위해 마음의 문을 닫고 긴 수렁의 늪으로 빠져든다. 그리고 자신을 돌아보면서 생각은 자라고 새로운 시각은 태어난다. 빨간약이란 다시 상처를 만들지 않겠다는 피의 징표와 다름없다. 빨갛게 마음의 상처에 색을 입히면 귀신을 쫓는 부적처럼 상처를 막을 수 있는 힘이 생긴다. 상처란 마음먹기에 달린 것이다. 영혼의 빨간약은 마음의 상처를 통해 사랑을 새롭게 받아들이려는 깨달음인 것 같다. 사랑을 다시 새롭게 볼 수 있다면 영혼은 치유되고 사랑은 다시 샘솟을 수 있다. 그렇다. 영혼의 만병통치약인 빨간약은 바로 새로운 생각의 전환, 그대를 바라보는 새로운 눈빛이다. 사랑하면서 상처를 받지만 사랑을 포기할 수 없기에 사랑에 대한 생각을 고치게 된다.

사랑에 대한 새로운 시각! 사랑을 경험해야만 다가오는 삶의 진리! 삶의 유희로써의 사랑이 아닌 마음을 다한 순수한 사랑으로 상처를 받아야 더 크고 넓어진 사랑을 만나게 된다. 즐기는 쾌락적인 사랑에는 상처가 없다. 발전시키는 에너지가 없다. 그냥 소모적인 즐거움만 있을 뿐이다. 즐거움이 아닌 희생적인 사랑을 통해 상처는 만들어진다. 즐거움은 내 마음에 생체기를 낼만한 대단한 존재가 아니다. 희생적인 사랑을 통해 만들어진 깊은 상처는 새로운 눈빛과 마음으로 자신을 성숙시킨다.

"내가 삶에서 발견한 최대 모순은 상처 입을 각오로 사랑하면 상처는 없고 사랑만 깊어진다는 것이다."

마더 테레사의 말이다. 상처는 사랑을 각인시켜주고 성숙한 사랑을 알게 해준다. 상처는 동굴 속 횃불이요 보물섬의 지도이다. 상처받은 사랑을 보내주고 성숙한 사랑이 찾아오도록 새롭게 도약하는 물떼새의 날갯짓을 익힐 일이다. 상처를 딛고 더 큰 사랑을 느껴볼 일이다.

헝클어진 머릿결로 잠 못 이룬 충혈된 눈으로 아름다운 밤을 잡으려 해도 신선한 아침은 오고야 만다. 목을 긁적이며 지나간 사랑을 아무렇지 않은 듯 여느 아침마냥 기지개를 펴고 세수를 해봐도 어찔한 숙취에 절로 목이 멘다. 사랑은 떠나갔다. 멀리 배웅하지 않았지만 혼자 지껄이는 아쉬움이 싫었는지 냉큼 자리를 피해버린 이기적인 사랑. 떠나간 텅 빈 가슴엔 공허함이 아닌 채워질 빈 마음이 남았다. 원래 없던 마음이 원래의 마음으로 돌아간 이 순간, 아픈 미소를 머금을 수 있으리라. 하지만 이 아침은 이렇게나 눈부시고 이 청춘은 이렇게나 들끓고 있는데 마음이 아프다고 웅크리고 있을 텐가? 사랑하라. 가슴이 시리도록. 자라나라. 상처에서 찬란한 새살이 돋아날 때까지…

그대의 시선에
그대의 생각에
그대의 마음에
나는 자라나고
또 다른 시선과 생각과 마음이 됩니다.

당신은 내게는
아물지 않는 상처
상처로 인해 당신을 떠올리며
상처로 인해 행복을 추억합니다.

상처받지 않으려 마음을 닫고
그대를 피해 멀리 달아나도
달아난 그곳엔 당신이 있습니다.

찢겨진 마음을 토닥이며
당신 품에서 아픈 상처를 껴안습니다.
당신이 주신 상처가 아닌
내가 만드는 상처를…

순수하지 못하면
아픔도 없는 것이겠지요.
당신을 사랑함에

아프지 않다면 순수하지 않은 것이겠지요.

상처는 아물고 새살은 돋아납니다.
상처를 사랑함에 더 이상 아프지 않고
그대를 사랑함에 더 이상 나태하지 않습니다.

그대의 시선에
그대의 생각에
그대의 마음에
나는 자라나고
또 다른 시선과 생각과 마음이 됩니다.

—「상처」

　사랑의 상처 없이 사랑을 이야기할 수는 없을 것이다. 누구나 사랑
의 열병을 앓고 사랑에 몸서리를 치며 다시는 사랑하지 않겠다고 다짐
하기도 한다. 그러나 인간은 사랑하기 위해 태어났다고 해도 과언이
아닐 정도로 사랑하게 되어있는 동물이다. 언젠가 사랑의 상처는 아물
게 되고 다시금 사랑의 바다에 풍덩 뛰어들게 된다.
　사랑 때문에 가족을 버리고 사랑하는 여인의 남편을 죽이려고 했던
사건도 있었고 오랫동안 사귀었던 여자친구가 변심하자 애인을 죽이
는 사건, 부모님의 반대로 결혼할 수 없자 동반자살을 한 사건도 있었
으며 변심한 애인에게 상처를 받은 나머지 농약을 먹거나 손목을 긋는
사람도 있었다. 사랑이 깊을수록 상처도 깊다. 지독한 사랑은 모든 삶

을 내동댕이치게 만들만큼 치명적이다.

정형외과에서 무릎수술을 하고 수술한 부위에 감염이 되어 입원한 환자가 있었다. 매일 소독하고 치료하였지만 상처가 나아지지를 않아서 감염 내과로 전과가 된 환자였다. 40대 후반쯤으로 보이는 환자는 간단한 수술을 하고 왜 이리 오래 입원해야하는지 내게 물었다. 환자의 상처에는 아주 독한 균이 자라서 웬만한 항생제로는 치료가 되지 않는 상태였다. VRE(vancomycin resistant enterococcus)환자였다. vancomycin이라는 아주 강력한 항생제에도 반응하지 않는 나쁜 균이 무릎에 감염이 되었고 이런 저런 항생제를 써도 치료가 되지 않는 상태였다.

"독한 균에 감염되어서 저희도 치료제를 상의하고 있는 중입니다. 조금 더 치료해봅시다. 좋아지겠지요."

환자에게 희망을 주어야 했었지만 감염 내과 교수님도 나도 치료제가 없는 이 무릎 감염증에 두 손 두 발을 다 든 상태였다. 감염 내과 교수님은 외국에 있는 희귀의약품 항생제를 구해서 써보시겠다며 외국에 연락을 해대었고 그 후로도 상처는 호전되지 않았다. 그리고 얼마나 지났을까? 정형외과와 상의해서 다리를 절단하기로 하였다. 작은 무릎수술을 하러 병원에 들어와서 상처로 인해 다리까지 잃어야 하다니…

보호자들이 이해하기 어려운 현실이었지만 의료진의 노력과 최선을 다한 모습에 보호자들도 크게 동요하지는 않았다. 참으로 억울한 일임에는 틀림이 없지만 그 누구의 잘못도 아닌 것이다. 종합병원에서 독한 균이 어디서 묻어서 상처감염을 일으킨 것인지는 모르나 그 많은 무릎수술을 해도 다른 사람들은 괜찮은데 이 젊은 환자의 무릎에만 염증이 퍼진 것이니 이 희귀한 불운을 누구에게 하소연할 텐가?

상처가 커져 곪고 고름이 나오고 결국은 아물지 못하고 회복되지 못하는 상처가 되기도 한다. 치유할 수 없는 불치병으로 생을 마감할지도 모를 일이다. 우리 또한 누군가에게 상처를 받고 죽어가고 있는지도 모른다. 치료되지 않는 상처를 안고 죽음을 향해 내달리고 있는지도 모른다. 치유되지 않는 상처로 세상을 한탄하며 마음속 깊은 곳에서 남모를 눈물을 흘리고 있는지도 모른다.

상처의 균들과 싸워 이겨야 한다. 살아야 한다. 상처에 아파하면서도 면역력을 길러야 한다. 죽지 않기 위해서 살기 위해서 상처를 견뎌내는 법을 배워야 한다. 상처에 강한 사람이 되어야 한다. 죽어가는 사람이 아니라 이겨내고 있는 사람이 되어야 한다. 그렇게 상처에 맞서는 열정적인 노력 속에서 인간은 존재와 의미를 발견하게 된다. 당신을 사랑하면서 살아갈 힘을 얻고 상처를 이겨낼 수 있다는 새로운 시각과 생각을 가지게 된다. 상처에 머무르는 순간 상처 속에 생각이 갇히는 순간 점점 당신의 다리는 썩어 들어가게 되고 다리를 잘라내고 결국은 목숨을 잃게 될지도 모른다.

감염 내과를 떠나면서 그 환자의 소식이 궁금했다. 퇴원했다는 소문도 있었고 다리를 자르고도 회복이 안 되어 죽었다는 이야기도 들었던 것 같다. 그 환자의 행방은 묘연하지만 그분이 남긴 말이 생생하게 귓전에 남아있다.

"왜 나에게만 이런 큰 고통이 주어지는 거죠?"

우리가 상처받고 남에게 하소연하듯 말이다.

첫사랑,
그 치우침에
대하여

짝사랑이 아닌 이성과의 첫사랑은 너무나도 미숙하고 아련해서 기억에 오래 남기 마련이다. 아무것도 모르기에 순수하고 어설프다. 첫사랑은 살랑바람처럼 불현듯 스며들고 정신을 쏙 빼버리고는 뒷걸음질 친다.

처음 사귀었던 그녀와 영화를 보며 어깨를 맞닿은 날, 어깨엔 불이 났다. 온 정신이 살짝 맞닿은 부위에 쏠리더니 전기 스파크가 일고 급기야 화학반응으로 열이 나기 시작한다. 이러한 내 몸의 변화에 대해 신기하기만 했던 어린 시절. 처음에 접했던 이성이라는 동물은 너무나도 낯설었고 몸을 어떻게 해야 할지 몰라 우왕좌왕했던 기억에 웃음이 난다. 첫사랑은 그렇게 소리 없이 가지를 흔들고 구름 저편으로 흘러갔다.

첫사랑은 모든 것을 내어주고 모든 것이 되고픈 사랑이다. 자신은 없어지고 상대방만 머릿속 가득 채워져 세상은 아름다워 보이고 행복감은 극에 달한다. 이미 사랑에 빠진 사람과 마약을 하는 사람의 전두엽에서는 똑같이 도파민이 방출되어 행복감을 자아낸다고 밝혀져 있다. 마약을 할 때 느끼는 환상적인 행복감은 당신이 기억하는 첫사랑과의 행복한 추억과 다르지 않다. 그렇게 첫사랑과 함께 마약의 기분 속에서 즐거움을 짜내다가 피폐해질 대로 피폐해진 두 영혼은 결국 헤어짐을 선언한다. 첫사랑을 경험한 이라면 이러한 소유적인 사랑을 통해 더 이상 사랑할 수 없는 상황을 겪어보았을 것이다. 그렇게 급속하게 타오른 장작불은 재로 몽글몽글 승천하듯이 하늘 언저리로 흩어져 버린다.

하지만 마약처럼 몹쓸 첫사랑을 잊을 수 없는 이유가 있다. 첫사랑은 가장 순수한 인간의 감정을 담고 있다. 그래서 첫사랑은 가장 인간적이다. 세월을 먹고 머리가 굵어지면 왠지 인색해지고 상처받지 않으려 자신을 꽁꽁 숨겨 둔다. 이해타산을 따진 뒤 자신의 이득을 위해, 자신의 미래를 위해 삶을 결정하고 합리적인 계획적인 활동을 하게 된다. 그러나 첫사랑을 회계정산해보면 마이너스이다. 이득이 되는 행동이 아닌데도 사랑한 사람이 소중한 나머지 생명을 바쳐서라도 사랑을 사수하고 싶어 한다.

물론 목숨이라도 바칠 판이니 자신의 뜻대로 움직여주지 않는 연인은 엄청난 스트레스로 작용할 수도 있겠다. 반면 연인이 원하는 대로 움직여준다면 그렇게 소중한 목숨을 구제받은 기쁨과 다르지 않을 것이다. 이것이 인간이다. 지독하게 빠져들고 지독하게 즐거워하고 지독하게 아파한다. 당신이라는 그 작은 의미를 위해 몸을 내동댕이치는 인간의 무모함. 머리보다는 몸으로 사랑하는 이 원형적이고 근원적인 추구가 태곳적부터 내재되어있는 인간의 갈망이다. 그렇다. 첫사랑은 지극히 인간적이라 사랑스럽다.

여기서 하나는 분명히 해두어야 할 것 같다. 즐겁고 유쾌한 기분은 마약과 첫사랑이 같다고 했지만 마약과 첫사랑에는 엄연히 다른 점이 존재한다. 그것은 바로 '그대'라는 의미이다. 마약은 소모적인 즐거움일 뿐이지만 첫사랑은 그대를 향한 소모적인 즐거움이다. 사람을 모르고 죽이는 살인과 계획적으로 죽이는 살인은 분명 형벌을 다르게 주어야 할 것이다. 의도라는 것이 그만큼 중요하다는 것. '즐거움을 위한 즐거움'과 '그대를 위한 즐거움'에는 의도의 차이가 분명 있다.

불을 사랑한 불나방은 불에 뛰어든다. 너를 사랑하기에 위험을 무릅쓰고 너에게 뛰어든다. 불나방에게 불빛은 자신의 생명보다도 중요한 가치였다. 어리석고도 맹목적인 사랑 안에는 가치를 향한 인간의 따스함이 있다. 이렇게 의미를 부여하면 홀연히 멋스러움이 생긴다. 나의 행동에 이유가 생기고 정당성이 생긴다. 같은 즐거움이라 할지라도 무엇을 위해 누구를 위해 행해졌느냐에 멋들어진 낭만인지 치졸한 쾌락이었는지가 가려질 것이다.

돌이켜 생각해보면 젊은 날 애틋하게 사랑 한번 못해본 찌질이가 아니었음을 감사해야 할 듯싶다. 부풀은 가슴으로 발을 내딛고 너에 대한 생각으로 잠을 설치는 추억이 없다면 나의 젊은 날은 얼마나 멋대가리 없고 씁쓸한 인생이 되었을까? 참 다행이라는 생각이 든다. 그 어리석고도 순수한 어린 시절의 첫사랑은 추억을 머금고 지금도 나의 삶 속에 영향을 미치고 있다. 첫사랑은 낭만이라는 또 다른 이름으로 여전히 나를 유혹하고 있다. 낭만! 첫사랑을 그리워한 늙은이의 향수가 아닐까?

친구가 밥을 사겠다고 난리다. 대접한답시고 비싼 소고기를 먹고 10여만 원이나 나왔다. 멀리서 나를 보러 온 친구에게 돈까지 내게 할 수 없어 먼저 카드를 들이밀었다. 친구는 손을 내치면서 돈을 더 많이 버는 자신이 돈을 내야한다며 자기 카드를 다시 내밀었다. 나의 동네로 놀러 온 것이니 내가 계산하는 건 당연하고 너희 동네에 놀러갈 때 맛있는 거 사라고 다시 밀쳤다. 이렇게 티격태격 서로 자신의 카드로 주인아주머니께 들이대는 모습을 보고 주인아주머니는 어떤 카드를 받아야 될지 몰라 당황해하시다가 웃으신다.

서로 손해를 보겠다고 난리다. 술을 먹고 맛있는 음식을 즐기는 이 소모적인 즐거움에서 서로 희생하겠다고 소란이다. 이러한 만남이 낭만이 아니고 무엇이겠는가? 소모적인 즐거움을 쫓으면서도 당신을 배려하고 생각하고 위하고 있다. 그냥 내일이면 잊혀질 쾌락임에 틀림없지만 인간은 이 쾌락에 의미를 담고 싶어 하며 당신을 위해 자신을 희생하고 싶어 한다.

이것이 첫사랑에서 느끼는 즐거움이다. 자신만의 즐거움을 위한 쾌락이 아니라 당신을 위하면서 즐기는 쾌락이다. 당신이라는 의미를 위해 행해지는 쾌락이다. 그렇기에 이런 소모적인 행위를 보면서 고깃집 아주머니는 웃으실 수 있었다. 이런 의미를 찾는 인간의 발버둥에 흐뭇한 미소를 지을 수 있다. 쾌락이 자신만을 향하지 않을 때 막대한 손해를 입고 벼랑 끝에 몰릴지언정 첫사랑과 낭만을 사랑하는 인간의 삶은 용서받을 수 있다. 멍청하고 어리석은 사랑이라 할지라도 그 인간적인 모습에 눈시울을 적시며 살아가는 의미를 곱씹게 된다.

함께 나누는 즐거움. 그 소모적인 일상에 인간의 따스함이 묻어있다. 그러한 희생과 배려에 감동적인 인생이 있다. 신이 누리지 못한 인간의 즐거움이 여기 있다.

첫사랑의 기쁨. 나는 구름이 된다. 순수한 마음으로 몸이 가벼워진 나는 구름처럼 하늘을 떠다닐 수 있게 된다. 푸른 벌판에 포근한 솜털 이불이 되고 대지를 향한 새하얀 미소가 된다. 사랑을 하면 하늘을 나는 기분이라고 했던가? 순수하게 서로의 영혼을 탐닉한 사람만이 구름이 되어 떠다닐 수 있다. 사랑의 애달음을 아는지 총총 흘러가는 구름에 마음도 묶여 흘러간다. 하늘을 떠돌다 뭉게구름으로 피어오르는 어느 날, 하얀 비가 되어 너의 마음에 내릴 것이다. 비가 내리면 구름은 사라지겠지만 너의 가슴을 적셨기에 흡족하지 아니한가? 흩어진 물방울들은 다시금 구름을 꿈꾸고 첫사랑을 잃은 세상의 영혼들은 다시금 첫사랑을 꿈꾼다. 하늘을 둥둥 떠다니는 기쁨을 여전히 그리워하기에…

사랑하는 이여
육신의 아름다움에 이끌려
발걸음을 멈추었으나
그대의 향기에는
무릎을 꿇을 수밖에 없었습니다.

저의 눈을 바라보세요.
마음을 느낄 수 없다면
그것은 사랑이 아닙니다.

몸과 마음이 부딪쳐
당신과 나는 녹아들고
새로운 결정체로 거듭납니다.

목숨을 건 사랑이란
지독한 쾌락과 지독한 아픔의 덩어리
진실한 사랑은 치명적인 상처를 남기고
상처가 깊을수록 잊지 못할 흔적을 남깁니다.

내 몸은 여기에 있지만
당신이 내 마음을 가지고 있네요.
영혼을 가져간 그대여
영원한 아름다움으로 남아주세요.

바람에 나무도 옷을 갈아입고
세월이 흘러 변하는 사랑을
자라나는 영혼으로 이겨 보렵니다.

살과 피가 흐르는 날것의 아모르
금기를 깨고 광기와 만나지만
이성이 마비된 채 감정만이 춤을 추지만
신이 아닌 인간으로
당신을 사랑했음에
죽음도 아름답습니다.

— 「아모르」

시에서는 낭만적인 사랑을 노래했다. 쾌락적인 삶에 의미만 부여한다면 집착도 불륜도 인간적인 사랑으로 멋지게 포장할 수 있을지도 모르겠다. 의미 있는 대상을 위해 뛰어드는 불나방처럼 순수한 인간은 뒤돌아보지 않고 자신을 희생하며 자신의 모든 것을 걸고 의미를 추구한다. 당신을 사랑한다는 이유로 의미를 부여하기만 하면 요술처럼 행복해질 수 있다는 말은 아니다. 감옥을 갈 수도 있고 죽을 수도 있고 비참한 최후를 맞이할 수도 있다.

하지만 그것이 또 인생이다. 소모적인 쾌락 속에서도 의미를 찾고자 발버둥 치는 근본적인 인간의 모습이다. 미숙하고 모자라고 어리석은 첫사랑과 중독적인 사랑처럼 그대가 나의 전부가 되는 그 즐거움 속에서 죽음을 향해 달려갈지언정, 죄인으로 형벌을 받을지언정 삶의 의미는 그대였음에 형벌과 죽음도 아름다울 수 있으리라. 인간으로 태어나 순수한 인간의 모습으로 사랑을 했다면 늙어서 할 변명은 있으리라. 지치고 멍든 삶에서 삶의 추억 하나는 남길 수 있으리라.

사랑이 모든 것인 여인이 말한다.

"당신을 위해 난 가족도 직장도 모두 버릴 수 있어요. 당신이 가장 소중하기 때문이죠. 당신을 그 무엇보다도 사랑해요."

직장이 모든 것인 그녀의 남자가 말한다.

"나도 당신을 사랑하지만 나에게는 일도 소중해. 일을 버리면서까지 당신을 선택할 자신이 없어. 세상에는 사랑보다 소중한 것도 있으니까."

우리가 흔히 접하는 드라마의 레퍼토리이다. 여자는 사랑에 목숨을 걸고 남자는 일에 목숨을 건다는 삼류소설의 이야기이기도 하다. 이 여인은 아주 인간적이지만 무모한 낭만적인 사랑을 원하고 있고 그녀의 남자는 합리적이고도 자신을 잃지 않는 이성적이고 성숙한 사랑을 꿈꾸고 있다.

행복한 사랑이란 어느 정도는 이성적이고 어느 정도는 감성적이다. 현명하고 성숙한 사랑을 추구하지만 모자란 인간은 낭만적인 희생을 즐거워한다. 어떠한 것도 잘못되지 않았다. 그저 추구하는 사랑의 관점이 다를 뿐이다. 그저 추구하는 행복의 순서가 다를 뿐이다. 그러나 우리가 사랑의 순위를 어디에 놓을지언정 순수하게 자신의 이익을 생각지 아니하는 낭만적인 사랑을 아름답게 느낄 줄 알아야 한다. 감성적이고도 낭만적인 사랑을 무시해서는 안 된단 말이다. 순수해서 부끄러운 첫사랑과 강렬하고 감동적인 낭만의 사랑을 기억 속에 고이 간직해볼 일이다.

설렘과
떨림

  고등학생 시절, 다니던 교회에서 가장 예쁘고 참한 아이가 내 옆자리에 앉았다. 그런데 모두 손을 잡고 기도를 하잔다. 에구머니나. 난 그렇게 예쁜 아이의 손을 잡을 수 없었다. 그렇다고 다들 손을 잡고 함께 기도하고 있는데 나만 손을 안 잡는 것도 무안한 일이었다. 그래서 생각한 비책. 손가락과 손바닥 끝만 살짝 대고 잡는 척하기. 손을 꼭 잡는 건 그 당시의 부끄러움이 많았던 나에겐 불경스러운 일이었다.

  그런데 그렇게 살짝 잡았던 그 느낌을 잊을 수가 없다. 그 부끄러움과 그 사랑스러웠던 감정을 잊을 수가 없다. 마음을 감추다가 살짝 내비친 그 마음이 들켰을 때, 어쩔 줄 몰라 지그시 아랫입술을 살포시 깨물고 얼굴을 붉힐 때 영혼은 가벼워지고 마음엔 아름다운 등이 켜진다. 나의 부족함과 너를 좋아하는 마음이 부끄러웠던 것이다. 그 소녀와는 그 이후로도 얼굴을 붉히며 묘한 감정을 주고받았던 것 같다. 그러한 순결하고도 절제하는 모습이 가장 아름다운 모습이라 위안하며 사랑을 비단헝겊에 고이 싸서 마음의 서랍에 차곡차곡 밀어넣어 둔 것이다.

대학시절, 첫눈에 반한다고 했던가? 여자라고는 몰랐던 나에게 여학생들과 함께한 새 학기는 혜성의 충돌처럼 다가왔다. 그러다가 한 번의 마주침으로 마음을 송두리째 빼앗기고 넋을 잃게 만든 여학생이 나타났다. 남자라면 저지르고 보아야 한다고 생각했던 젊은 날이었다. 칼을 빼들었으면 무라도 썰어야 한다는 심정으로 연애작전을 짜기 시작했다. 글쓰기를 좋아했던 나는 편지로 그녀의 마음을 돌려볼 생각이었다. 진실함에는 힘이 있어 일필휘지로 시와 같은 편지를 쓸 수 있었고 친구를 통해 그녀에게 전달하였다. 답장이 왔다. '글을 보고 너무 좋았다고 만나보고 싶다고…' 사랑이 이루어지는 순간이었다. '일이 이렇게 술술 잘 풀리다니…' 즐거운 마음으로 그녀와의 만남을 시도했고 마침내 그녀와 대면하게 되었다.

"누구시죠?"

나의 첫 말이었다.

"제가 은지인데요."

"……"

나는 놀라서 까무러칠 뻔하였다. 무안해서 아무 말도 할 수 없었다. 친구가 그녀의 이름을 잘못 가르쳐주었던 것. 다른 여학생에게 편지가 주어진 것이다. 어쩔 줄 몰라 하다가 미안하다고 편지가 잘못 전해진 것 같다는 말을 남기고 후다닥 자리를 피했다. 여기까지가 좋았던 기억이다. 계획이고 뭐고 허탈하고 아쉬운 마음에 편지를 쓸 영혼의 힘은 남아있질 않았다. 그리고는 용기가 무기라고 저돌적인 대시를 하기로 마음을 먹었다. 수업이 끝나고 아무도 없는 빈 강의실로 그녀를 불렀다.

"… 저기요. 좋아하는데요."

"……"

그것이 그녀와의 대화 전부이다. 적막이 흐르고 심장소리만이 빈 강의실을 두드리고 있다. 몸은 고드름처럼 얼어서 눈은 바닥만 보고 생각했던 패기는 온데간데없고 얼굴만 붉어진 채 뒤돌아서는 그녀의 쾌활한 웃음소리를 비수처럼 가슴에 꽂아야 했다. 처음으로 사랑을 내뱉은 청년. 그렇게 붉은 가슴은 물들고 옅어지며 빛바래져 갔다.

너무 좋아하고 사랑하기에 설렌다. 서로 잘 모르기에 가슴은 불타오르고 영혼은 충만해진다. 처녀지에 첫발을 내딛을 때 느끼는 신비함과 설렘. 첫눈을 보며 마음도 새하얗게 눈송이 따라 흩날리고 첫 키스에 영혼은 갈팡질팡 전율하고 만다. 첫사랑의 시간은 느낄 수 없을 만큼 빨리 흘러가고 아쉬운 열정을 베고 불면증을 견뎌내곤 한다.

설레던 기억은 모두 처음이고 미지의 세계이다. 설렌다는 것. 새 학기가 되어 새 공책이며 새 필통에 흥분을 감추지 못하지만 그 설렘은 며칠 가지 못했음을 경험해보았을 것이다. 설레는 대상을 가지게 되면 더 이상 설레지 못한다. 어린 시절의 그녀들을 생각하면 아직도 설레는 이유는 이루어지지 않은 사랑의 미련 때문이리라. 사랑을 꿈꾸었지만 그녀들은 멀리 떨어져 미소 짓고만 있었다. 별을 가질 수 있다면 그토록 별을 노래하고 사랑하며 가슴 속에 품어 두지는 않을 것이다. 하지만 별과 무지개, 석양과 맑은 하늘에 흥분을 감출 수 없는 건 지고한 순결을 가지고 누구에게도 속함이 없는 도도한 자태를 가지기 때문이다. 당신을 사랑해도 당신을 가질 수 없어야 이 설렘은 유지될 수 있다.

첫 만남의 설렘을 유지하려면 자신의 길을 잊지 않고 자신의 존재를 잊지 않아야 한다. 존재를 잊고 당신의 소유가 되면 버려지고 만다. 사랑하는 당신에게 유구한 시간이 지나서도 나는 처음이고 미지의 세계이고 싶다. 나는 발전하고 꿈꾸고 있다. 그래서 길들여지지 않을 것이다. 당신을 사랑하기에 설렘과 떨림의 긴장감을 놓치고 싶지 않기에 우아한 야생의 매처럼 너의 주위를 떠돌며 안주하지 않을 것이다.

나에게 소유되지 않은 대상을 만날 때의 느낌이 설렘과 떨림이다. 새롭거나 잘 모르는 대상을 만날 때의 느낌이 설렘과 떨림이다. 훌륭하고도 아름다운 영혼과 육체를 만날 때의 느낌이 설렘과 떨림이다. 처음 너를 만났을 때의 기대감과 흥분을 놓치고 싶지 않다. 당신이 나의 소유가 되는 것을 원치 않는다. 자신감 넘치고 발전하는 모습으로 내 곁에서 내 가슴을 뛰게 만들어주기를 너에게 바라고 있다. 시간이 지나면서 우리는 익숙해지고 편안해지겠지만 자신을 잃지 않고 꿈을 향한 생산적인 모습으로 당신을 설레고 떨리게 할 수 있는 순간을 가지고 싶다. 할아버지, 할머니가 되어도 매력을 잃지 않고 서로 존경할 수 있는 사귐을 지속하고 싶다. 영원한 사랑을 믿으며 심장의 박동소리를 느끼고 싶다.

사랑의 냄새. 달콤 씁쓰름한 홍차처럼 분명한 가닥을 잡을 수 없는 미로이자 아지랑이이다. 머리를 계속 매만지고 무안한 듯 입에 공기를 불어넣었다가 살며시 빼내며 귀여운 척을 해본다. 조근조근 말하며 눈을 자주 깜박거리게 된다. 재미없는 이야기에도 맞장구를 쳐주게 되며 자주 웃어준다. 심장이 빨리 뛰어야만 설레는 것이 아니다. 당신의 눈짓, 발짓, 손짓에 당신의 떨림과 설렘은 묻어나고 사랑은 커피잔에 물결을 일으키며 조심스레 마음의 문을 두드린다. 내일은 당신에게로 여행을 떠날 것이니 한껏 부풀은 마음으로 짐을 싸고 오늘 밤은 당신에 대한 상상으로 실컷 설레고 싶다.

손끝의 스침
마음을 보이지 않으려
손을 저 멀리 던져버렸지만
미묘한 떨림이 가시질 않습니다.

어깨의 닿음
나의 의지로 닿은 것이 아닌 양
능청을 떨어보지만
어깨는 좀처럼 꼼짝할 수가 없습니다.

눈의 마주침
애써 모른 척
눈을 더욱 깜박거리며
땅이 꺼지라고 쳐다봅니다.
조심스런 움직임
당신에 대한 두려움
그리고 피할수록 강렬해지는 이끌림

그대여!
저를 다 알아버리지 마세요.
알수록 사랑이 식을까 두렵습니다.
저를 피해 달아나세요.
가까워질수록 사랑이 식을까 두렵습니다.

저를 변함없는 사람으로 보지 마세요.
새로워지는 사랑이 식을까 두렵습니다.

사랑을 안다고 생각했었지만
이제는 사랑을 모릅니다.
아니 사랑을 모두 알아서는 안 될 것 같아요.

이것이 사랑이라고 말하지 마세요.
내 사랑은 이것이 전부가 아닙니다.
커져가는 사랑에 작아진 나는
부끄럽고도 다소곳합니다.

처음으로 손을 잡고
처음으로 입을 맞추고
처음으로 포옹했던 날과 같이
오늘도 처음입니다.

— 「설렘」

　누구나 경험했을 법한 미묘한 떨림과 설렘. 다 알아버리고 모든 것
을 소유해버리면 설렘은 자취를 감추어버린다. 사랑은 이기적이라 서
로의 모든 필요와 충족이 되고 싶어 한다. 그러나 그 모든 것이 다 드
러나버리면 설렘과 떨림이 없어질 뿐 아니라 무관심과 환멸만이 남게
된다. 그러한 실증과 권태가 두렵다.

사랑은 하나이면서 둘이고 자신을 사랑할 줄 아는 사람이 남을 사랑할 수 있다는 사실은 이미 알고 있다. 그리고 그대를 사랑하면서도 자신의 존재를 사랑해서 둘 사이에 바람이 흐르고 나무가 자라고 냇물이 흘러야 참다운 사랑이 지속될 수 있다는 사실도 안다. 하지만 그런 이성적이고도 성숙한 사랑의 원칙은 현실과 부딪힌다. 자식을 사랑하면서 내버려둘 수 있는가? 그대를 사랑하면서 바람피우는 연인을 용서할 수 있는가? 사랑하면 소유하고 싶기 마련이다. 그러니 사랑은 가지고 싶기도 하고 버려두고 싶기도 한, 알 수 없는 대상이 되어버렸다.

당신을 가질수록 익숙해져 질리게 되고 당신과 멀어질수록 새로움은 강렬해진다. 가지기도 버려두기도 해야 하는 이 사랑의 밀고 당기기… 역설적이지만 신선한 매력이란 나를 도외시한 당신다운 모습에 있다. 언제까지 당신의 어깨에 기대고만 살 수는 없다. 가장 나다운 모습으로 당신의 어깨를 빌리고 싶다. 샘솟는 매력으로 억지스럽지 않은 진실된 포옹을 나누고 싶다.

내 사랑은 지금 보이는 것이 전부가 아니다. 사랑은 발전해야 한다. 사랑하기에 더 열심히 자신의 삶을 살아가야 한다. 고등학교 때 멋진 수학 선생님을 짝사랑한 여고생의 수학성적이 올라가듯이, 사랑한다면 공허한 당신 생각에서 벗어나 수학문제를 더 열심히 공부할 수 있어야 한다. 매력적인 인간이 되어야 하고 발전하는 인간이 되어야 그 설렘과 떨림을 유지할 수 있으리라. 나는 영원한 사랑, 영원한 설렘을 꿈꾸고 있다. 어제의 내가 아니기에 오늘도 처음일 수 있는 그런 사랑 말이다.

그리움과
기다림

눈이 부시게 푸르른 날은
그리운 사람을 그리워하자.

고등학교 때 아주 못생기고 작달막한 한문 선생님이 칠판에 적어주었던 글귀이다. 선생님 이야기로는 여자실업고등학교에 계실 때 수업시간에 종종 시를 소개해주었다고 한다. 시는 힘겨운 공부와 난폭한 사회에 상처받은 여학생들의 마음을 뒤흔들었고 시인의 마음을 사랑했던 어떤 여학생은 유부남이고 못생긴 한문 선생님을 찾아와 다짜고짜 결혼하고 싶다고 고백한 적도 있었단다. 그 당시 실업계 여고생들은 세상의 한파에 자격지심에 상처와 아픔을 한 아름 껴안고 있었을지도 모르겠다. 시의 순수한 세계와 정신에 감동한 나머지 못생기고 키 작은 선생님의 영혼을 사랑하게 되었던 것이 아니었을까? 순수한 여고생이었기에 가능한 일인지도 모르겠으나 어린 나에게도 그 글귀는 마음을 후벼 팠고 아직도 감동의 여운이 남아있다.

너무 하늘이 맑은 날, 그리운 사람을 맘껏 그리워한다는 것은 사뭇 한량의 시간낭비라고 생각할 수도 있으련만 누군가를 그리워한다는 이유만으로 마음이 너무 예뻐 보임은 어쩔 수 없다. 바쁜 현실은 그리움을 잊게 만든다. 더 편하고 더 신속한 것들을 향해 물질문명은 나아가고 있다. 하지만 너를 그리워한다는 것. 옛것을 추억한다는 것. 오래된 가마솥 아래 성긴 장작불에 밥이 지긋이 익어가듯이 오래된 마음은 당신을 품고 순수한 열정으로 익어간다. 그리운 사람. 그리워지는 사람. 아쉬운 감정들이 시간을 넘어 영혼에 둥지를 튼다. 그리운 사랑은 오래된 사람을 기억하려는 마음일 것이다.

이렇듯 그리움에는 시간이 묻어있다. 바닷가에 가면 소금냄새가 나고 산에 가면 솔잎향이 나듯이 그리움에는 너의 체취가 있다. 아무리 미인이고 미남이라도, 돈이 많고 재능이 출중하다고 그리워지는 사람이 될 수는 없다. 나에게 쏟아부어진 너의 상냥함과 친절함과 또 다른 매력이 그리움을 만든다. 마음을 열어 서로의 외로움을 쓰다듬고 허물없이 서로의 감정을 나눌 수 있을 때 그리움은 자란다. 마음을 빼앗은 만큼 그리움은 자란다. 마음과 마음이 만나 그리움이 자란다. 당신과 함께한 그 오랜 시간이 그리움을 만든다.

그리움이 생기면 기다릴 수 있게 된다. 오래된 시간을 함께하였기에 희생할 준비가 되어있다. 신입생이 지각하는 것은 용서할 수 없지만 친구나 연인이 늦는 것은 용서가 된다. 좋아하는 감정으로 희생할 수 있는 여력이 생긴 것이다. 오랜 시간에 걸쳐 당신은 소중한 사람이 되고 소중한 사람이 될수록 기다림의 힘은 커진다. 주인이 죽고 돌아오지 않는 상황에서 충성스런 개나 고양이는 주인을 기다린다. 사랑할수록 기다림은 깊어지고 그리움은 뼈에 사무치기 마련이다. 깊이 그리고 오래 사랑할 줄 아는 사람만이 기다릴 줄 안다.

가장 잘 기다리는 방법은 아마도 기다리지 않는 것이리라. 아이들에게 사탕을 놓아두고 15분 동안 참고 기다리면 더 많은 사탕을 주겠다고 약속했을 때 아이들의 반응은 가지각색이다. 15분을 못 참고 이리 꼼지락 저리 꼼지락하며 사탕을 몰래 먹어버리는 아이, 15분 동안 차분히 기다리는 아이, 시작하기 무섭게 먹어버리는 아이… 허나 이 실험에서 중요한 관찰 포인트는 15분 동안 기다렸던 아이들의 행동이었다. 기다릴 줄 아는 아이들은 사탕을 보지 않는다. 다른 생각을 하고 다른 곳을 응시하며 사탕의 유혹에서 벗어난다. 우리도 아이들처럼 사랑하는 사람을 기다리기도 하고 애달아하기도 하며 기다리지 못하고 쏘아붙이기도 한다.

오래 기다리려면 당신에게서 벗어나 자신의 삶에 충실해야 한다. 당신 생각만으로 사탕생각만으로 그 대상만 바라보고 있노라면 괴로움과 갈증은 심해질 뿐이다. 당신을 사랑하면서 당신을 기다린다. 사탕이 앞에 있지만 사탕을 기다린다. 기다림으로 인해 더 큰 사탕이 더 큰 사랑이 주어질 테니까. 기다림은 아무것도 하지 않고 당신만을 바라보고 있는 행위가 아니다. 당신 생각에서 벗어나 당신을 그리워한다는 것은 자신을 사랑하고 자신을 잃지 않고 있다는 말과 같다. 당신을 기다리기 위해서는 열심히 자신의 삶을 가꾸어야 하는 것이다.

애인의 연락이 뜸하면 핸드폰을 만지작거리며 불안해하고 모임에 가면 누군가와 눈이 맞을까 두려워한다면 기다릴 줄 모르는 사람이다. 오래된 믿음으로부터 기다림의 힘이 나온다. 설사 연인이 당신을 떠날지라도 그리움과 기다림의 힘을 믿는 것이 그의 발걸음을 돌리는 유일한 길이다. 기다림이 길어지면 또 다른 기다림을 준비해야 하는 것. 설사 연인과 헤어지더라도 기다릴 줄 아는 이는 새로운 사랑을 얻을 것이다. 기다림을 견뎌낸 이만이 진실한 사랑과 사람을 만날 것이다.

그를 사랑한다면 잠시 그를 잊어도 좋다. 당신의 집을 찾아가는 길에 예쁜 꽃들이 나의 마음을 사로잡았으면 좋겠다. 당신을 내버려둘 수 있게 꽃들과 나무들에게 마음을 빼앗겨버렸으면 좋겠다. 그렇지만 결국 당신의 집을 향해 가고 있다. 당신을 사랑하고 있는 것만은 분명하다. 한눈을 파는 사이 그리움은 비를 타고 갑작스레 마음에 내린다. 일하던 손길에, 분주한 발길에 길을 잃은 그리움은 열대의 폭우처럼 갑작스레 창가를 두드린다. 창에 흘러내리는 그리운 방울들은 볼록렌즈의 울뚝한 모습으로 추억을 담아내고 빗줄기를 타고 추억은 전설처럼 향기로워진다. 새삼 그리워지거든 하던 일을 멈추고 잠시 편지를 쓰거나 하늘을 보거나 소리를 질러볼 일이다. 그리움을 기다리기에는 너무나도 연약한 사랑이기에 하염없는 기대를 싸늘한 대기에 뿌려보는 것이다. 오래된 사랑만이 기다림을 허용하고 그리움을 허용한다. 사랑한다면 오랜 기다림을 그리워할 일이다.

기다리다 눈시울이 붉어집니다.
흐릿한 오후 느린 시간이 서늘하게 흘러가고
아쉬움의 무게로 준비된 마음을 서서히 무너뜨립니다.

오랜 기다림은
지는 노을을 그리워하는
집착과 아쉬움의 긴 여운

기다림이 길어지면 또 다른 기다림을 준비해야 합니다.
지는 해를 그리워하면서
떠오르는 해를 기다리진 못하는지…

소중할수록 기다려지고
기다릴수록 마음이 아파옵니다.
아픈 사랑은 그만큼 소중했던 것이겠지요.

아프고도 즐거운 사랑을 기다리겠습니다.
꽃눈은 봄을 꿈꾸기 때문이며
해바라기는 해를 향할 때 즐겁기 때문입니다.

아프기만 한 사랑은 기다리지 마세요.
그리움처럼 현실은 즐겁지 아니하고
난폭한 상상은 죽도록 기다리게 만듭니다.

내가 당신을 그리워하는 것은
당신도 나를 그리워하기 때문입니다.
작은 기도에 귀를 기울이고
작은 상처를 어루만지니
당신을 향한 믿음으로
영원히 당신을 사랑하겠나이다.

그리움을 기다립니다.
그리움이 길어져도 기다릴 수 있는…
기다림이 길어져도 그리워할 수 있는…

─「그리움을 기다리다」

　인간이 감동을 느끼는 순간이 있다. 누군가의 청혼을 받거나 절실히 노력해서 시험을 통과하거나 힘들게 낳은 자식을 처음 품에 안거나 자신을 위해 희생하고 살아준 연인의 흰머리를 처음 볼 때 인간은 감동을 받게 된다. 사랑한 사람이나 대상만을 위해 희생하고 견뎌온 모습들에 가슴으로 눈물을 흘리게 되는 것이리라.

　새끼 때부터 기른 반려동물들은 주인에 대한 충성심을 가지는 경우가 허다하다. 자신에게 지속적인 관심을 주고 먹이를 챙겨주며 놀아주는 주인을 따르게 된다. 깊은 애착관계가 형성되면 반려동물은 다른 그 누구에게도 이러한 사랑을 받을 수 없다는 사실을 알게 된다. 주인을 따르고 충성을 맹세하게 된다. 그리고는 감동적인 이야기를 들려준다. 주인의 죽음에도 주인을 기다리거나 몇백 킬로미터 떨어진 곳에서도 주인을 찾아오고 주인에게만 애교와 교태를 부리며 주인의 행동을 따라하면서 주인의 마음을 뭉클하게 만든다.

동물도 이러할진대 사람은 어떠하랴? 부모와 자식 간의 끈끈한 정처럼 깊은 사랑은 모진 희생을 강요하나 그 희생만큼의 감동적인 눈물을 만든다. 사랑이 깊어진 만큼의 행복한 눈물을 만든다. 당신을 깊이 사랑하면 할수록 감격하고 오열하고 더 많은 눈물을 쏟게 될 것이다. 어쩌면 당신에게 줄 더 큰 아픔을 만들기 위해 사랑하고 있는지도 모르겠다. 사랑하는 이가 떠나는 날 그대는 받은 사랑을 기억하며 목메어 울지 않겠는가?

무더운 대낮에 영문도 모른 채 눈이 뻘게지도록 운 적이 있다. '사랑해~'라는 말만 되풀이 되는 가요를 들으며 밝고 환한 아침의 기분에 맞지 않게 분위기에 취해 울어버렸다. 무엇이 그토록 복 놓아 울게 만든 것인지 그 순수하고도 엉뚱한 느낌 때문에 저도 모르게 황당한 눈물을 훔쳤다. 사랑해라는 말은 감정을 싣고 진실을 담고 어떤 어려움도 견뎌내겠다는 의지를 품고 영혼에 스며든다. 진실된 감정이라야 타인의 감정에 호소할 수 있는 것! 사랑한다는 말에 진실성이 담기면 마음을 흔들어 눈물이 고이게 만든다. 진실된 인간의 표현은 강하고도 감격스럽다. 진실된 사랑은 가슴을 파고들어 이성을 마비시키고 감격한 나머지 온몸을 내던지게 만든다. 그 어떤 쓰라린 아픔에도 당신을 사랑하겠다는 의지가 느껴진다. 사랑한다는 그 흔하고도 뻔한 고백에 말이다.

누군가를 그리워하고 기다릴 수 있음은 어떤 희생과 아픔을 껴안고서라도 소중한 당신을 사랑하겠다는 징표이자 맹세이다. 순수한 감정으로 진실된 마음으로 한 사람을 그리워하고 기다리는 모습에는 인간적인 감동이 있다. 사랑의 격정을 위해 참고 견뎌낸다. 그 어떤 힘든 고난에도 소중한 당신을 그리워하고 있다. 마음에 두고 있다. 생각하고 있다. 그 어떤 불편함에도 불구하고···

인간이 사는 이유는 이러한 진실된 감정 때문일지도 모른다. 이성적으로 합리적으로 아무리 노력해보아도 당신을 사랑하는 이 치솟는 감정과 같은 전율을 느끼기는 어려울 것이다. 그 진솔한 느낌과 감동의 느낌을 위해 부질없는 인간의 기다림은 계속된다. 쓰라리고 아파오는 마음을 부여잡으며 그리워하게 된다.

진실하기에 아름다우며 안타깝기에 눈물을 삼킨다. 아프고 힘들어도 인간은 감동하고 싶다. 당신의 사랑에 취해 실컷 울고 싶다. 격정적인 감동으로 살아가는 이유를 느끼고 싶다. 서서히 그대에게 물들어가면서 오랜 시간을 함께하였음에 나는 기다릴 준비가 되어있고 그리워할 수 있는 사람이 된다. 행복! 그 깊이 있는 감동을 위해서 어두운 그리움을 즐겁게 기다릴 것이다.

기계 인간

　공상만화영화에 나오는 미래인간은 반은 기계이고 반은 인간이다. 〈공각기동대〉라는 만화영화나 〈터미네이터〉라는 영화처럼 기계인간은 인간 이상의 힘과 에너지를 지니고 인간을 위협한다. 기술이 인간을 지배하는 미래세상. 사실 지금도 기계는 우리를 지배하고 있다. 컴퓨터와 TV는 일상 깊숙이 파고들어 무의식을 장악하고 있으며 기계와 친해진 인간은 기계를 닮아가고 있다. 반은 인간이고 반은 기계인 사이보그가 되어가고 있다.

　차가운 심장. 수동적인 움직임. 생각 없음. 기계다. 규칙적인 움직임으로 더 편하고 더 빠른 사회를 구축한다. 사회의 톱니바퀴처럼 서로 맞물려 자신의 역할만이 존재하고 자신은 없다. 돈 버는 기계? 세상 어디에도 나의 모습은 없다. 나의 기능만 있을 뿐. 나의 의지는 묵살 당해야 하고 조직의 흐름에 자신을 맞추어 경쟁사회에서 살아남아야 한다. 나를 드러내다간 조직에서 이탈되고 그러면 고립되고 사회 부적응자가 될 것이다. 기계처럼 즉각적으로 반응하고 지시에 따르며 사회의 요구에 부응해야 한다. 나는 기계이기에…

뜨거운 심장. 너를 바라보는 눈빛이 따스하고 살아있음에 감사한다. 바람이 머릿결을 흩날리고 목덜미를 간질인다. 꿈을 꾸고 들판을 뛰어가고 너에 대한 생각으로 가슴이 벅차다. 남이 머라고 해도 자신의 길을 가고 나 자신을 찾는 여행을 떠난다. 너와 나는 마음을 주고받으며 서로를 느낀다. 서로를 기다리고 서로를 배려하며 서로의 길을 함께 간다. 나는 인간이기에…

그렇게 나는 기계이기도 인간이기도 한 사이보그임에 틀림없다. 신경회로들이 반복적인 움직임과 생각으로 조절능력이 향상되면서 기계화되어가는 동시에 척박한 흙을 밟고 너의 손을 잡고 하늘을 바라보려는 낭만적인 활동을 통해 인간화되어간다. 더 기계화되고 더 인간화되려는 꿈틀거림. 기계가 되어가고 있는 것일까? 인간이 되어가고 있는 것일까? 아니면 어정쩡한 기계인간인 것일까?

기계가 지배하는 세상. 바로 여기다. 로봇 팔을 가지고 자신의 힘을 과시하는 우등한 사이보그들. 그들은 높은 지위와 명예와 부라는 무기를 가지고 최고의 기계인 양 으스댄다. 그들은 몸의 대부분이 기계화되어있다. 명령체계로 프로그래밍 되어 신속하고 대처가 빠르며 사회 네트워크 또한 방대하게 연결되어있다. 회장님과 교수님들. 기계화 수준이 높은 사이보그들이다. 한편 인간이 교류하는 세상 또한 바로 여기다. 열등한 사이보그들. 이들은 연약하고 부족하다. 대부분 인간의 몸체를 유지하고 겨우 몸에 탈부착할 수 있는 기기정도만을 갖춘 기계화되지 못한 사이보그들이다. 이들은 권력도 명예도 돈도 없는 약한 소시민들이다. 이웃을 사랑하고 함께함에 안도감을 느끼고 즐거워한다. 사회관계가 넓지 못하고 비싼 기계를 도입할 수도 없다. 말단직원들과 노동자들. 기계화되지 못한 아쉽지만 정감 있는 사이보그들이다.

기계는 인간이 되고 싶어 하고 인간은 기계가 되고 싶어 한다. 기계처럼 빠르고 강해지고 싶어 한다. 인간처럼 교류하고 사랑하고 싶어 한다. 이 두 갈래의 길에서 인간은 헤매고 방황한다. 인간의 냄새를 맡으며 동료애와 사랑을 만끽하면서, 너와 같은 존재가 되고 싶어 하기도 하지만 소유하고 높은 자리에 올라 존경을 받는, 너와는 다른 존재가 되고 싶어 하기도 한다. 평생 갈등하고 생각해야할 인간의 과제다. 어느 정도 기계화될 것인지? 어느 정도 인간화될 것인지?

인간은 동기에 의해 움직여지지만 기계는 목적을 향해 움직인다. 기계는 어떤 기능을, 어떤 목표를 위해 만들어진 존재다. 다리 힘줄과 손의 인대들이 어떤 목적을 가지고 움직여진다면 기계와 다름없다. 100미터 달리기를 하듯이 근육의 움직임은 결승점을 통과할 때까지 쉼도 없고 돌아봄도 없으며 자신의 존재도 없다. 단지 목표만이 존재한다.

100미터를 달린 사람은 결국 지치게 된다. 기계적인 움직임은 오래 가지 못한다. 친구가 돈을 빌리려는 목적으로 나를 찾아왔다면 그는 기계와 다름없다. 어떤 목적을 가지고 찾아왔기 때문이다. 연인이 나의 능력이나 재산에만 관심을 가진다면 그는 기계와 다름없다. 어떤 목적을 가지고 만나기 때문이다. 목적을 가진 관계는 오래가지 못한다. 100미터 달리기처럼 금방 지쳐버리기에…

인간적인 움직임에서는 동기가 중요하다. 학창시절을 함께했다는 이유만으로 그의 결혼과 죽음에 동참하며 대가 없이 봉투에 돈을 넣어 보낸다. 아버지가 가난하고 병들었다한들 자식은 부끄러워하지 않고 더 적극적으로 보살핀다. 아버지가 자신을 위해 퍼부었던 사랑을 생각할 때 헌신적인 보살핌은 오히려 기회이자 기쁨이 될지도 모를 일이다. 가난으로 자식이 끼니를 굶고 전세방에서 쫓겨나 자식과 함께 살지 못하게 될 때 부모는 그 어떤 고생을 하고 그 어떤 무시를 당하더라도 자식을 위해 돈을 벌기위해 안간힘을 쓴다. 움직이는 이유가 있다. 살아가는 이유가 있다. 더 높은 목표를 이루기 위해 노력하는 것이 아니라 당신을 너무도 사랑하기에 함께하고 싶은 마음으로 그 어떤 고통이라도 견뎌내겠다는 의지가 있고 동기가 있다.

남들보다 앞서 나가기 위한 기계화된 근육들과 기계화된 뇌 회로들. 더 강해진 피부껍질과 더 신경망이 섬세해진 뇌신경들로 우등한 기계 인간이 되어가고 있다. 자동차가 없던 시절, 컴퓨터가 없던 시절, 연결망이 느슨했던 그 옛날, 가족과 이웃들의 마음은 담 없는 집 마냥 열려져있었고 동네 경사도 재난도 서로의 마음을 이어주는 동아줄 역할을 톡톡히 했다.

지금은 힘든 빨래도 세탁기가 대신 해준다. 세탁기가 우리를 지배하고 있다. 힘든 외로움도 TV나 컴퓨터가 대신 놀아준다. TV나 컴퓨터가 우리를 지배하고 있다. 힘든 대화나 교류도 핸드폰이 대신 연결해준다. 핸드폰이 우리를 지배하고 있다. 기계문명은 인간의 움직임을 없애고 이웃 간의 소통과 왕래가 불필요하게 만든다. 미래에는 만화영화처럼 더욱 기계화가 진행될 것이고 나약한 인간은 기계의 지배를 받을 것이다. 인간 없이는 살아도 기계 없이는 살지 못하게 될 것이다.

기계의 몸으로 인간의 사랑을 꿈꾼다. 여태껏 목적을 위해 노력했다면 기계화되었다면 이제는 인간의 움직임으로 순수한 동기로 너의 마음에 닿고 싶다. 인간적인 동기를 가지고 교류하고 소통하는 관계 속에서 당신을 만나고 싶다. 기계적인 압력으로 나를 만지지 마라. 탄력 있는 보드라운 인간의 따스함으로 나를 정성스럽게 어루만져 달라!

기계팔로 개나 고양이를 쓰다듬을 때, 감정을 느낄 수 있을까? 친근하고도 푸근한 감정을 느끼는 척할까? 기계인간은 느끼지 못한다. 목표만이 중요할 뿐 감정이 메말라간다. 능력 있고 아름다운 외모를 가질수록 차가워진다. 높은 지위를 가질수록 더욱 강력한 기계가 되고 싶어 한다. 마침내 온몸이 기계가 되면 누구의 말도 통하지 않고 누구의 사랑도 받을 수 없는 앞뒤가 꽉 막힌 기계가 되고 말 것이다. 완전한 기계는 모든 부속품을 가져도 인간의 영혼만은 가질 수 없다. 모든 것을 가져도 다른 사람과 영혼으로 소통할 수는 없다.

더 낮아진 곳에 더 평범한 곳에 그대를 향한 마음이 있다. 부족함을 사랑하고 배려하는 마음에 인간의 행복이 있다. 소중한 당신을 향한 열정에 행복이 있다. 마음이 가난한 자에게 행복이 있다. 기계인간이여, 인간의 행복이 여기 있다.

나를 사랑하세요?

굳어진 얼굴로

삼킬 듯 밀려드는 파도마냥

넘실대는 정열로

사랑을 말하지 마세요.

나를 사랑하시냐구요.

흐트러진 얼굴로

이리저리 흩날리는 모래먼지처럼

갈 길을 잃은 허무로

사랑을 말하지 마세요.

호르몬을 만드는 기계의 사랑이란

기름을 소비하는 산업 활동

굴뚝에서 사랑의 연기를 피워 올려도

서로의 쓰임이, 서로의 요구가 끝나면

공장은 문을 닫습니다.

손과 손이 만나

죽음의 쾌락을 부여잡고

눈과 눈이 만나

탐욕의 미소를 보냅니다.

나와 사랑을 하실 건가요?

고철 쇠붙이의 사랑

눈빛을 담아 머릿결을 쓰다듬고

마음을 실어 살갗을 어루만집니다.

인간이 되고자

인간의 사랑을 하고자

사랑한다고 말해 주세요.

눈가에 늘어진 진실함으로

나를 사랑하신다면

기계의 사랑을 말하지 마세요.

　　　　　　　　　　　　　　　　　—「기계의 사랑」

　기계의 사랑을 말하지 말아달라는 마음을 누구보다도 잘 표현한 시
가 있다. 목적의식을 가지지 말아달라는 시가 있다. 엘리자베스 베렛.
15살 낙마사고로 척추를 다치고 다시 몇년 후 가슴 동맥이 터져 시한
부 인생을 선고 받는다. 유일한 즐거움은 시 쓰기였고 39살 되던 해에
두 권의 시집을 낸다. 그 시집을 읽고 감동을 받았던 16살 연하의 로버
트 브라우닝. 엘리자베스에게 편지를 쓰며 사랑을 고백하지만 장애와
병 때문에 로버트의 사랑을 받아들일 수 없었던 엘리자베스는 2년간
그의 사랑을 거부한다. 그러나 끈질긴 로버트의 구애로 사랑을 받아들
이게 되는데 그때 쓴 엘리자베스의 시이다.

당신이 나를 사랑해야 한다면
오직 사랑만을 위해 사랑해주세요.

내 뺨에 흐르는 눈물
닦아주고픈 연민 때문에 사랑하지 말아주세요.

그저 사랑만을 위해 사랑해주세요.
당신이 언제까지나
사랑할 수 있도록…

'사랑만을 위해 사랑하는 것' 목적이 아닌 동기가 중요한 인간의 사랑이다. 어떤 대가나 출세를 바라지 않고 단지 함께하고 싶은 영혼의 갈망으로 두 사람은 행복한 결혼생활을 할 수 있었다.

결과는 남에게 소중한 것이고 동기는 자신에게 소중한 것이라는 말이 있다. 노력해서 실패를 해도 성과를 얻지 못하고 좌절을 해도 그 결과는 타인에게 비난거리가 될지언정 자신에게는 소중한 인생경험이자 밑거름이 될 수 있다. 동기만으로도 자신을 칭찬해줄 수 있다. 자신감을 가질 수 있다.

동기만이 중요하다는 말은 아니다. 절감하고 있겠지만 결과도 중요하고 성과도 중요하다. 기계적으로 월등한 인간이 되어서 많은 것들을 소유하고 돈 잘 벌고 출세해서 사회적으로 영향력 있는 사람이 되어서 당신에게 사랑을 속삭일 수 있다. 아니 세상은 그러한 물질적인 사랑을 원하고 있다.

하지만 나는 인간적인 삶의 감동을 원하고 노래하고 있다. 외모와 능력과 재산을 넘어서 가치관과 생각과 인간다운 열정을 사랑할 수 있다면 그것이 참사랑이 아닐까 하고 생각해 본다. 시대에 뒤떨어진 착상이라고 해도 그렇게 모자라고 뒤떨어진 풍경 속에 아늑하고 정겨운 시골 사람들의 행복이 피어나고 희생적인 사랑 속에 삶의 에너지가 솟아나는 것일 테니…

인간의 사랑! 목표를 향한 움직임이 아니다. 단지 소중하고 의미 있기에 이익을 바라지 않고 다가간다. 인간의 움직임에는 순수한 동기가 중요하지 결과는 다음 문제이다. 왜 이 일을 하고 있느냐가 중요하지 일의 결과에만 집착하면 즐거울 수 없다. 당신을 사랑한 이유는 진실되고 반가우며 소중하기 때문이다. 그렇게 순수하게 마음이 움직였다. 당신을 이용하고 정복하려는 것이 아니다. 결과물보다 소중한 당신을 결과물보다 사랑하고 싶을 뿐이다. 사랑 때문에 사랑하고 싶을 뿐이다.

바람이
어디로
부는가?

　인생은 부질없는 것이라 한다. 모두들 늙어가고 우주먼지로 우주의 무의식 속으로 잊히게 될 것이다. 짧은 인생에 이렇게 행복을 향해 발버둥 쳐도 궁극에는 죽음과 아쉬움만 남겠지. 어린아이가 아이스크림을 하나 더 먹었다고 해서, 그리고 좋은 장난감을 하나 더 가졌다고 해서 보잘 것 없는 인생에 의미를 줄 수는 없는 것. 하지만 그런 유혹과 달콤함과 소소한 즐거움이 있기에 우리는 삶에 위안을 받고 삶을 건건이 유지하는 건 아닐까?

　문제는 이러한 유혹과 달콤함으로 인해 방향을 잃는 데 있다. 아이스크림을 하나 더 준다고 하면 그리로 따라간다. 장난감을 하나 더 준다고 하면 그리로 쫓아간다. 자신의 길을 망각하고 유혹의 손길을 따라간다. 방향성 없이 주위에서 유혹하는 돈을 따라가고 명예를 따라가고 이성을 따라간다. 방향을 잃는다. 길을 잃는다.

마음을 터놓고 지내는 오래된 친구와의 술자리.

"요즘 마누라랑 다투고 괴로워 죽것다."

나는 인생을 다 산 할아버지처럼 꾸짖었다.

"인마, 인생이란 원래 그런 거야. 부부싸움도 하고 좋다가도 싫어지고 싫다가도 좋아지는 거지."

친구는 삶의 고단함과 억눌린 스트레스를 내게 털어놓는다.

"너도 잘 알다시피 내가 어렵고 힘들게 공부해서 여기까지 왔잖냐? 지금 돈을 벌고 있지만 내가 왜 이 짓거리를 하고 있는지 모르겠다."

친구의 괴로움은 부부싸움을 넘어 자기 인생의 회의감으로 번지고 있었다.

"내가 잘 알지. 방학에도 학비 때문에 아르바이트하고 싸구려 자취방에서 힘들게 공부한 거 내가 알고 있다. 그래서 그 정도 돈 벌고 있으면 된 거 아니냐?"

변변찮은 위로였다. 친구는 술잔을 들이키며 삶의 모든 고뇌를 짊어진 수도승처럼 지껄였다.

"너, 돈 버는 거 쉽지 않다. 다람쥐 쳇바퀴 돌듯이 계속 일벌레처럼 일해야 돼. 그리고 돈 벌어도 부모님과 친척들에게 도움을 줄 수 없는 처지니 왜 돈을 버는지, 아니 왜 이 고생을 하며 사는지 모르겠다."

나보다 돈을 많이 버는 친구 놈에게 배부른 소리 작작하라고 말하려다가 집안을 일으켜 세우고 어머니를 호강시켜드리지 못하는 자신을 질책하는 모습을 보고 말이 쏙 들어갔다. 돈을 버는 이유가 자신의 호강 따위였으면 단순한 놈이라고 놀리려했으나 친구놈은 가족과 친척을 향하고 있었다.

친구는 개업을 하고 수입도 꽤 되는 중산층이다. 돈이 없어서 힘들었던 시절을 보상하려는 것인지 악착같이 공부하고 일해서 지금의 자리에 오른 성실한 사람이다. 하지만 그러한 그가 방황하고 있다. 아내를 등지고 어머님께 효도하지 못해서인지 괴로움을 술에 기대고 있다.

누구든 한번은 자신이 살아가는 이유에 대한 질문에 맞서야 한다. 실패를 하거나 일이 뜻대로 풀리지 않을 때, 내가 왜 이 짓을 하고 있는지에 대한 명확한 답변을 제시해야 한다. 단순히 돈을 많이 벌기 위해서라는 답변이 아닌 거창하고도 원대한 이상을 품어야 방황과 괴로움에서 벗어날 수 있을 것 같다. 돈을 벌고 일을 하고 삶을 영위하는 이유를 찾지 못하면 결국 또 술을 푸고 TV를 보고 성욕과 식욕에 이끌려 눈앞의 즐거움을 따라가다가 깊은 허무와 만나게 될 것이다. 삶의 이유를 찾지 못한 사람들은 환상을 쫓는다. 없어지지 않을 괴로움을 한순간이나마 잊으려고만 한다. 그렇게 목표를 잃은 사람은 현실의 쾌락을 쫓으며 길을 잃고 방황을 하고 자신을 잃게 된다.

또 한 친구는 여러 이성을 만나며 말초적인 즐거움을 쫓아서 사는 사람이었다. 마음을 주고 깊은 관계를 맺은 후 상처받고 힘들어한 적이 있던 친구는 가벼운 관계, 여러 명의 이성 친구를 부담 없이 만나서 즐기는 것이 편하다며 자신의 이성관을 자랑스럽게 떠벌리고 다녔다. 많은 이성을 만나면서 화려한 경험을 늘어놓았던 그가 이제는 후회하고 있다.

"많은 이성을 만나면서 마음을 주지 않고 사귀니까 편하더라. 상대가 다른 이성을 만나든 말든 신경 안 써도 되고 떠나도 마음 아플 일 없으니 얼마나 좋냐? 나에게 가장 잘해주거나 매력적인 이성을 골라서 만나 하루쯤 즐겁게 놀고 쿨하게 헤어지는 거지. 필요에 의해 만나고 귀찮아지면 안 만나고 서로 좋은 것 아니겠어?"

약간은 부러운 시선으로 매력이 철철 넘치는 녀석에게 말했다.

"야, 그만큼 놀았으면 된 거 아니냐? 이제 정신 좀 차리고 한 여자에게 정착해야지. 여러 여자들이 너 좋을 때야 만나주지만 시들해지면 금방 떠나갈 걸."

놈은 약간 수그러진 채로 담배를 꼴아물고 연기를 피웠다.

"그건 그래. 여태 많은 여자들 만나면서 남는 게 없더구먼. 젊은 날에 뭐하면서 시간을 보냈는지 몰라. 여자 뒤꽁무니만 쫓아 다니다 볼일 다 본 것 같애. 이성과 만나는 건 중독적이야. 안 그래야지 하면서도 질리고 외로우면 또 여자를 찾게 된다. 이젠 좀 한 여자를 좀 오래 사귀려고 재미도 없고 체력적으로도 힘들고 시간도 없네. 좀 오래 사귀는 게 좋은 것 같다."

그래도 친구놈은 조금씩 사랑의 본질을 알아가고 있다고 생각이 되었다. 깊은 관계, 지속적인 관계에서만이 행복을 느낄 수 있는 것을 알아가고 있는 것일까? 순간적인 즐거움은 달콤한 카라멜 라떼처럼 입 안 가득하게 즐거움이 번지지만 먹고 나면 금방 향기는 잊혀져버린다. 순간적인 즐거움에서 자극과 피곤함을 느끼지만 지속적인 관계에서는 안정과 평안함을 느낄 수 있다. 즐거움으로는 영혼의 깊은 만족감을 만들어낼 수 없지만 깊은 관계 속에서 사랑은 영혼을 파고들어 행복감을 자아낸다. 진정한 사랑을 하지 못하였으니 방황하고 새로운 사랑을 찾고 자신을 잃어버리는 것은 당연지사이다. 소중하고도 사랑하는 대상을 찾지 못하고 목표를 찾지 못한 친구의 넋두리를 들으며 술은 인생을 담고 술술 잘도 넘어갔다.

우리는 어딘가를 향해 가고 있다. 누군가를 따라가는지 어디를 향해 가는지 모르는 경우도 허다하다. 바람이 불듯 정처 없는 삶은 이유를 찾아 떠돌고 있다. 돈을 벌고 사랑을 하고 일을 하면서 행복을 그리워하고 있다. 지금 바람이 어디로 부는가? 이마를 스치고 멀리 달아나는 바람은 북태평양 저기압을 향해 달려가고 있는지도 모른다. 어떤 목표를 가지고 흐름을 만들어낼 때 바람에게 고기압이니 저기압이니 이름을 붙일 수 있으리라. 이름도 없는 산들바람에 즐거울 수는 있겠지만 결국 존재는 이름을 가져야 하고 방향성을 가져야만 한다. 바람은 어딘가를 향해 불어야 한다.

휘청거리는 삶에서도 방향을 가지고 있다는 사실이 중요하다. 방탕한 삶에서 돌아올 수 있는 가치관을 가지고 있다는 사실이 중요하다. 꿈꾸고 있다는 사실이 중요하다. 사랑하는 대상이 곁에 있는데 다른 시시껄렁한 쾌락들이 눈에 들어올까? 깊이 사랑하는 사람이 있는데 다른 이성이 눈에 들어올까? 깊이 빠져들어 능수능란해진 일이 있는데 게임이나 도박 같은 즐거움이 눈에 들어올까? 목표를 가지고 삶의 이유를 가지게 되면 쾌락적인 요소들은 힘을 잃고 물러선다. 금욕적인 생활을 강요하고 잔소리와 채찍으로 훈계해보아도 쾌락에 쉽게 유혹당하고 마는 인간이다. 하지만 꿈꾸고 있는 자, 사랑하고 있는 자, 목표를 향해 달려가고 있는 사람들은 쾌락에서 쉽게 빠져나올 수 있다. 쾌락은 삶의 이유가 아니기 때문이다. 소중하고도 중요한 것들이 곁에 있기 때문이다.

　나의 친구들이 더 행복해지기를 바라고 있다. 방향성을 가지고 멋진 모습으로 행복한 인간으로 거듭나기를 기도하고 있다. 내가 돈을 더 주고 더 예쁜 이성을 소개시켜준다고 그들의 행복이 커지는 것이 아니다. 그들이 진정 원하는 가치를 찾고 꿈을 꾸고 깊은 사랑을 하게 될 때 돈과 여자라는 쾌락적인 유혹에서 자발적으로 빠져나올 것이다. 난 가까운 친구들 곁에서 기다리고 있다. 방황과 허무로 술잔을 비우는 것이 아니라 언젠가는 깊은 만족감으로 술잔을 기울일 그날이 올 것을 믿고 있다.

　바람은 그대를 향해 불고 있다. 생각은 그대를 향해 펼쳐지고 있다. 당신의 못생긴 발도 당신 손등의 흉터도 당신의 상처받은 영혼도 껴안을 수 있을 만큼 간절히 그대를 사랑한다면 그것은 진실로 아름다운 바람이다. 집이 망하고 건강을 해치며 일이 안 풀리고 분노를 삼키면서도 당신을 생각한다면 그것은 진실로 아름다운 바람이다. 당신을 간절히 사랑하기에 그 모든 아픔에서도 자유로울 수 있다면 그것은 진실로 너를 향해 부는 아름다운 나의 마음이다. 그대를 간절하게 바란다는 건 그 모든 아픔을 견뎌내고 그 모든 상처를 포용할 수 있는 힘을 준다. 그대에게 부는 바람은 차가움을 견뎌낸 따뜻함이다. 땀방울에 부는 시원함이다. 눈물 흘린 뒤 따라오는 카타르시스다.

　겨울바람이 분다. 길을 똑바로 걸으라고 세찬 바람이 얼굴을 때리고 귓불에 빨간 징표를 새기고 떠난다. 어디로 부는 것일까? 바람이 부는 그곳에 당신이 있다. 내 마음이 가는 곳에 당신이 있다. 세찬 바람이 불고 있다. 이 내 마음 어딘가에도…

우연히 지나친
그대 뒷모습
숨죽이며 그 언저리에서
시선은 길을 잃었습니다.

감춘 맘 들킬까
고개를 돌렸지만
여전히 그대는
눈앞에 머물고 있네요.

달빛에 몸을 비친 그대여
우윳빛 은은한 눈부심
부끄럽지도 당당하지도 않은
가장 그대다운 모습으로
꿈결 같은 자태를 감춥니다.

당신으로 인해 꿈을 꿉니다.
당신을 사랑해서 당신을 닮아가고
당신의 모습으로
나는 꿈이 됩니다.

영원히 다가갈 수 없는
멀고도 가까운 그대

쏟아지는 별빛 사이로

어두움이 더욱 깊어지듯이

사랑이 아름다워질수록

떨어짐의 아픔을 준비해야 합니다.

또각또각 예쁜 발걸음으로

머릿속을 걷는 그대여!

깨고 나면 사라질 환상일지라도

그대를 꿈꾸었음에

별을 노래했음에

삶은 헛되지 않은걸요.

—「꿈을 꾸다」

　TV를 한참보다 괴로운 생각이 들었다. TV가 뭔데 내 소중한 시간들을 이렇게 빼앗아가는 것이냐? 열심히 일하고 노력해서 무거워진 영육을 달래준다는 것이 고작 TV시청이다. TV를 멀리하기 위해 노력할 것이 아니라 꿈꾸고 이상을 좇지 않고 있음을 개탄해야 한다. 꿈꾸는 사람은 TV 곁을 절로 떠날 것이다. 사랑하고 있는 사람은 다른 이성의 유혹에서 절로 떠날 것이다.

　인간은 유희를 즐기는 동물이다. 꿈을 꾸고 이상을 추구하지만 소모적인 즐거움 앞에서 항상 갈등하고 방황하게 되어있다. 인간은 나약한 동물이다. 신뢰할만하지 않다. 실수하고 쓰러지고 방황한다. 가벼운 즐거움을 통해 위안을 얻고 눈앞에 보이는 먹을거리를 쟁취하기 위해

짐승처럼 피 터지는 경쟁을 한다. 본능에 충실하게 즐거움을 쫓는다.

　그래도 난 이러한 유희적인 인간을 믿고 싶고 사랑하고 싶다. 유혹에 흔들리고 좌절하고 아파하는 인간을 좋아하고 싶다. 그 모든 쾌락의 유혹 앞에서 무릎을 꿇지만 생동하는 인간이라면 언젠가는 다시 꿈을 꾸고 발전할 것이기 때문이다. 흙탕물 속에서도 천국을 바라보기에 쓰러져도 일어날 수 있다. 쾌락 속에서 헤어나올 수 있다. 쾌락에 맞서 항상 굳건한 의지로 이겨내지 못한다고 할지라도 꿈꾸고 있는 인간이라면 언젠가는 즐거움을 박차고 힘든 세상 속으로 뛰어나올 것이라고 믿고 있다. 유희적 인간이기도 하지만 꿈꾸는 인간이기도 하기에 나는 인간을 사랑할 것이다.

　나에게도 꿈이 있다. 꿈꾸고 있지 않다는 것은 현실의 유혹들에 끌려가고 있다는 말과 다름없다. 소중한 것들을 생각하면 자신을 돌아보게 되고 추스르게 된다. 내가 소중하게 생각하는 것들이 나를 지켜주고 살아가는 의미를 부여하는 셈이다. 꿈꾸고 갈망하면 자기도 모르게 꿈과 닮아가는 삶을 살게 된다. 지금 생생하고 절실하게 꿈꾸고 있다면 그는 진정 아름답고도 매력적인 인간이다. 꿈이 있어 방황하지 않고 꿈으로 인해 자신도 모르게 이상적인 인간이 되어가고 있기에…

　시에서는 당신과의 사랑을 꿈꾸고 있다. 당신을 사랑함에 시름이 깊어지지만 꿈꾸고 발전할 수 있음에 삶은 결코 헛되지 않을 것임을 외치고 있다. 보잘 것 없고 단순한 욕망을 따라 살아가는 인간에게 사랑은 꿈은 삶의 아름다움을 선물해 준다. 당신을 사랑함에 내 삶은 가치 있게 반짝일 것이다. 누군가 올려다본 밤하늘의 별빛은 알아보아주었음에 더욱 밝게 빛나고 있다.

곰 인형

난 곰 인형을 무척이나 좋아한다. 어릴 적 옆집 누나가 애지중지하던 곰 인형을 이사 가던 날 나에게 주고 떠났다. 여자라고는 모르는 아이에게도 긴 생머리에 키 크고 늘씬한 몸매를 가진 누나는 매력적이고 아름다워 보였다. 혼자 살던 옆집 누나는 나를 자신의 곰 인형만큼 귀여워하며 놀아주었던 것 같다. 그리고는 홀연히 다른 곳으로 떠났다. 누나를 닮은 곰 인형만 남겨 둔 채. 우리 집도 자주 이사를 했던 터라 곰 인형은 사라져버렸지만 그 곰 인형에 대한 기억은 사라지지 않는다.

표정이 무척이나 순하고 줄무늬 캐주얼티를 입었던 귀여운 곰돌이. 30년 전만해도 곰 인형이 옷을 입고 있는 경우는 드물었고 누구에게도 자랑할 만큼 사치스러운 장난감이었다. 언제나 안고 자고 곁에 두고 어린 시절을 곰돌이를 품에 안고 지냈던 것 같다. 이른바 보물 1호.

지금 내 수중에 있다면 여전히 보물 1호였을 그놈을 떠올리며 비싼 자동차나 고가의 예쁜 옷보다 더 마음을 빼앗고 있는 곰돌이가 신기할 따름이다. 그 누나에 대한 동경 때문일까? 아니면 내 어린 날을 함께 했던 애틋함 때문일까? 오늘 밤, 별것 없어 보이는 작은 인형에게 마음이 끌려 다니는 건 웬일일까?

어느 추운 겨울날 처음으로 여자친구를 사귀게 되고 맞이했던 크리스마스. 어떤 선물을 줄까 고민 끝에 곰 인형을 사주기로 했다. 그런데 아무리 찾아봐도 예쁜 곰 인형이 없는 것이 아닌가? 곰 인형을 자세히 보면 같은 공장에서 나온 인형이라도 표정이 제 각각임을 알 수 있다. 눈을 조금만 아래로 붙이거나 코나 입을 약간만 자리를 바꾼다고 해도 인상이 달라진다. 곰 인형 특유의 순진하고 착한 표정과 보송보송한 하얀 털의 감촉이 있어야 일등 곰 인형이라고 할 수 있으리라. 아무리 돌아다녀도 곰 인형의 얼굴이 마음에 들지 않는다. 그러다 버스 타고 가던 길에 노상에서 파는 곰 인형 하나가 내 눈 속을 후벼 파며 들어왔다. 그리고는 바쁜 일상을 제쳐두고 기어이 그 버스길을 쫓아가서 사고야 말았다. 인상이 순하면서 잘생기고 촉감도 좋은 사랑스러운 곰 인형. 물론 여자친구의 마음에도 쏙 들었음은 말할 나위 없다.

곰 인형에게 마음을 뺏기는 건 내가 곰 인형에게 어떤 의미를 부여하기 때문이다. 그 수많은 곰 인형들 가운데 내가 골랐기 때문에 그 곰 인형은 특별해진다. 누군가의 마음을 담아주어졌기에 그 곰 인형은 특별해진다. 친구가 준 책을 쉽게 버릴 수 없고 내가 고른 옷도 쉽게 버릴 수 없는 건 의미를 부여했기 때문이다. 의미를 담은 물건들은 특별해지는 능력이 있다. 마법사의 요술처럼 아무 것도 아닌 것들이 의미의 마술봉에 닿기만 하면 신데렐라의 호박마차처럼 소중하고 아름다운 것들로 변하고 만다.

우리의 사랑도 의미를 담아내는 활동이다. 그대를 여느 사람들과 다르게 만드는 건 내가 느낀 당신의 의미와 가치 때문이다. 당신 속에서 나는 의미를 발견한다. 살아가는 이유를 발견한다. 그 의미와 그 가치 때문에 사랑에 빠지고 이끌리고 삶을 느낀다. 그 의미가 너무나도 소중해서 자신의 영혼도 육체도 제물로 바친다. 사랑이 너무 소중해서 인생의 전부가 된다. 의미를 위해 삶을 바친다.

반대로 우울증 환자들은 삶의 의미를 잃어버린 사람일 것이다. 무언가의 결핍으로 인해 회의감과 후회를 일삼는다. 손목을 습관적으로 긋는 친구가 있었다. 이른바 우울증으로 인한 자살시도. 어디에도 문제가 있어 보이지 않는 건강한 친구가 자살을 결심한다. 멀쩡하지만 정신이 병들어있는 우울증 환자. 자살하려고 했던 친구에게 필요한 것은 살아야 할 이유, 삶의 의미였다. 아직도 손목의 흉터자국을 생각하면 마음이 저려온다.

우울증 환자뿐만 아니다. 현대인들에게서도 이러한 의미를 잃어버린 행동들을 볼 수 있다. 우울증이 있던 친구의 자살시도처럼 우리에게도 힘든 일상을 견뎌내면서 모든 것을 놓아두고 싶은, 의미를 버리고 죽음의 기운을 받아들이고 싶은 마음이 생길 때가 있다. 힘들게 일한 자신을 방치하고 편한 쾌락에 자신을 맡겨버리고 싶을 때가 찾아온다. 손목을 긋는 행동까지는 아닐지라도 영혼에 상처를 줄 만한 자해행위를 저도 모르게 하고 있다. 죽음을 흉내 내고 있다. 하루 종일 TV를 보고 하루 종일 자고 하루 종일 술을 마시고 하루 종일 컴퓨터게임만 한다. 적당한 수준을 넘어서 치우치고 빠져들고 자신을 방치해버린다. 의미를 잃어버리면 고삐 풀린 망아지처럼 다시 정상적인 삶으로 돌아올 수 없을 것 같다. 의미를 찾은 사람에게 자유와 방황은 적당한 수준에서 끝난다. 삶의 이유가 있기에 넘어져도 일어날 수 있다. 그러나 우울증 친구처럼 삶의 의미를 발견하지 못한다면 주변의 여러 유혹들에 치우치고 빠져들다가 손목을 그으면서 방종을 마무리 지을지도 모를 일이다.

의미는 일상으로 돌아올 수 있게 하는 힘이다. 적당한 자유는 회복할 수 있는 힘을 준다. 개구리가 움츠렸다가 멀리 뛰듯이 휴식은 삶을 준비하는 시간일 수 있다. 의미 있는 삶에서 잠깐 빠져나와 호기와 객기를 부려보는 것. 그것이 우리의 소박한 일탈이자 자유로운 방탕이다. 고등학교 졸업식 날 나이트를 가고 혹독한 시험을 치고 술을 먹게 되며 열심히 일한 뒤 여행을 떠나게 된다. 한껏 조여 두었던 벨트를 풀고 독하게 먹은 마음을 풀며 억압된 세계로부터 탈출을 시도한다. 추구하는 세상과는 다른 일탈을 꿈꾼다. 그리고는 다시 삶을 시작한다. 의미를 찾는다. 목표로 한 삶으로 나아간다.

의미를 부여할 수 있는 대상을 찾는 일이 중요할 것 같다. 살아가게 만드는 에너지를 만나야 한다. 자신이 선택한 곰돌이 인형일 수도 있고 자신이 선택한 패션이나 장신구일 수도 있으며 당신의 미소와 다소 곳함일지도 모르며 지적 호기심이나 예술혼에 대한 열정일지도 모르겠다. 죽음의 기운을 받아들이지 않으려면 의미 있는 대상을 적극적으로 선택하고 추구해야만 한다. 그래야 방탕과 일탈에서 돌아올 수 있다. 죽음을 향하는 무질서를 이겨낼 수 있다. 다시 공부하고 다시 일하고 다시 사랑할 수 있다.

사랑하는 눈빛으로 곰 인형을 바라보면 곰 인형은 살아있는 인형이 된다. 아이들의 마음에는 곰 인형은 친구이자 생명체이다. 그렇기에 뺏으면 울고 안고 자고 심부름 갈 때도 안고 다니며 이야기를 나눈다. 의미를 부여하면 무생물조차도 생명체가 된다. 하물며 당신은 어떠하랴? 당신에게 의미를 부여하면 당신은 기운 넘치는 생명체가 되고 자라나고 반짝이며 아름다운 생기를 마구 뿜어낼 것이다. 의미를 부여함이 곧 사랑이다. 당신의 의미를 느끼면, 당신의 사랑을 느끼면 얼굴은 예뻐지고 빛이 난다.

의미 있게 사랑할 예쁜 곰 인형을 다시 하나 사야 할 모양이다. 더 늙기 전에 곰 인형을 곁에 두고 사랑하면서 의미를 부여해야겠다. 살아가는 이유를 찾아야겠다. 애처럼 곰 인형을 안고 푸근한 잠을 이루어야겠다. 곰 인형이 살아나 나를 안아줄 수 있을 때까지 곁에 두고 아껴야 할 것 같다. 그리고 더 늙기 전에 사랑하는 사람을 곁에 두어야겠다. 곁에 두고 사랑하면서 살아가는 이유를 찾아야겠다. 늦은 밤 외로움이 삶을 내동댕이치게 할 때 사랑하는 당신을 꿈꾸며 푸근한 잠을 이룰 것이다. 현실이 꿈이 지옥 같은 암흑 속이라도 너의 의미가 나를 살아가게 할 것이다.

분명 사랑하면 인형도 삶도 살아 움직인다.

일상의 무료함에 커피를 마신다. 달콤쌉싸래한 향기와 혀끝의 자극, 그리고 분위기의 따스함. 어느 커피 광고의 모델처럼 맛을 느끼기보다 멋진 분위기를 모방하기 위해서 커피를 마시고 있는 지도 모른다. 무의식적으로 습관적으로 커피를 마시고 있는지도 모른다.

　하지만 의미를 담아서 정성을 담아서 커피를 마시면 다르다. 설탕에 마음을 녹여서 마시면 커피는 명상이 되고 삶의 기쁨이 된다. 형식적인 의례가 아닌 의미 있는 활동이 된다. 자신이 고른 커피를 사랑하고 그 입자와 분자들에게 말을 걸고 혀의 감촉을 온몸으로 집중해서 느끼면 커피 한잔은 아름다운 경험이 된다.

　후루룩 숭늉 마시듯 먹는 커피는 생리적인 갈증을 해소할 뿐 영혼에 침투하지 못한다. 천천히 음미하면서 마시는 커피는 영혼의 쉼터이자 조촐한 낭만이다. 커피가 녹는 모습에서 당신에게 녹아드는 자신을 발견할 수도 있을 것이다. 좋아하는 맘을 들킨 놀란 눈을 자판기 커피의 서린 김으로 가리려는 풋풋한 사랑을 떠올릴 수도 있을 것이다. 커피 한잔에 담아 먹는 의미 한 스푼의 맛은 영혼을 향기롭게 한다. 예의와 자세를 갖추고 추억을 담아 마시는 커피 한잔은 육체를 위한 잔이 아니다. 의미를 담은 커피 한잔은 영혼이 마신다. 그것이 보잘 것 없는 커피 한잔이라 할지라도 의미를 담은 커피 한 모금은 향기롭기 그지없다.

하늘에 묶어 둔 염원을
아름드리 따다 당신께 드리우고
거짓말처럼 시원한 고백으로
당신의 단잠을 설치게 합니다.

사랑에 고뇌하지 않으려구요.
사랑했음에 심장은 뛰었고
아쉬움에 발버둥 쳤습니다.
사랑의 신전에 젊음을 제물로 바치며
신의 즐거움을 누렸으니
젊은 날을 당신과 함께 곱씹으렵니다.

사랑의 속삭임도 오래가지 아니하고
당신의 체취도 향기롭지만은 않을 테지요.
영원하지 않아도 나는 당신을 노래하고
당신이라는 의미에 나를 내어 바칩니다.

즐거운 날만큼의 고통스런 날들이여!
힘겹게 홀로 서야만 그대를 사랑할 수 있는 것을…
당신과의 즐거운 날, 미소 뒤의 어두움이 그립습니다.
푸른 눈물로 물들인 저 하늘처럼
시퍼런 아픔의 색깔이 눈부시게 푸른 것이겠죠.

하지만 당신은 아름다운 페튜니아
붉은 입술로 활짝 웃는 당신
거부할 수 없는 이끌림에 주위를 서성입니다.

불을 향해 뛰어든 불나방처럼
사무치는 그리움에 목숨을 바칩니다.
아름다움에 생각은 길을 잃고
사랑스러움에 삶은 용솟음칩니다.

감미로운 선율에 몸을 맡기듯
당신의 몸으로 당신의 영혼으로 나를 느끼고
인간을 그리워한 영혼은
또 하나의 당신이 됩니다.

— 「페튜니아」

　눈길을 사로잡는 페튜니아. 붉은 색의 정열과 고아한 자태가 절로 발길을 잡아끈다. 자신이 발견한 꽃에 이름을 부여하고 의미를 둔다. 이름을 부르고 기억하고 관심을 가진다. 사랑하면서 의미를 되새기고 존재를 확인한다. 관심과 사랑이 깊어지면서 삶을 포기할 수 없는 이유가 생긴다. 나를 향하고 있는 페튜니아에게 물을 주고 거름을 주고 보살펴주기 위해서라도 나는 살아야 한다. 스쳐가는 아름다움이 아닌 사무치는 그리움으로 남을 때, 나는 페튜니아를 사랑하노라고 외칠 것이다.

당신은 아름다운 페튜니아. 당신으로 인해 세상은 아름답기만 합니다. 세상에는 사랑하는 눈빛으로 바라보면 이렇게 의미를 가진 대상들뿐인 것을… 나무는 태양의 눈부심에 이끌려 가지를 뻗치고 꽃들은 질은 땅의 거친 기운을 빨아 뽀얀 얼굴을 내밉니다. 나무도 잎사귀를 흔들고 꽃도 활짝 웃음을 보낼진대 저의 소박한 마음을 당신께 비쳐봅니다. 냇가에 촐랑대는 물살이 쾌청하게 소리 지르며 뛰노는 모습을 마냥 보고 있습니다. 구름이 빙하처럼 엉겨 붙어 하늘의 물살을 따라 흐르는 모습을 생각 없이 지켜보고 있습니다. 마음이 당신 곁으로 흘러가는 모습을 즐겁게 바라보고 있습니다. 허락 없이 그대에게 흘러들어 왔음에도 떳떳한 것은 당신께 바칠 붉은 심장 하나 들고 왔기 때문입니다. 그대가 별처럼 빛나지 않아도 가을처럼 산뜻하지 않아도 당신을 사랑하려 합니다. 죽음처럼 달콤한 유혹과 먼지처럼 허망한 꿈들보다 당신을 사랑하려 합니다. 내가 걸치고 있는 피부와 내가 쓰고 있는 해골보다 깊은 느낌과 눈빛으로 당신을 사랑하려 합니다. 지저귀는 새소리를 당신 곁에서 듣고 오렌지색 노을의 물들임을 당신 곁에서 느끼려 합니다. 그대 영혼에 대한 탐욕이 죄일진대 그대여, 평생 그대를 사랑하며 뉘우치게 하십시오. 당신을 세상에 존재하는 그 무엇보다 사랑합니다. 저의 살아가는 의미가 되어 주시렵니까?

자존심 버리기

　자존심이 강했던 나는 경쟁심이 강한 편이다. 농구나 축구를 하게되면 얼굴이 붉게 상기되고 실신할 것 같은 얼굴이 되어서야 운동을 멈추곤 했다. 몸을 보살피지 않고 죽도록 뛰어 마지막 남은 힘까지 모두 운동 경기 속에 쏟아붓는다. 그래서 운동 경기를 하게 되면 몸이 아플 정도까지 무리를 해서 다치거나 탈진상태가 되는 경우가 흔하다. 나와 운동을 같이 한 친구들은 체력만큼은 인정해주는 편이다. 체력이 좋아서 남보다 더 잘 뛰는 것만은 아닌 것 같다. 단지 지기 싫어하고 무언가에 잘 빠져드는 성격 때문에 체력 이상의 힘이 저도 모르게 분출된다.

　그렇게 지기 싫어하고 자존심이 강한 성격 때문에 '천상천하 재훈독존', '태산이 높다하되 재훈 아래 뫼이로다'라며 친구들은 비꼬듯나의 뚝심을 놀려대곤 했다. 그렇게 자기 잘난 맛에 젊은 날은 가소로워 보였다. 복싱을 하고 의대 공부를 하며 열심히 성장하고 노력하고 있었기에 자신감으로 가득 찬 눈에서는 레이저 광선이 나갔고 기세가 충천한 말투로 세상을 호령하였다.

그러던 어느 날 나의 자존심을 갈기갈기 찢어놓은 일들이 일어났다. 항공 군의관이 되기 위해 공군에서 훈련을 받고 있었던 나는 불의의 사고로 심한 무릎열상이 생겼고 깁스를 하고 수업에서 열외가 되었다. 수업에 잘 들어가지 못한데다가 지각을 하고 수업태도도 안 좋았던 터라 훈육관에게는 말썽꾼으로 보였을 것이다. 군의관과 공군 훈육관 간의 사이가 좋지 않았던 터라 공군 훈육관은 어느 날 지각한 군의관들을 징계하면서 항공 군의관의 수료를 못하게 만들 속셈으로 나의 항공 군의관 자격을 박탈하였다. 유래 없는 일이었다. 항공 군의관을 수료하지 못하면 헬기 부대에 복귀하지 못하고 힘든 대대급 전투부대로 내려가게 될지도 모르는 상황이었다. 부리나케 작전참모들이 있는 계룡대로 향했고 장성을 만나 무릎 열상의 깁스로 인해 수업에 들어갈 수 없었던 상황을 하소연하고자 했었다. 그러나 장성은 아예 만나주지도 않았고 문 밖에서 무릎을 꿇고 부탁하는 처참한 신세가 되고 말았다. 기고만장한 자존심은 숨어들고 비굴하게 웃음거리가 된 자신을 만날 수 있었다.

그리고 나의 자존심은 다시 땅에 곤두박질쳐졌다. 군의관을 마치고 내과로 전공의 생활을 하게 된 것이다. 학생 때 기고만장한 선배였던 나는 동료들과 후배들 밑에서 수련을 받아야 하는 수모를 겪어야 했다. 그중에서도 가장 싫어하고 사이가 좋지 않았던 동기가 선배랍시고 나를 모욕했던 일이 기억에 남는다. 그나마 군대에서 자신의 교만함을 자숙했던지라 겸허하게 모욕을 받아들일 수 있었다. 그리고도 그 동기는 만날 때마다 나에게 비난과 욕설을 퍼붓고 짜증을 내었지만 나는 그냥 잘못했다고만 했다. 가장 싫어하는 사람에게 굽실거리고 용서를 구하는 일만큼 힘든 일이 있을까? 자존심을 버리고 새롭게 시작하겠다고 마음을 독하게 먹었다. 처음부터 다시 시작하겠다는 마음으로 그 동료의 마음을 두드렸다. 믿기지 않지만 그 동료는 몇 번의 거절 끝에 마음을 열었고 내과 수련 생활 동안 종종 도움을 주었다. 세상에서 가장 싫어했던 사람이 지금은 술도 함께할 수 있는 친한 사이가 되었다. 자존심을 굽히면 많은 혜택과 즐거움이 돌아온다는 사실을 깊이 새길 수 있는 좋은 경험으로 남아있다.

가끔 이런 생각을 해보곤 한다. 어느 날 교통사고로 한쪽 팔, 다리를 잃고 불구의 몸이 되었다. 부인은 도망을 가고 재산도 말아먹었다. 내 곁에는 어린 딸 하나 있지만 경제적으로 궁핍하여 어린이집에 맡겨놓은 상태이다. 불구의 몸으로 어린 딸을 위해 무슨 일이든 하지 않겠는가? 폐휴지를 주워서라도 사랑하는 딸을 위해 헌신하지 않겠는가? 살아가는 이유가 딸의 안녕이라면 그 어떤 자존심도 버리고 불구의 몸으로 굽실거리며 남에게 머리를 조아리면서 돈을 벌지 않겠는가? 아니 그보다 더한 일이라도 목숨이 붙어있는 한 눈에 넣어도 아프지 않을 딸을 위해 일할 것이다. 그 누구라도 그렇지 않을까?

자존심을 버리면 영혼은 가벼워지고 적은 친구가 되며 삶은 윤택해진다. 수모를 당하고 어려움을 만나면서 갈급해지고 받아들이게 되며 성장한다. 많은 것들을 받아들이고 포용할 수 있게 된다. 불구가 되면서 더 많은 사람들의 아픔을 이해하게 된다. 자존심을 낮추면서 더 큰 혜택과 더 큰 세계와 더 큰 행복을 만나게 된다.

　자존심을 낮추지 못하면 소중한 것들을 지켜낼 수 없다. 직장에서 스트레스를 받더라도 가족들의 생계를 생각한다면 자존심을 굽힐 수 있어야 한다. 배움의 길에서 더 많은 지식을 받아들이려고 한다면 나이 어린 사람에게라도 겸손히 가르침을 받아야 한다. 우리가 원하는 이상을 향해 달려가고 있다면 그 이상을 위해서 자존심 따위는 문제가 되지 않는다. 그 꿈을 향하고 있다면 지금의 고생쯤은 문제가 되지 않는다. 소중한 것들을 지키기 위해 자존심 따위는 버릴 수 있어야 한다.

　하지만 우리는 멀쩡한 사지를 가지고 반반한 직장을 가지며 굶지 않을 만큼 먹고 살고 있다. 풍족한 삶 속에서 자존심을 키워가고 있다. 맘에 들지 않는 상사와 동료를 욕하며 나는 옳고 똑똑하며 당신은 틀렸고 모자라다는 사실을 은연중에 설득하려 든다. 남의 실수를 몰래 비웃고 자신은 완벽 무결한 사람인 양 허세를 떤다. 자존심을 내세운다. 연약하고 미숙한 사람들을 받아들이려고 하지 않는다. 그저 더 높은 곳으로 올라가려고 할 뿐 아래를 돌아보지 않는다. 조금 부족해도 함께 가는 길이 즐겁다는 사실을 알지 못한다. 자존심을 내세우며 많은 도움과 혜택을 애써 외면하고 있다. 자존심 때문에 자신의 소중한 삶이 조금씩 위협받는다는 사실을 모르고 있다.

　세상의 모든 것을 완벽하게 다 가질 수는 없다. 어떤 것을 선택하면 다른 선택의 기회를 잃어야 한다. 원하는 모든 것을 가질 수는 없는 것이다. 그렇기에 자신의 인생에 있어 중요한 것들은 지켜내고 소유해야 하겠지만 삶의 이유가 아닌 덜 소중한 것들은 포기하고 버릴 수 있어야 한다. 이것저것 다 욕심내다가는 소중한 당신마저 잃게 될 것이다.

가족의 생계가 중요하다면 자존심을 포기하고 굽실거려서라도 돈을 벌어야 한다. 학문적인 지식이 중요하다면 가르침을 받기 위해 육체적 정신적 스트레스를 이겨내야 한다. 소중한 것 이외의 자존심이나 힘든 일이 뭐 그리 중요할쏘냐? 사랑하는 것들을 위해서 다른 모든 것들은 내버릴 수 있다.

사랑을 위해 우리는 많은 것들을 버려야 할지도 모르겠다. 당신의 연인과 자식과 부모를 위해 그 모든 어려움들을 이겨나갈 힘을 얻고 있는지도 모른다. 사랑이 삶의 이유가 되고 당신이 노동의 보람과 기쁨이 되고 있을지도 모르겠다. 마지막 남은 자존심까지 버려가며 힘든 생활고를 견뎌내고 있을 많은 서민들의 꿈이 당신이고 당신의 자식일지도 모르겠다. 인간이 이렇게 쉽게 낮아지고 자존심을 버릴 수 있는 이유는 사랑하는 당신이 있기 때문이고 꿈꾸는 미래가 있기 때문이다. 반대로 크게 꿈꾸지 않는 자, 낮아질 수 없고 깊이 사랑하지 않는 자, 자존심을 버릴 수 없다. 그 어떤 어려움에도 내 자식을 굶길 수는 없지 않는가? 그 어떤 어려움에도 나의 소중한 것들을 포기할 수는 없지 않는가?

사람들은 꿈꾸지 않고 사랑하지 않기 때문에 허풍을 떨고 자존심을 내세운다. 꿈과 사랑 없이는 힘든 일들을 힘든 인생을 견뎌낼 수 없기에 힘든 일상을 피해 편안하게 안주하려고만 한다. 피해를 보지 않으려 자신을 보호하기에 급급하다. 목이 뻣뻣하신 교수님이 권위만 내세울 경우 그는 꿈꾸지 않고 사랑하고 있지 않은 사람이다. 다른 사람을 욕하고 비방하기를 좋아하는 동료가 있다면 그는 꿈꾸지 않고 사랑하고 있지 않은 사람이다. 공주병, 왕자병에 거만함을 감추지 못하는 친구가 있다면 그는 꿈꾸지 않고 사랑하고 있지 않은 사람이다. 하지만 사랑하는 사람이 있다면 꿈이 있다면 그깟 자존심과 그깟 힘든 일이 대수롭지 않을 수 있다. 소중한 것들 이외에는 눈에 보이지 않는다. 그 무엇에도 불구하고 사랑하는 사람을 위해, 사랑하는 꿈을 위해 살아갈 뿐이다.

내과 수련과정을 끝내고 응급의학과를 다시 시작하면서 또 다시 자존심을 굽히는 법을 배웠고 낮아질수록 더 큰 세상과 만난다는 사실을 절감하고 있다. 그러나 또 나의 자존심은 다시 고개를 들고 있다. 응급의학과의 수련이 끝나가고 있는 지금, 수그러들었던 교만함이 다시 일어난다. 내가 좀 알고 내가 당신보다 좀 낫다는 생각으로 안주하고 더 깊고 넓은 세계로 도약하지 않으려 한다. 노력하고 발전하기 위해선 자신의 부족함을 깨달아야 하는데 말이다.

학문도 인간관계도 교만함과의 싸움인 것 같다. 자신이 모르는 지식이 있음을 알아야 하고 자신의 부족한 인간성이 있음을 알아야 한다. 하지만 열심히 노력하면서 얻은 자존심을 버리기는 쉽지 않다. 열심히 노력할수록 지식이 늘어날수록 사람들이 주변에 많아질수록 자신의 모자람을 잊게 되고 교만해진다. 발전하지 않고 정체되고 죽어간다.

노력할수록 더 노력할 것들이 많아질 때 그 사람이 가장 훌륭한 사람일지도 모른다. 낮아지고도 더 낮아질 것들이 많아질 때 그 사람이 가장 높은 사람일지도 모른다. 다시 교만해지고 있는 자신을 보며 아직도 멀었다는 생각이 든다. 모자란 자신은 아등바등 자기 잘난 맛에 주위를 괴롭히며 호탕함을 보여주고 있을지도 모르겠다. 그렇게 교만한 자아와 부족한 자신은 아직도 티격태격 싸움질이다.

예수가 말구유에서 태어나고 부처님이 보리수나무 아래에서 득도하였듯이 가장 낮은 자리에서 가장 큰 꿈을 꾸게 되는지도 모른다. 꿈꾸지 않는 자는 그 낮은 자리에 머물 뿐이다. 꿈꾸지 않는 자는 그 높은 자리에 안주할 뿐이다. 아직도 꿈꾸는 사람은 여전히 낮은 자리에서 여전히 발전하고 있는 사람이다.

낮은 자리에서 꾸준히 당신을 사랑하고 싶다. 꿈꾸고 발전하면서도 낮은 자리에 머물고 싶다. 당신을 깊이 사랑하기에 다른 매력적인 이성들에게서 더 이상 방황하지 않고 싶다. 자존심을 버리고 추락할지라도 소중한 당신만은 지켜내고 싶다!

불구의 사랑. 소멸되려는 존재가 가녀린 불빛을 밝히고 죽음을 이기려는 희망이 넘실댄다. 가장 볼품없는 인간으로 가장 낮은 자리에서 누군가를 사랑한다는 일은 지극히 포용적인 아름다움일 것이다. 모든 새소리와 모든 바람소리와 모든 귀뚜라미의 소리도 쉽게 흘려듣지 않을 모자란 사람의 귀 기울임. 누구에게는 평범한 바람소리가 누구에게는 즐거운 음악이 된다. 손이 하나 없음에 마음은 두 배가 되고 발이 하나 없음에 영혼은 두 배가 된다. 모자란 영혼의 거대한 즐거움. 모자란 모습으로 모자란 것들을 사랑할 수 있으니 모자란 것들을 사랑하지 못하는 자네보다는 행복하지 않겠나?

넘어져도 울지 않는 아이
밥을 굶어도 떼쓰지 않는 아이
설거지와 공부를 병행하는 아이
이 아이의 어머니는
고달픔에 손목을 그었고
불구가 되었습니다.

어머니의 아픔을 목격한 자식은
울음소리를 죽이는 법을 배웁니다.
울지 않습니다.
눈물을 깨물어 아픈 미소를 만들 뿐…

당신을 보며
재미없어도 자주 웃고
맛없어도 즐겁게 먹고
고통스러워도 열심히 일하려구요.

무너지는 가슴에
쇠잔한 영혼에
비참한 추락에
당신은 아무 말 없이 웃어주었네요.

아픔을 모아 둔 마음은
표현하지 않았던
억만 가지 말들을 표현합니다.

사랑하고 사랑해서
당신의 아픔을 사랑해서
뇌 속까지 차오르던 눈물을 삼킵니다.

참았던 눈물이 흐른다면
표정이 없어도 용서하세요.
깊은 아픔을 사랑함에
우는 법을 잊었습니다.

당신의 아픔을 목격한 나는
울음소리를 죽이는 법을 배웁니다.
울지 않습니다.
눈물을 깨물어 아픈 미소를 만들 뿐…

― 「울음을 삼키다」

　우리는 아파하고 슬퍼해야 그 가치를 깨닫는 우둔한 존재이다. 그래서 모든 가치들은 아픔과 고통과 슬픔과 같은 어려움을 가지고 있다. 복권에 당첨되거나 부모의 많은 재산을 물려받은 재물에는 가치가 없다. 쉽게 얻었고 자신의 노력이 담기지 않았기에 가치가 없다. 그래서 소중하지 않다. 그래서 쉽게 탕진하고 쉽게 써버린다. 하지만 힘들게 노력해서 번 돈은 쓰기가 아깝고 소중해진다. 돈에 가치가 생긴 것이다.

사랑도 마찬가지. 누군가를 사랑한다면 눈물과 아픔과 고통이 그대에게 녹아있어야 한다. 그래야 당신의 존재는 가치가 있고 나에게 소중한 사람이 될 수가 있다. 우리는 쉽게 사랑을 내뱉고 일시적인 감정에 치우쳐 사랑을 노래하지만 그것들은 결단코 사랑이 아니다. 한눈에 반한 사랑은 사랑이 아니다. 그냥 좋아하는 감정일 뿐, 소중하고도 아름다운 사랑은 아닌 것이다. 아픔과 상처와 희생이 녹아서 커피처럼 진한 향을 내어야 사랑을 느낀다고 할 수 있으리라.

"인생에서 무지개를 찾고 있나요? 그렇다면 조금 더 눈물을 흘리세요. 눈물 없는 사람의 눈엔 무지개가 뜨지 않을 테니까요."

계속된 사업실패와 낙선, 애인의 사망, 정신분열로 입원했던 에이브러햄 링컨의 말이다. 눈물 없이 아름다운 무지개는 보이지 않고 눈물 없이 깊은 사랑은 오지 않는다. 깊고도 행복한 관계를 원한다면 눈물을 머금어야 한다. 눈물을 삼켜야 한다. 눈물을 머금고 무지개를 보아야 무지개는 더욱 화려하게 반짝이는 법이다.

「울음을 삼키다」라는 시는 우연히 본 TV에서 감흥을 받아 지었다. 심한 생활고에 시달리던 어머니는 자살을 결심하였으나 실패하였고 불구의 몸이 되었다. 그녀의 아들은 설거지며 심부름이며 공부며 모든 것을 척척 해내는 훌륭한 효자다. 용돈이 없어도 군말하지 않고 동생을 돌보며 어머니의 아픈 관절을 주무른다. 그런 말없는 아들을 보며 우는 어머니, 그리고 참았던 눈물을 쏟아내는 아들!

부모가 힘든 노동의 대가로 자식에게 먹일 음식을 사온다는 사실을 자식은 알지 못한다. 그러나 자식이 부모의 힘든 삶과 노동을 목격하게 되면 자식은 사온 음식을 쉽게 먹을 수 없다. 자신을 위해 피땀을 흘려 사온 음식 앞에서 경건함을 감출 수 없다. 슬픈 일에도 울지 않게 되고 힘든 일도 알아서 하게 된다. 부모의 노동과 아픔을 본 자식은 금방 성숙하고 아이의 마음을 잃어버린다.

이처럼 눈물과 아픔과 상처를 감싸는 사랑은 깊고도 따스하기에 투정보다는 인내를 배우게 된다. 눈물을 깨물어 말없는 미소를 만든다. 당신의 아픔과 상처를 보면서 쉽게 울지 못하는 것이다. 이 따위 힘든 일 정도로 울 수는 없는 노릇이다. 마음 깊은 사랑에는 투정이나 울음이 없다. 단지 울음을 깨물어 아픈 미소로 당신을 반길 뿐이다.

참다가 참다가 나오는 눈물은 아름답다. 눈가에 고인 눈물이 떨어지지 않으려 발버둥 치며 눈썹을 잡고 매달린다. 참는 눈물은 아이처럼 징징 짜는 눈물도 아니고 아파서 우는 눈물도 아니다. 시장바닥에서 억울해서 고래고래 소리 지르는 눈물도 아니며 분위기에 취해 흘리는 얄팍한 눈물도 아니다. 참은 눈물은 스스로 아픔을 견뎌내겠다는 의지를 담고 깊은 가슴에서 나온다. 작은 어려움이나 작은 감동에 쉽게 눈물을 흘린다는 건 예의가 아닐는지도 모른다. 눈물이라도 다 같은 눈물은 아닌 것이다. 거대한 사랑의 댐이 차고 차서 더 이상 눈물을 묶어둘 수 없을 때, 물줄기는 볼을 타고 폭포수마냥 내달린다. 그런 눈물이라면 닦지 말고 내버려 두어도 좋겠다. 참을 수 없는 흐느적거림에, 붉어지고 퉁퉁 부어오른 눈시울에 사랑의 아픔이 일그러진 얼굴에 고스란히 담겨도 좋겠다. 대처할 사이도 없이 깊은 사랑의 눈물은 그저 말없이 흘러내린다. 온몸으로 당신에 대한 사랑이 흘러내린다.

바다로
가는
길

내 고향은 부산. 바다의 기운을 마시며 바다를 끼고 살아왔다. 어릴 때는 광안리 앞 아파트에서 어린 시절을 보내었고 또 이사를 자주 했지만 수영만 요트경기장 옆 아파트와 해운대 앞 신도시에서 오랜 시간을 보냈었다. 그리고는 군의관 시절에는 해군을 갔으니 그야말로 마린보이라고 불러도 손색이 없다.

여름이면 언제나 해운대는 붐빈다. 바다를 그리워하는 인파들로 발 디딜 틈 없지만 정작 해운대에 사는 사람들은 그리 바다를 즐기지 않는다. 오히려 한산한 바다를 좋아하지 인파에 시달리면서까지 바다에 뛰어들고 싶은 생각은 하지 않는다. 파도의 출렁임, 갈매기 떼의 새우깡 사냥, 먼 수평선에서 뛰놀고 있을 고래들에 대한 환상… 바다로 여행 온 사람들은 바다가 키운 소라고둥의 노랫소리에서 들리는 태곳적 음률을 신기해하겠지만 바다 곁에 있는 사람들에게 바다는 이웃집 아저씨의 편안한 모습일 뿐이다. 바다 사람은 쓸려오는 파도에 발을 첨벙거리고 싶어 하지 않는다. 탁 트인 바다의 자유 앞에서 더 이상 흥분하지 않는다. 그냥 바다는 평범한 일상 속의 풍경이고 가끔은 펼쳐진 드넓은 푸른 들판 앞에서 마음을 터놓을 뿐이다.

친구 같았던 바다는 나이가 들수록 느낌이 달라진다. 부모가 되어야 부모의 마음을 이해하듯이 나이가 드니 천방지축으로 뛰놀던 아이가 느끼지 못한 바다의 어른스러움이 새삼 존경스러워진다. 묵묵히 모든 사람들과 모든 강물들을 받아들이고 거대하고 위대함을 애써 드러내지 않는 모습이 감동적이기까지 하다.

어느 시인의 말처럼 바다는 모든 것을 받아들이기에 '바다'란다. 그리고 다른 물들보다 낮은 위치에 있기에 많은 강물들을 받아들일 수 있고 더 큰 세계를 이룰 수 있다고 옥살이를 견뎌낸 시인은 바다를 찬미하고 있었다. '가장 낮은 위치에서 모든 세상의 물줄기들을 받아들인다' 바다를 색다르게 보게 한 구절이다. 큰 바다가 되려면 낮아지고 받아들여야 한다. 큰사람이 되려면 남보다 낮아지고 남에게서 배워야 한다. 그래야 사람들이 모이고 함께 어우러져 더 큰 흐름을 만들 수 있다. 낮아지고 받아들이기!

무작정 낮아져 거지나 깡패와 같은 사회의 극빈층이 되어 삶에 억눌려 산다고 큰사람이 되는 것은 아니다. 미천한 자리에 임한다고 큰 바다가 큰사람이 되는 것은 아니다. 자신을 억지로 낮추기만 해서는 큰 바다가 큰사람이 될 수는 없다. 치열한 삶으로 발전하고 노력하는 모습을 통해 낮아짐을 경험해야만 바다와 같은 사람이 될 수 있다. 소시민의 나약한 삶을 뛰어넘는 강인한 의지와 노력으로 성과를 만들고 더 큰 세상으로 나와 거대한 우주의 질서를 보게 될 때 인간은 한없이 작아질 수 있다. 금속을 단련하듯 자신을 통제하고 자신의 길을 찾으면서 더 큰 세상을 보게 될 때 노력해도 모자란 자신을 발견하게 된다. 엄청난 노력의 대가로 자신의 부족함을 깨닫게 될 때 한없이 낮아질 수 있고 남을 받아들이고 더 넓은 세상으로 도약할 수 있다. 낮아지려면, 더 큰 세상을 보려면 그만큼의 피나는 대가가 필요한 것이다.

바다는 작은 빗방울에서 시작된다. 빗방울이 모여 작은 물줄기가 되고 물줄기의 환골탈태의 노력으로 활기찬 시냇물이나 작은 못을 이룬다. 이렇게 활기찬 흐름을 만들면서 교만해진다. 활기와 역동성과 자신감으로 세상 무서울 것 없는 자신만의 세계 속으로 빠져든다. 자신이 최고인 시절이다. 이 시냇물과도 같은 시절을 거쳐야 강물과도 같은 아늑하고 안정된 흐름을 만들 수 있다. 청년의 교만하기 그지없는 냇물은 시간이 흐르면서 장년의 숙고하는 침착한 물살로 바뀐다. 강물이 되면 더 이상 자신이 잘났다고 촐랑대지 않는다. 강물은 함께 가는 흐름이다. 나와 같은 길을 가는 많은 동료들과 만나고 실력 있는 사람들과 함께 흐름을 만든다. 더 이상 우쭐할 수 없기에 조심스럽고 더욱 주도면밀해진다. 강물이 되면 큰 물줄기로 자부심도 가지고 안정적으로 고요히 흘러갈 수 있다. 여기서 안주하지 않고 열심히 흘러가다보면 비로소 바다를 만난다. 자신처럼 흐르고 있는 수많은 강물들을 만난다. 수많은 사람들이 큰 흐름을 만들기 위해 이처럼 흐르고 노력하고 삶을 가꾸어왔다는 사실을 알게 된다. 그러면서 바다가 된다. 가장 낮은 곳에 이른다. 더 이상 빠른 흐름은 존재하지 않는다. 다만 바람과 조류를 따라 조금씩 흔들릴 뿐이다. 내가 가진 것이 최고라고 이 분야에서는 내가 최고라고 더 이상 떠벌리지 않는다. 흘러 내려가지 않는다. 더 이상 내려갈 곳이 없는 바다이기에 모든 역경과 아픔을 견뎌내고 최고를 향해 달려온 바다이기에 자신의 흐름을 주장하지 않는다. 그냥 받아들이고 그냥 낮아진다. 많은 강줄기들을 받아들이며 더 큰 세계 속에서 더 큰 꿈을 꾸고 묵묵히 정진한다.

바다가 되어가는 과정은 인생을 닮았을 뿐 아니라 학문의 과정과도 닮아있다. 의학이라는 학문을 배우며 느낀 의사들의 성장 또한 이러한 흐름과 다르지 않다. 빗방울은 의대 학생시절과 같다. 어느 구름에서 뚝 떨어져 산기슭 어딘가 외딴 세계에서 청초하게 미래를 꿈꾼다. 그러다가 의사 시험을 치고 인턴, 레지던트로 실전적인 수련시절을 겪는다. 수련시절은 시냇물과도 같다. 물방울이 모여 굽이쳐 흐르기 시작한다. 실전적인 지식을 얻어가면서 활기차게 자신의 경험과 지식을 쌓아간다. 이때가 가장 교만해지는 시기이며 작은 지식으로 타인을 무시하기 시작한다. 임상 강사나 교수님이 되면 자신의 흐름을 만든다. 강물이 된다. 학회에서 자신과 같은 관심사를 가지고 연구에 몰두하는 수많은 경쟁자들과 동료들을 만나게 된다. 자신의 학문을 가다듬고 자신의 길이 옳다고 생각한다. 여기서 학문의 깊은 세계로 더욱 빠져들면서 다른 세상을 만나게 된다. 다른 학문들과 연계하고 다른 관점들과 마찰이 일면서 더 넓어진다. 자신의 학문적인 관점만 고수한다면 더 넓은 세상으로 도약할 수는 없으리라. 자신이 최고인 양 자신의 흐름만 우긴다면 큰사람이 될 수 없다. 학문의 큰 바다 속에서 자유로운 영혼으로 창조적인 시도와 노력을 받아들이고 도전할 때 예수나 부처와 다름없는 바다와 같은 큰 학자가 될 것이라고 믿는다.

바다처럼 낮아져 모든 것을 받아들이기 위해서는 이처럼 빗물과 시냇물과 강물의 힘든 여정을 견뎌내야만 한다. 역설적이지만 정말로 낮아지려면 정말로 최고가 되어야 한다. 나같이 아직 냇물처럼 활발히 흐르고 있는 사람이 낮아지려 한다고 낮아질 수 있는 것이 아니다. 급격히 흐르고 큰 강물을 만들어 낸 사람만이 바다가 될 수 있다. 열심히 성장하고 발전하고 노력한 사람만이 가장 낮은 사람이 될 수 있다. 가진 사람이 줄 수 있고 높은 사람이 낮아질 수 있다.

나의 인생도 낮아지는 연습 중이다. 의대생의 아주 교만하고 철없는 시절을 거쳐 군의관 시절, 의사가 아닌 평범한 사람들과의 따뜻하고도 서민적인 만남들. 그리고 내과에 들어가서 자존심을 구기며 후배들에게 가르침을 받았고 지금은 응급의학과에서 또 한번 자존심을 구겨가며 철없는 레지던트에게서 가르침을 받고 있다. 나도 조금은 더 낮아지고 있는 중이다. 냇물이 흘러 강물이 되고 싶어 하고 있다. 아직도 교만하고 자기 주장이 강한 것을 보면 아직도 높은 곳에서 쉽게 내려오지 못하고 있나보다. 어쩌면 영영 소인배의 모습으로 바다로 흘러들지 못하고 호수나 연못 정도에 갇혀서 내가 잘난 줄 알고 나의 세계에서 허우적대고 있을지도 모르겠다. 우물 안 개구리처럼 말이다.

하지만 나는 예전과 다르게 바다를 그리워하고 있다. 바다를 존경하고 있다. 언젠가는 바다로 흘러들었으면 좋겠다. 큰사람이 되어서 모든 물들이 내게로 흐르고 그들과 함께 웃고 즐겁게 몸부림치고 싶다. 간디나 슈바이처나 마더 테레사처럼 가장 낮은 사람이 느낄 수 있는 가장 큰 행복을 동경하고 있다. 뉴턴이나 아인슈타인처럼 인류를 향한 공헌으로 모든 이들이 존경하는 흐름이 되기를 기도하고 있다.

혹 훌륭한 사람이 되지 못할지라도, 평범한 일상에 머물지라도 계속 낮은 곳으로 흐르는 연습을 게을리하지는 말았으면 좋겠다. 더 행복해지는 연습을 게을리하지는 않았으면 좋겠다. 열심히 최선을 다하면서도 부족함을 느낄 수 있을 때 바다를 향해 흘러간다. 점점 낮아지고 행복해져 간다.

다시 바다를 찾아갈 것이다. 내 고향이자 정신적인 향수가 깃든 곳. 해운대. 그곳에서 다시금 바다를 바라보며 그대의 위대함에 존경 어린 눈망울로 바다를 바라볼 것이다. 가장 낮은 모습으로 어린 나를 반겨주었던 바다. 수많은 인파가 몰려들어도 유유히 파란 빛깔의 눈부심과 철썩거리는 거품으로 즐거움을 주었던 너. 그 어느 산기슭의 청초하고도 깨끗한 자태를 뽐내며 자신의 아름다움에 흠뻑 취했던 새침데기 냇물이었을 네가 흐르고 흘러 거대한 몸집으로 티끌 같은 나를 이렇게나 반갑게 맞아주고 있다. 바다로 가는 길. 오랫동안 바다를 잊고 살았다. 최고를 꿈꾸며 다시 너에게로 가는 날 나는 흐뭇한 미소를 지을 수 있을 것 같다. 바다를 보러 가는 길에 흥분을 감출 수 없을 것 같다.

외로움을 벗으려 당신을 사랑함이 아닙니다.
찰나의 애틋함을 위해 당신을 사랑함이 아닙니다.

갈증에 물을 찾고
가난에 돈을 바라며
외로움에 사랑을 그리워합니다.

물을 먹어도 다시 목마르고
돈을 모으면 다시 돈을 모으고 싶으며
사랑을 해도 다시 사랑이 그립습니다.

목마르지 않고 써버려지지 않는
영원한 사랑을 위해
욕망에 휩쓸리지 않는
사랑스런 자신이 되렵니다.

당신의 아름다움 안에서 나는 자라나고
나의 열매를 당신께서 얻어가며
뿌리 깊은 나무로 세상의 그늘을 만듭니다.

다시 목마르지 않고
다시 수고하지 않으며
다시 사랑을 찾아 헤매지 않겠습니다.

당신의 물줄기로 더 큰 강물을 이루고
물결치는 자신을 느낍니다.
더 넓은 바다에서 하나가 됩니다.

어제도 오늘도 내일도
잃어버린 시간이 구름처럼 흘러간 뒤에도
당신을 사랑하려합니다.
그대! 영원한 사랑이 되어 주겠소?

— 「프러포즈」

   최근에 싱글족들이 늘어나고 있다. 여성의 경제력이 상승하고 사회
진출이 활발해지면서 사랑보다는 일에 많은 시간을 투자하고 자기발
전을 꾀하고 있는 것이다. 이런 사회 분위기 속에서 결혼은 이제 필수
가 아닌 옵션이 되어가고 있는 느낌이다. 마음이 맞지 않는 사람과 함
께 사는 건 지옥이나 감옥에서 사는 삶과 같을지도 모르니 말이다.
   행복은 아주 좁고 높은 길에서 시작해서 더 낮아지고 더 넓어진 길
을 만나는 여정이다. 그대를 사랑하면서 겪게 되는 수많은 시행착오와
의견다툼을 통해 인간을 만나게 된다. 나와 다른 길을 가는 사람을 받
아들이면서 더 큰 세상을 만나게 된다. 발 냄새와 방귀 냄새에도 적응
하게 되고 정리정돈하지 못하는 습관에도, 술 먹고 늦게 들어오거나
별일 아닌 것에 잔소리를 해대는 마찰에도 너그러워진다. 자존심을 세
우고 험한 말로 상처를 주다가도 다시금 화해를 하며 서로를 배려한

다. 두 개의 물줄기가 만나 더 큰 세상으로 나온다. 서로를 인정하고 받아들이며 발전한다. 바다로 흘러들어 간다.

결혼이란 더 큰 세계를 만드는 초석이다. 싱글족이 세상의 자유와 여가를 모두 즐길지라도 일에서 커다란 성취감을 느낄지라도 결국 인간을 사랑하기 위함이 아닌가? 한 인간을 사랑하면서 배우는 낮아짐의 행복을 거부할 일은 아니다. 결혼을 통해 더 행복해질 기회를 얻는다. 더 큰 세계와 더 큰 사랑을 배우고 더 깊은 관계 속에서 인간을 느껴볼 일이다.

가족을 사랑하고 사회를 사랑하고 지역을 사랑하고 나라를 사랑하고 지구를 사랑하면서 더 큰 세상을 만날 것이다. 그대를 사랑함이 이 모든 것의 시작일지도 모르겠다. 한 인간을 사랑함이 인류에 대한 사랑의 시작일지도 모르겠다. 누군가를 사랑하고 무언가를 추구하고 그렇게 우리의 행복은 영원히 시들지 않을 것이다. 적어도 이렇게 사랑을 고백하고 있는 이 순간만큼은 영원한 행복을 꿈꿀 것이다.

후기

손가락은 다섯 개이지만 그것으로 표현하는 모양은 수천 가지가 넘고 발가락은 다섯 개이지만 그것으로 내달리는 땅은 드넓기만 하다. 흔하디흔한 똑같은 인간의 모습으로 내가 선택한 삶은 그 많은 갈래의 길에서 누군가의 손길을 애타게 기다리고 있다. 누구도 내가 가는 길을 즐거워해주지 않았고 누구도 평범한 손가락 다섯 개, 발가락 다섯 개의 한 인간에게 관심을 가져주지 않았다. 한 인간이 사랑한 것들을 곁에서 함께 느끼는 사람이 없어 인간은 이렇게나 슬프고 외롭다.

내가 사랑하고 있는 아름다운 꽃에 존경 어린 눈망울로 진지하게 말을 거는 순수한 당신은 그저 아름다울 뿐이고 너무나 감사할 따름이다. 내가 느끼는 석양의 감동이 당신의 마음속에도 싹트고 있다면 나는 눈물 나도록 고마운 것이다. 괴발개발로 밤을 새워가며 쓰고 그린 글과 그림을 두 번, 세 번 읽고 느끼는 사람이 있다면 작가는 기쁨에 춤을 추지 않을 수 없다. 내가 사랑한 고양이와 내가 사랑한 텃밭과 내가 사랑한 시들과 내가 사랑한 사람들에게 진지한 눈빛으로 말을 건네는 이에게 눈물 어린 고마움을 보이지 않을 수 없다.

나의 많은 시간과 노력과 피땀이 모여 흐뭇해진 일상에 진심 어린 관심을 가지는 당신에게 나는 목숨이라도 바치고 싶다. 내가 마음을 다해 바라본 바람과 나무와 들판과 하늘을 진심으로 아름답게 느낄 수 있는 당신을 위해 지금 이 순간을 살아가고 있는지도 모르겠다. 영혼 깊숙이 숨겨 둔 진심 어린 삶을 발견하였거든 내게로 와서 살며시 귀띔해주기를 바란다. 나는 그런 당신을 위해 목숨을 바칠 준비가 되어있다. 알아보아주고 존경해준 당신의 눈빛에 평범한 인간은 특별해지고 살아가는 이유를 곱씹게 된다.

　나와 당신의 사랑과 관심이 누군가에게는 삶의 이유가 될 것이다. 사랑하고 느끼고 노력하려는 몸짓으로 나는 행복해진다. 당신의 관심과 사랑으로 나는 오늘을 살아간다.

— 2011년 1월, 저자